华　章
传奇派

**品味无限不循环的人生**

# 唐镇故事

*By* Li Ximin
李西闽 ◎ 著

## Tang Zhen Story
### Hunger

## 饥饿

3

重庆出版集团 重庆出版社

## 图书在版编目（CIP）数据

唐镇故事. 3, 饥饿 / 李西闽著. — 重庆：重庆出版社, 2022.8
ISBN 978-7-229-17016-5

Ⅰ.①唐… Ⅱ.①李… Ⅲ.①长篇小说—中国—当代 Ⅳ.①I247.5

中国版本图书馆CIP数据核字（2022）第131502号

### 唐镇故事3：饥饿
TANGZHEN GUSHI 3: JI'E

李西闽 著

出　　品：华章同人
出版监制：徐宪江　秦　琥
责任编辑：王昌凤
特约编辑：黄卫平
责任印制：杨　宁　白　珂
营销编辑：史青苗　刘晓艳
装帧设计：人马艺术设计·储平

重庆出版集团
重庆出版社 出版
（重庆市南岸区南滨路162号1幢）
北京盛通印刷股份有限公司　印刷
重庆出版集团图书发行有限公司　发行
邮购电话：010-85869375
全国新华书店经销

开本：880mm×1230mm　1/32　印张：9.5　字数：238千
2022年10月第1版　2024年1月第2次印刷
定价：49.80元

如有印装质量问题，请致电023-61520678

**版权所有，侵权必究**

# 序：重新出发
## 李西闽

2007年8月，修改完"唐镇三部曲"之《腥》[1]，就把这部写了近两年的长篇小说给了《收获》杂志，心里忐忑不安，不知道等待它的命运是什么。当此作在当年的《收获》长篇专号秋冬卷发表之后，我得到了巨大的鼓励，像是获得了重要的奖赏。于是，我开始了"唐镇三部曲"之《酸》的构思，可是这部书没有开始写，就碰到了汶川大地震，我在彭州银厂沟遇险，深埋废墟76小时。获救后，很长一段时间，我无法面对自己的伤痛，除了《幸存者》，没有触及其他写作。直到2009年7月，我回到老家长汀，住在破旧的红星酒店，花了一个多月的时间，写出了《酸》，这部小说发表于2010年《收获》长篇小说专号春夏卷。紧接着，开始构思"唐镇三部曲"之《麻》，2011年年初，在三亚大东海的一间出租屋里完成了此书的创作，《麻》发表于《收获》长篇小说专号春夏卷。历经数年写作的"唐镇三部曲"，似乎耗尽了我的心血，但是我的心血没有白费，

---

[1] "唐镇三部曲"以往结集出版时，书名分别为《酸》《腥》《麻》。本次新版，"唐镇三部曲"改为"唐镇故事"系列，《酸》《腥》《麻》分别命名为《执梦》《画师》《饥饿》。——编者注

无论如何,它见了天日,并且得到大量读者的认可,它是我个人文学创作的一个重要的里程碑。

从17岁那年秋天离开故乡河田镇,我的心灵和故乡就有了一条神秘的通道,我经常会沿着那条通道,偷偷回到故乡,一遍遍地审视那片苦难而又多情的土地,许许多多的人物和奇闻怪事在我内心奔涌。故乡浇灌了我的灵感之花,却惨痛地折磨着我,有个奇怪的声音在我心底呐喊,带血的呐喊,在雨天,在阳光灿烂的日子,在迷雾之中,在深沉的暗夜,无处不在的呐喊促使我写完了"唐镇三部曲"。可以这样说,"唐镇三部曲"是我献给故乡河田镇的一曲挽歌,一个古老中国乡镇的百年孤独。"唐镇三部曲"写了一个中国农村小镇一百年的历史,从清朝末年写到民国,从民国写到当代,我试图探索唐镇人恐惧的根源,也探索这个民族隐秘的内部,刺痛人心的苦难和悲伤,以及刻骨铭心的爱恋,我的笔触是悲悯的,深情的,饱含热泪的。

在"唐镇三部曲"中,我写了众多的人物。比如《酸》里面的太监李公公,回归故乡养老的李公公起初是以善人的面目出现的,暗中积蓄力量为他日后的作恶做准备,他对权力的向往,源自他一生当奴才的命运,他的皇帝梦,也是一种反叛,但这种反叛是以奴役唐镇人为目的,而不是给自己和唐镇人带来自由和美好的生活。他是个有双重人格的人物,有卑微可怜的一面,做太监的经历是悲惨的,受尽凌辱,毫无人格可言;另一方面,他又狂妄自大,残暴邪恶,在唐镇登上权位,践踏无辜者的生命与尊严,最后走向覆灭之路。比如《腥》里的宋柯,一个从外地来到唐镇的画师,专门以给死人画像为生,他是孤独的,孤独的人一旦遇到刻骨铭心的爱情,就被蛊惑了,无法脱身,命运的绳索紧紧地套住了他。在宋柯身上,我报以了极大的同情,他身上独特的气味让一个叫凌初八的女人迷恋,那种气味是他的宿命,也是中国知识分子的宿命。比如《麻》中的游武强,这个抗日英雄有很多毛病,吹牛好色,但是他身上保留着一种不畏强暴的气质。我试图写出人的复杂性，在众多的人物中，哪怕只出现过一次的人物，我也倾注了极大的力量去描写。我喜欢将人物推到极端的状态，来拷问人性。

其实，最让我自己动容的是两位女性。一个是凌初八，她是《腥》中的主要人物，凌初八是孤苦的，她被宋柯身上的腥味迷住之后，就踏上了一条不归路。在那苦难年代里，腥味是一种让人迷醉的情爱之味，也让凌初八疯狂，不顾一切。情爱，是人类最美好的情感，而又是残忍的，它让肉体燃烧，让飞蛾扑火。凌初八为了深爱的宋柯用蛊毒害人性命，她的爱是疯狂的，用他人的尸体维持爱情，这是一朵苦难年代的恶之花，放任欲望使她陷入了万劫不复的深渊，最终她将自己推上了刑场。另外一个女性，是《酸》中的李红棠，在写作的过程中，每当写到这个人物，我的眼中都会充盈着泪水，她有个为虎作伥的父亲，也有个善良的弟弟，而她一直在四处寻找失踪的母亲，并且和唐镇最不起眼的上官文庆产生了真挚的爱情，最终，她和得了怪病的上官文庆相拥而亡，没有什么力量可以将他们分开。李红棠是"唐镇三部曲"中的一抹亮色，是唐镇最后的花朵，是苦难年代残存的绝美歌谣。

小说中将小镇命名为唐镇，其实和唐朝没有什么关系，尽管我梦想回到唐代，做一个仗剑独行的侠义之士，或者成为一个醉卧长安、放荡不羁的诗人。唐镇的唐，就是中国的意思，唐镇，也就是中国的一个小镇。每次到国外，都会去唐人街逛逛，唐人街给了我启发，于是就有了唐镇。

有朋友问我，为什么"唐镇三部曲"，每本书都是以气味命名，而气味在小说中总是飘来飘去。写作是一场冒险，而对于总想写出与众不同小说的我而言，更热衷于冒险。构思"唐镇三部曲"之初，有次在地铁上，闻到了一股怪味，那股怪味是某个人身上散发出的狐臭味，它刺激着我的嗅觉神经，让我突然来了灵感，于是就有了《腥》这个书名。腥味，是一种古怪的味道，某天，我突然发现，每个人身上都有腥味，这是肉体最基本的味道，几乎所有动物都有这种味道，鱼腥味、猫腥味，等等，也许人经过进化，腥味不是那么明显了。可是，我分明发现了这种味道，而且，人类在情欲达到高潮之际，腥味尤其明显，男人女人都一样，腥味就是情爱的异味。用气味当作小说的主角，是一种冒险，这种冒险是值得的。

我力图每本书的写作都有不一样，无论故事还是文体。我喜欢文体的实验，这样无疑增加了写作的难度，有难度的写作才有快感。如果每本书都是一种写作模式，那一生写一本书就够了。每本书都不一样，对我来说，创作会更有激情，对读者而言，也有新鲜感，有期待。"唐镇三部曲"，有我自己的追求，《酸》中的儿童视角，《腥》对气味的强调，《麻》的文本并置，说明了这个问题。当时《收获》编辑叶开就否认这是恐怖小说，我不以为然，在我心里，没有类型小说和严肃小说之分，小说需要创新，就要不停地尝试，我是个喜欢尝试的人。当然，大胆尝试意味着冒险，那就让我一直冒险下去吧，我的人生之旅本身就充满了种种危险，我无所畏惧。我是个桀骜不驯的人，没有那么多禁忌。

"唐镇三部曲"，曾经在十月文艺出版社、上海文艺出版社、重庆出版社出版过，这次还是由重庆出版社再版，特别感谢徐宪江先生，给了我一次重新出发的机会。书能够再次出版，还是需要面对许许多多新老读者，还是面临着一次检验，还是会有读者喜欢，或者不喜欢，欢迎一切赞美与批评，赞美与批评都是我写作的动力，我照单全收。

是为序。

李西闽<br>2022年3月23日于上海家中

目录

卷一　夏天的愤怒 /1

卷二　无边无际的哀 /97

卷三　夏天的浮云 /204

活着或者死亡,自身是唯一的出路。

——题记

# 卷一
# 夏天的愤怒

## 1

大清早,刘西林就开始擦枪。

他喜欢擦枪,在擦枪的过程中,会获得一种安全感,还有安慰。自从他当上唐镇的派出所所长,每天早上醒来的第一件事,就是从枕头底下摸出手枪,细心擦拭。枪是他的命,没有枪,腰板直不起来,说话没底气。活在这个世界,恐惧不是一个人的事情,他也不例外,好在还有枪。

刘西林把手枪分解了,书桌上摆放着枪管、套筒、套筒座、复进机、击发机、弹夹等部件,他把每个部件都擦得锃亮,然后组装起来。这是一把"五四"式手枪,握在手上,沉甸甸的,他喜欢这种感觉,充满了力量。他把枪装入枪套,别在腰间,穿上制服,戴上大盖帽,该去吃碗芋子饺了。

唐镇派出所在镇政府院里一个不起眼的角落,那是一排平房,在镇政府大楼的衬托下,显得寒酸。镇政府所在地原来是片偌大的老宅，旧时是个妓院，前几年把老宅拆了，建了三层的镇政府大楼。刘西林不喜欢镇政府大院，总觉得这里鬼气森森，一直想在镇子外头给派出所建栋楼，改善一下办公环境，也让自己和弟兄们住得舒服些，可是没钱，想来想去，还是一声叹息。

刘西林在镇政府门口碰到了镇长李飞跃。

李飞跃站在那里，用牙签剔牙，口中不时啐出食物的残渣。他看到刘西林，说："刘所长，早呀！"

刘西林朝他笑了笑："李镇长早，昨天晚上没有打麻将？"

李飞跃说："哪能天天打，囊中羞涩呀，况且，最近工作太忙，顾不上。"

刘西林说："别哭穷，你要没钱，我们就不要活了！"

李飞跃说："最近没有回家？"

刘西林的家在汀州城里，基本上周末回去住个晚上。他说："你知道的，近来唐镇不稳定，怕出事，有家难回啊，你们搞的拆迁什么时候才能完？弄得鸡飞狗跳的，也不让人过安稳日子。我们派出所才几个人，真要出大问题，怕是很难应付。"

李飞跃说："该回家还是要回家，否则少夫人有意见。拆迁很快就收尾了，不就还有三两个钉子户吗，没几天就可以解决问题。你们不要担心，我们不是还有保安队吗，不是特殊情况，我们是不动用你们警力的。"

刘西林打心眼里瞧不起这个肥头大耳的家伙，更烦他的口臭，要不是在唐镇工作，连话也不想和他说。刘西林说："你得好好管管你的保安队，不要动不动就打人，出人命了就是天大的事，到时还得我们擦屁股！"

李飞跃说："放心吧，刘老兄，翻不了天的。"

刘西林说："但愿没事。好了，我得去填饱肚子了。"

李飞跃挥了挥手说："去吧，去吧，知道你好那口。抽空我们好好喝两杯。"

刘西林嘿嘿一笑，转身离开。

李飞跃目视他的背影，脸上浮现出古怪的笑容。

李飞跃说得没错，刘西林的确好那一口，就是刘家小食店的芋子饺，皮薄柔滑，馅多汁美。刘家小食店在镇东头山脚下的汽车站旁边，刘西林必须穿过镇街才能到达那里。走在镇街上，刘西林皱着眉头，镇街靠唐溪那半边搞拆迁，要在这里开发商品房，拆得七零八落，满目疮痍，还剩下几栋没有拆掉的房子，落寞地矗立，忧伤而又凄凉，像是风烛残年的老人，等待着死亡来临。这个历经劫难的明清古镇失去了往昔的风情，显得不伦不类。其中一栋二层的小楼在晨风中摇摇欲坠，随时都有可能倒塌。那是游武强的家，游武强是这次拆迁过程中最强硬的钉子户。这个八十多岁的老头，有着硬朗的身板，声音虽然沙哑，却中气十足，刘西林听过他暴怒时的吼叫，雄狮般的吼叫，那时，刘西林会想象他年轻时的模样，一定杀气腾腾。

镇街另一边的房子暂时还没有拆的计划，据说以后还是要搞开发的，那些房子里住的人和小店主忧心忡忡，提心吊胆，生怕自己安稳的生活遭到破坏。

刘西林发现街上人们的表情都十分怪异，有几个人见到他欲言又止。

剃头店的游缺佬正在打开店门，他也看见了刘西林。

游缺佬目光慌乱，有意识地躲避刘西林。

游缺佬上嘴唇有个豁口，据说，那是他小时候放鞭炮时，被鞭炮炸的。因为唇上的豁口，镇里人叫他"缺佬"。唐镇人喜欢给别人起绰号，很多人都有古怪的名字。刘西林走上前，问他："缺佬，发生了甚么事情？"

游缺佬翻了翻眼皮，说："没甚事，没甚事。"

3

刘西林笑笑:"没甚事,你为什么那么慌张?"

游缺佬无语,走进了店里,不再搭理刘西林。

刘西林心里明白,现在唐镇百姓都不信任他。他叹了口气,继续朝汽车站方向走去。隐隐约约,他感觉到有什么事情要发生,或者已经发生。

以汽车站为中心的公路两旁,有许多商铺和饭馆,有洗脚店按摩店,还有卡拉OK厅……这块地方取代了镇街的功能,成了唐镇最热闹的地方。

刘西林走进刘家小食店,找了个空位坐了下来。老板娘吴文丽是个年轻貌美的少妇,她笑面如花,对刘西林说:"刘所长,你稍等呀,马上给你上芋子饺。"他根本就不用说,吴文丽就知道他要吃什么,这是长期以来形成的默契。小食店里生意好,坐满了吃早餐的人,有的吃拌面,有的吃扁肉,有的吃豆腐角,有的吃芋子饺……天气热,小食店没有空调,只有一个吊扇吭哧吭哧地转,扇出的是热风,食客们流着汗。刘西林进来前,食客们七嘴八舌地议论着什么,他进来后,他们就不说话了。刘西林也流着汗,他已经习惯了唐镇的夏天,况且,为了吃上美味的芋子饺,流点汗也值。

吴文丽照顾他,先给他煮了碗芋子饺,端到他面前:"刘所长,抱歉呀,让你久等了。"

刘西林说:"没关系。对了,洪伟不在?"

刘洪伟是刘家小食店的老板。

吴文丽说:"他有事出去了。"

刘西林没有再说话,闷头吃芋子饺。

这时,小食店角落里传来不满的声音:"怎么搞的,我等了那么久,拌面也没有上来,警察一来就给他先上了,总有个先来后到嘛,不能这样势利的!"

那是一个年轻人,瘦削的脸,戴着一副眼镜。

从他的口音判断，他不是本地人，吴文丽也没有见过他。虽然唐镇地处偏僻之地，外面很少有人光顾，吴文丽倒也不欺生，忙对他说："对不起，对不起，你要的拌面马上来！"然后，她对正在煮面的姑娘说："凤凤，快点快点，看客人都急了。"

年轻人还在嘟哝："真是的，警察了不起呀！"

很快地，吴文丽把拌面端到了年轻人面前。

刘西林吃完，站起来，走到年轻人面前，低头对他说："出门在外，火气不要这么大，会吃亏的！"

年轻人看了看他，没有说什么，继续吃面。

刘西林笑了笑，拍了拍年轻人的肩膀，走出了小食店。一阵风吹过来，刘西林感觉到了凉爽。走了几步，他回转身，朝小食店里忙碌的吴文丽说："吴文丽，你出来一下。"吴文丽快步出来，胸前丰满的乳房不停颤动。走到刘西林面前，她擦了擦额头上的汗说："刘所长，你还有事？"

刘西林压低了声音说："你告诉我，镇子里发生了什么事？"

吴文丽笑了笑说："你还不知道呀？游武强不见了。"

刘西林说："哦，有人知道他去了哪里？"

吴文丽说："不清楚，有人说，他又去上访了；又有人说，他失踪了。"

刘西林说："我知道了，你回去吧。"

奇怪的是，此时，刘西林脑海里浮现出的是镇长李飞跃肥得像猪肚般的脸。

刘西林感觉到了恶心。

## 2

吴文丽回到小食店。

那个年轻的异乡人走到她面前，说："多少钱？"

吴文丽笑着说："两块钱。"

年轻人说："真便宜。"

吴文丽说："在我们这个穷地方，贵了就没有人来吃了。对了，请问你从哪里来？"

年轻人把两块钱递给她，说："上海。"

吴文丽说："上海是大地方呀，没有去过。"

年轻人笑笑："以后有机会去吧。"

吴文丽说："你来这里做甚？"

年轻人说："随便看看。"

吴文丽说："有什么好看的？"

年轻人没再说什么，朝外面走去。

吴文丽也没想太多，继续忙活。

年轻人回到公路边的唐镇旅馆，上了二楼，进了204房。房间里有股发霉的怪味。空调漏水，水从空调上滴落在肮脏的红色塑料桶里，发出沉闷的响声。空调底下的墙面潮湿斑驳，有的地方还长出了白毛。他自言自语道："这什么鬼地方。"

他站在窗口，可以看到车站后面的那棵老樟树。

老樟树神秘莫测。

他靠近过那棵老樟树，感觉老樟树是有灵魂的，站在树下，他浑身发凉。老樟树旁边的土地庙修得很好，屋顶用的都是琉璃瓦，因为老樟树的威慑，他没敢踏进土地庙的庙门，匆匆逃离。

如果不是为了完成奶奶的遗愿，他不会来到唐镇，这个陌生的地方让他恐惧。

他想，那棵老樟树和宋柯有没有关系？

可以肯定的是，宋柯和唐镇一定有关系。他不知道宋柯来到唐镇后，在这里干了些什么，最后的结局又是怎么样的。对他来说，那都是谜。

他喃喃地说:"奶奶,我会把爷爷的尸骨带回去,和你安葬在一起的。"

祖母苏醒在死前一个月时,变得疯疯癫癫,一改往昔矜持的大家闺秀形象。她会半夜起来,站在窗口歌唱,唱一首情歌,歌声飘到街上,变成了一片枯叶,随风飘荡。唱完,她就用哭声表达内心的凄凉。这是一个守寡多年的女人,从青春年少,一直到白发苍苍。她一直在等待,等待丈夫回来,就是在最困难的时候,她也相信他会回来。那一年,她被抄家的红卫兵从楼上扔下去,奄奄一息时,她坚信他会在自己死之前回来。结果,就是到了她快死了,男人也不见踪影,不知死活。这个叫苏醒的老太太,哭完后,就坐在床上,破口大骂。她骂的是那个叫宋柯的负心男人。骂累了,就昏睡过去。一连二十几天,她都那样,家里人都十分惶恐,不知如何是好。苏醒离开人世的头一天,她把孙子宋淼叫进了房间。直到第二天,宋淼跑出她的房间,告诉其他家人,老太太归西了,他们才知道她真的离开了人世。可是,她在最后的日子和宋淼说了些什么,谁也不知道,宋淼也没有向任何人说,包括他的父母亲。苏醒死后不久,宋淼就辞去了工作,踏上了寻找宋柯的道路。

宋柯六十多年前离开上海后,走了很多地方,最后才在唐镇落脚,做了一个专门给死人画像的画师。这些宋淼并不知情,苏醒也无法知道,宋柯每到一个地方就会写封信给她,她接到的最后一封信是从一个叫汀州的地方寄来的,从那以后就断了音讯,几十年没有得到过他的消息,哪怕是片言只语。苏醒保留着那些信,那些信就像是他的真身,触摸它们可以感觉到宋柯的体温。她死前,把这些散发出陈年味道的信件交给了宋淼,宋淼就是依靠这些信,追随着祖父的足迹,费尽周折,到达汀州。

宋淼进入唐镇,没有祖父宋柯那样明确的目的,他在汀州城里搜寻祖父的消息无果，就误打误撞来到了唐镇。在唐镇的第一个晚上，宋淼梦见一个女人站在野草萋萋的荒凉山坡上朝他招手，她站立的地方有一株孤零零的枯死的柑橘树，那女子头发蓬乱，脸色黑红，穿着老式侧襟的蓝色土布衣裳，脸上却露出灿烂笑容，灰色梦境被她的笑脸照亮。第二天，宋淼在唐镇游荡，希望看到梦中的女子，却一无所获。如果不是祖母的遗愿，还有那份遗产，宋淼不会寻找那个消失了几十年的人。那人虽然和他有血缘关系，可是，宋淼对他没有一点印象，也没有一丝的感情，相反的，内心常常会抵触这个人，甚至厌恶。

唐镇给宋淼留下了肮脏混乱的印象，面对这里陌生的人们，他还会莫名其妙地产生一种恐惧。他包里的皮夹子里装着一张发黄的黑白照片，那是祖母死前给他的，并且告诉他，照片中那个梳分头的小白脸就是宋柯。刚刚看到这张照片，宋淼一阵昏眩，太阳穴像被石头击中。照片中的人和他如此相像，难怪祖母对他疼爱有加。在唐镇游荡，他总是把那张照片拿出来，给上了年纪的老人看，问："请问老人家见过这个人吗？"大部分老者都老眼昏花，或者记忆模糊，看着照片摇头。只有老中医郑雨山端详着照片说："这人眼熟。"郑雨山道骨仙风，精神矍铄。宋淼眼中跳跃着希望的火星："老人家真见过这个人？"郑雨山抬头注视他，说："你是他什么人？"宋淼实话实说："我是他孙子。"郑雨山沉默了会儿，说："没有想到，他还有孙子。"宋淼说："你真见过他？"郑雨山点了点头，捋了捋白胡子，说："他叫宋柯，是个画师。我父亲死时，就是他画的像。"宋淼激动地说："对，对，他叫宋柯，是个画家。老人家知道他现在在哪里？"郑雨山叹口气说："他已死去多年了。"宋淼有点遗憾，尽管这个结果在意料之中。他叹了口气说："知道他埋在哪里吗？"郑雨山突然不想说什么了，淡淡地说："其实我也不太清楚宋画师甚么事情，我给你推荐一个人吧，或许他会告诉你想知道的东西。"宋淼说："谁？"郑雨山说："游武强。"说出游武强的名字，郑雨山闭上了眼睛。离开郑记中药铺，宋淼站在小街上，看着对面被拆成废墟的半边，突然觉得悲凉，往远处看，可以看到汩汩流淌的唐溪，还有田野和起伏如黛的山峦。

废墟中矗立的三栋老屋，其中一座就是游武强的家。宋淼不知道为什么他们要和开发商对抗，在打听游武强住处时，得知他是个强悍之人，虽然八十多岁了，还有一把蛮力，头脑也十分清楚。游武强的家门紧闭，企图把一切阻挡在家门之外。他家的木板门上写着一个大大的字，"拆"，拆字被一个圆圈圈住，给这栋砖木结构的二层小楼判了死刑。宋淼走上前，敲了敲门。有人围上来，笑嘻嘻地看热闹。门开了一条缝，宋淼看到一只深陷却有神的眼睛。游武强说："你们给多少钱，我都不会搬的！除非我死！"

宋淼说："我不是来要你搬迁，我——"

他话还没有说完，门就被用力关上了，宋淼的心剧烈地跳了跳。

游武强的声音从门里传出："你们别想骗老子开门！"

宋淼说："我真不是和他们一起的，我只是想问你老人家一件事，我爷爷宋柯到底埋在哪里？"

游武强说："你去问李飞跃那王八蛋，人是他爹埋的！"

围观的人中传出声音："后生崽还是走吧，别惹这个老鬼，惹火了，他出来撕了你。"

宋淼没有理会此人的话，只是问："李飞跃是谁？"

人群哄笑起来。

有人说："傻瓜，连唐镇的镇长李飞跃都不知道。"

这些人又土又俗还特别势利，宋淼默默离去。围观者也散了。

宋淼去找过李飞跃，在镇政府门口，就被凶神恶煞的保安拦住了。保安问他找谁。他说找镇长李飞跃。保安说，你找镇长干什么？宋淼说，找他问点事情。保安说，什么事情？宋淼说，和你没有关系的事情。保安怒了,你很神气,走开,镇长忙,不会见你的!宋淼说,你怎么知道他不会见我?保安瞪着眼睛,让你滚开就滚开,啰唆甚么!再不走,打你!保安说着就拿起警棍,做出要揍人的样子。小鬼难缠,宋淼只好走了。

他去找过游武强好几次,老头子就是不让他进屋,也不和他说什么实质性的东西。宋淼问他李飞跃的父亲是谁,游武强说了一个叫"三癞子"的名字。宋淼想,找李飞跃的父亲或许比较容易,他家门口应该不会有凶神恶煞的保安。宋淼问游武强,老人家,你知道三癞子住哪里?游武强说:"住地狱里,这狗东西早死了!"

宋淼无奈。

在陌生的唐镇,也许只有游武强才能给他提供祖父宋柯的信息。他多么想尽快带着祖父的尸骨逃离唐镇,隐隐约约地,宋淼感觉唐镇是个邪恶的地方。可他怎么样才能取得游武强的信任,让他接纳自己?

……

可是,早上在刘家小食店吃早点时,听说游武强失踪了。

宋淼陷入了困境。

## 3

田野里稻谷一片金黄。

往年这个时候,唐镇人会有种丰收的喜悦,喜悦不用说出来,从人们眼睛里和脸上就可以透露出来。每年新稻开始收割后,镇上人都会选定一个日子,这个日子叫"尝新禾",是庆祝收成的一个节日,每家每户割肉买酒,热闹非凡。"尝新禾"据说在此地有几百年的历史,从古至今,没有间断过。今年这个时节,并不是每个唐镇人都拥有丰收的快乐。最起码有半数的人因为拆迁而有苦难言,心里憋着一肚子火。他们对"尝新禾"的期待也没有那么强烈。游武强的失踪，更给唐镇蒙上了一层阴影。另外两户钉子户也忧心忡忡，不知道会发生什么事情。

王三德走出家门，左顾右盼，生怕有人把他抓走。

作为唐镇三个钉子户之一，他胆子要比游武强小得多。因为很早就秃顶，人们都叫他王秃子。王秃子六十多岁，两个儿子都在外地工作。他曾经对那两个儿子说，能跑多远就跑多远，千万不要回唐镇来生活，在他眼里，唐镇是地狱，别的地方都是天堂。好在两个儿子都挺有出息，考上大学，留在了外地，娶妻生子，让王秃子心里没有了挂碍。拆迁的事情，王秃子没有告诉儿子们，他认为这是自己的事情，和他们兄弟俩没有关系，也不想给他们找麻烦，他们好好活着是最重要的事情。

阳光照在他的秃头上，反射出耀眼的光芒。

他不相信游武强去上访了。游武强要是去上访，一定会和他商量。他们一起去过北京，虽然被抓回来了，还挨了毒打，但是心没有死，要和企图拆他们房子的人对抗到底。问题是，他搞不清楚游武强的去向，游武强失踪，仿佛让王秃子失去了主心骨。这两天，没有人来找过他，貌似很平静，这平静下隐藏着什么阴谋，他一无所知。因此，王秃子内心恐慌。他要去找另外一个钉子户郑文浩商量，看怎么应对。王秃子老婆吴四娣说："秃子，我看还是算了，答应他们的条件，让他们拆吧，这日子没法过下去。"王秃子骂道："妇道人家，你懂个屁，他们给的那点钱，是在打发要饭的，他们是明抢，哪是什么补偿！"吴四娣说："这样下去也不是个事，断水断电都两个多月了。"王秃子说："断水断电怕什么，以前没有自来水没有电，不照样过日子！我出去了，你记住，他们要是来强拆，你就把那桶汽油往身上浇！"吴四娣说："晓得了，你去吧，出去要小心哪。"

他朝郑文浩家走去。

有人碰到他说:"秃子,他们答应你的条件了吗?"

王秃子说:"没有。"

那人笑笑:"如果答应了,要告诉我们呀。"

王秃子点了点头。

那人走过去后,他心里说:"呸!什么东西,当初让你们一起抵制,你们不干,就等坐享其成。"那人也是个拆迁户,王秃子知道,那些拆迁户都在观望,如果王秃子和游武强他们成功拿到更多的拆迁费,他们就去闹,要求和王秃子那三家人一样,不行的话,他们就算了,这些人内心也十分纠结。

郑文浩十岁的儿子郑敏佳在家旁边的废墟上寻找什么。

王秃子说:"敏佳,你爹在吗?"

郑敏佳说:"在磨刀。"

王秃子说:"你在找什么?"

郑敏佳说:"昨天晚上我梦见这个地方有一坨金子,我在找,看看真的有没有。"

王秃子说:"找吧,好好找,说不定真被你找到了金子,那你就发达了,你爹也不用杀猪了。"

郑敏佳没有再理他。

王秃子发现郑文浩的家门虚掩,就推开门进去。郑文浩果然在天井边磨刀。他旁边的竹篮里放着好几把磨好的杀猪刀。郑文浩是个杀猪佬,从他爷爷郑马水开始,三代人都是屠户。王秃子知道郑文浩有股蛮力,手上还有合法的武器——杀猪刀,小镇上那些欺行霸市的烂人也怕他三分。所以,只要他在家,也敢敞开家门,不怕拆迁队进来强拆,不像游武强和王秃子,成天家门紧闭。

郑文浩磨刀霍霍,头也没抬,说:"秃子,有甚么消息?"

王秃子说:"游武强不见了,你晓得吗?"

郑文浩说："听说了，不过，别大惊小怪。老游那个人你又不是不知道，历来神出鬼没的，过两天就回来了。"

王秃子说："我担心——"

郑文浩笑了笑："担心什么？难道他们还敢杀人？没有王法了！"

王秃子说："现在有些人为了钱，什么事情都干得出来的。"

郑文浩冷笑道："那就让他们问问我手中的杀猪刀愿意不愿意！"

王秃子说："我们还是要提防呀。"

郑文浩说："我晓得。"

王秃子说："实在不行，我看还是找找刘西林吧，无论如何，我们对他都有恩，他应该不会完全地忘本了吧。"

郑文浩说："以前，他当我是兄弟，我也认他这个兄弟，现在不是了，什么也不是了。他不会保护我们的，官官相护，他只会帮那些有权有势的人，我们算什么？他当他的派出所所长，我杀我的猪，井水不犯河水。我和他讲过，不要插手拆迁的事情，如果他也来逼我们，那我只有用杀猪刀和他相见，我不怕他有枪。要我去找他说情，办不到，我死也不会去求他，他忘不忘本是他自己的事情，和我没有关系，当初大家帮助他，也没有图他什么，也没有希望他日后要报恩。秃子，以后你不要在我面前提这个人，再提，我和你翻脸。"

王秃子说："好，好，我不提，不提。"

## 4

一丝风都没有，夜闷热而又漆黑。

刘西林看了一会儿书，关了灯，躺在床上，想给妻子赵颖打个电话，问问女儿的情况，前些日子，女儿感冒发烧。拿起手机，拨了家里的电话，一直无人接听。刘西林叹了口气，把手机扔到一边，闭上了眼睛。妻子也许是带着女儿回娘家去住了，她经常这样，刘西林不在家，她喜欢回娘家住。刘西林的岳父是县公安局的前任局长，在汀州城的北山下有幢别墅，老两口就赵颖这么一个女儿，也希望她们回去，热闹些。刘西林却很怕到那别墅里去，他不知道自己怕什么。

他曾经想让岳父和现任公安局长说说，把自己调回城里去，哪怕是当个普通警察也可以，他实在不想在唐镇待下去。岳父脸色冷峻说："你这个派出所所长也来之不易，好好干几年，对以后发展有利，你回城干什么？"刘西林说："你老人家知道我的出身，待在唐镇，工作不好开展，在很多事情上，我无法面对唐镇人，总觉得对不住他们。"岳父冷冷地说："没出息！"然后就不理他了。刘西林十分无奈，就连妻子也不理解他，有时甚至冷嘲热讽，他真后悔和她结婚。

躺了会儿，他又从床上爬起来。

穿上衣服，从枕头底下把枪摸出来别在腰里，拿着手电出了宿舍门。站在镇政府院里，他听到了"哗啦""哗啦"的麻将声，不用考虑，那一定是李飞跃在打麻将。院子里还停着一辆宝马轿车，刘西林想到了一个人的名字：郑怀玉。郑怀玉是老中医郑雨山的儿子，早些年在厦门一带混，也不清楚靠什么发了财，前两年回汀州，把县中医院收购了，现在又捣鼓唐镇房地产，那半边街的房子就是他拆的。刘西林是个孤儿，唐镇人的百家饭把他养大，还供他上了警官大学。按理说，郑怀玉家对他也有恩，年少时他得过一次大病，差点一命归西，是郑雨山的妙手把他从阎王爷那里抢回来。可是，他对郑怀玉一直没有好感，就像对李飞跃一样。刘西林发现李飞跃他们总在某些大众场合说他是他们的人，造成他和普通大众的对立，他也只是一笑置之。人在做，天在看，刘西林想，只求问心无愧，其他事情也管不了那么多了。

说心里话，他还是担心游武强那三个钉子户的安危。

恰恰是这三个钉子户，是他恩人里的重中之重。

刘西林不可能忘记他们曾经给过他的温暖和爱护。

他出了镇政府大院的门，打着手电朝镇街上走去。

一条黄狗跟在他后面。

他回转身，用手电照了照黄狗。黄狗吐着舌头，眼中仿佛在流泪。黄狗朝他摇着尾巴，呜咽。刘西林认出了是游武强养的那条狗。他想对黄狗说些什么，却什么也说不出来。转身往前走，黄狗还是跟在他身后。

唐镇小街上没有路灯，原来有的，拆迁后就没有了，据说等建设好了会有。

刘西林站在游武强的房前，心里突然特别难过。

他脑海里会出现这样的情景：那是个寒冬，天上下着雨夹雪，一个五十多岁的汉子，走进了破败的土地庙。土地庙里，一个衣衫褴褛的孩子蜷缩在神龛底下，瑟瑟发抖。满脸脏污的孩子惊恐地注视这个不速之客，他脸上的刀疤令人恐惧。孩子企图站起来躲避，却双腿发软，无力挪动。刀疤汉子用沙哑的声音说："孩子，别怕，我不是坏人。"孩子微弱地说："我、我饿——"刀疤汉子抱起孩子，走出了庙门。洌风呼啸，天寒地冻，孩子在刀疤汉子怀里感觉到了温暖，那是他有记忆以来第一次感觉到温暖。刀疤汉子把他抱回了家，放在床上，盖上被子，然后说："孩子，等着，我去给你弄点吃的。"刀疤汉子在唐镇的小街上游荡，夜已深，唐镇一片寂静，人们大都进入了梦乡。好不容易，他发现有家人门缝里漏出了亮光。他赶紧跑过去，敲门。"谁呀——"里面一个男人说。刀疤汉子说："秃子，快开门，冻死人了。"王秃子说："半夜三更的不睡觉，你想干什么呀？"刀疤汉子说："少啰唆，快给老子开门。"门开了，王秃子说："快进来。"刀疤汉子闪了进去，闻到了一股香味。刀疤汉子笑了："秃子，就知道你在煮东西吃。"王秃子说："唉，我八辈子才做一次夜宵，就被你发现了，真倒霉。"刀疤汉子来到厨房，看到锅里漂浮着一个个饱满的芋子饺，说："秃子，你哪来的这么好的东西？"王秃子说："一个亲戚办喜事，我没有去，托老婆带了点回来。晚上饿慌了，就起来煮了吃。"刀疤汉子不管三七二十一，盛了一大碗，端着就跑。王秃子哀叫："土匪呀，我碰到土匪了呀——"刀疤汉子把那碗热气腾腾的芋子饺端到床边，说："孩子，起来吃吧。"孩子惊喜地睁开眼……

那个孩子就是童年的刘西林。其实他不是唐镇人，连他自己也忘了自己是哪里人，他有记忆的时候就在流浪，最后流落到了唐镇，就快要冻死时，刀疤汉子救了他。刀疤汉子就是游武强，就是这个唐镇的传奇人物，让他尝到并且记住了芋子饺的美味，也让他在唐镇落脚。刚开始时住在游武强家，游武强孤身一人，常常会消失一段时间，神出鬼没，不能好好照顾他，于是，游武强就发动大家，一起来养刘西林，他就轮流地在各个人家吃住几天，大家还凑钱供他上学，一直到他上完大学。

想起往事，刘西林百感交集。

他从警官大学毕业后，很少回唐镇，要不是上面派他到唐镇派出所当所长，他也不会想回到这个地方。他怕看到那么多恩人的眼睛，他没有能力改变他们的生活，没有能力报恩，选择逃避是万不得已的事情。他诚惶诚恐地来唐镇上任，不知如何面对唐镇人，只好硬着头皮待下来。很奇怪的是，在他上任后，很少有人来找他，人们都用陌生的目光看他，仿佛和他从来没有什么关系，这让他心里更加难过。刘西林不知道为什么会这样。有个晚上，他来到了游武强家门口，想和恩人谈谈。游武强没有让他进屋，他们隔着门说话。游武强平淡地说："你来干甚么？"刘西林说："我想和你说说话。"游武强说："有什么好说的。"刘西林说："很多话想和你说。"

游武强说："烂在肚子里吧，不说的好。"刘西林说："我觉得对不起你们，想起过去的事情，特别愧疚。"游武强说："不要想过去，我们都忘了，你想它做甚，忘记过去吧，你会更有前途。你现在是公家人，做的公家事，你放心，我们不会找你麻烦，你回去吧，以后不要再来了，这样对你好。"刘西林的眼睛湿了，默默离开。

如今游武强在哪里？

他不相信游武强会失踪。

他相信游武强会在某个清晨，踩着露珠回来，像很久以前一样。

黄狗走过来，舔他垂下的手。刘西林摸了摸黄狗的头，说："大黄，去找你主人吧。"

黄狗默默无声。

## 5

这个漆黑的晚上，宋淼也难以入眠。

白天里，他去找过郑雨山，这个看上去儒雅的老人还是守口如瓶，不愿意谈论宋柯的事情。他还想撬开游武强的小楼，进去看个究竟，或许可以找到祖父当年的蛛丝马迹，他已经知道，这栋小楼原先是宋柯的画店。那是一个叫叶湛的女大学生告诉他的。下午，宋淼百无聊赖，就去五公岭底下的田野上看当地人割稻子。农人们挥汗如雨，弯腰割稻，宋淼知道了他们的艰难，他不敢想象自己要是像他们一样劳作，能够坚持多久。田野上气温很高，宋淼就是站在那里一动不动，也汗流浃背。他正想逃离，躲回旅馆去，这时听到了歌声：

　　天上飘来一团云，
　　又像落雨又像晴。

十七十八有情妹，

又想恋郎又怕人——

歌声婉约透亮，吸引了宋淼，他从来没有听过这种地域色彩浓郁的歌谣。田埂上走来一个妙龄姑娘，姑娘戴着草帽，上身粉色的T恤，下身穿着牛仔裤，看上去不像乡下人。那歌就是这个姑娘唱的，宋淼目不转睛地看着她，等她到了跟前，才慌乱地把目光从她俏丽的脸上移开。

姑娘身上散发出热烘烘的迷人气息，她大方地对宋淼说："我唱的山歌好听吧？"

宋淼说："好听，好听。"

姑娘说："你是从外地来的吧，以前没有见过你。"

宋淼说："是的，从上海来。"

姑娘说："我说嘛，看上去就不一样。"

宋淼说："你也和当地人不一样。"

姑娘笑了："怎么不一样？"

宋淼说："当地的姑娘没有你这样的气质。"

姑娘说："你错了，我就是土生土长的唐镇人，不要小看我们乡下人呀，听说你们上海人把其他地方的人都当乡下人。"

宋淼尴尬地笑了笑。

姑娘接着说："我开玩笑的，你别见怪呀。"

宋淼说："没有关系。对了，你刚才唱的什么歌？"

姑娘说："我们这里的山歌呀，你没有听过吧，现在没有几个人会唱了。我爷爷是唱山歌的高手，是这一带的山歌王，当年我奶奶就是因为他山歌唱得好才嫁给他的。爷爷活着时，看我喜欢唱歌，就教了我许多山歌。"

宋淼说："原来如此。"

姑娘要回家做饭，宋淼就和她同路回唐镇。路上，他们说了不少话，宋淼知道了她的名字叫叶湛，是厦门大学的三年级学生。叶湛问起了他为什么来唐镇。宋淼告诉她来找祖父宋柯。叶湛一听到宋柯的名字，有些吃惊。宋淼注意到了她的表情，说："你知道我爷爷？"叶湛说："听爷爷说过，很久以前，唐镇有个画师叫宋柯，他能够把死人画活，不知道这个画师是不是你爷爷。"宋淼说："应该是他，爷爷是个画家。他离开上海时就很有名气了。"叶湛说："那他为什么要离开上海，来到我们这个山旮旯里来呢？"宋淼没有回答她这个问题。宋淼问她："你知道我爷爷多少事情？"叶湛摇了摇头，说："不是很清楚，就知道他很早就死了。如果爷爷还在，他应该知道的，可惜爷爷已经去世了，你早几年来就好了。镇上应该还有些人知道你爷爷的情况，比如郑雨山和游武强。以前你爷爷的画店，就是现在游武强住的地方，可惜也要拆了。"

他们分开时，叶湛热情地把她的手机号码告诉了宋淼，还说在唐镇有什么事情需要帮忙可以找她。

夜深了，宋淼在空调漏水的滴答声中难以入眠。

如果游武强回不来了，他是不是会无功而返？想到游武强，他就想给叶湛打个电话，了解一些游武强的情况。因为太晚，又和她不是很熟，就放弃了这个念头。宋淼打开电视，电视信号特别不好，雪花乱飞，声音时断时续，沙沙作响，他烦躁地关掉了电视，躺在床上，茫然地望着天花板。

天花板上出现了一张女人黑红的脸，女人朝他微笑，是在他梦中出现的站在野草萋萋荒凉山坡上朝他招手的女人。他揉了揉眼睛，那女人的脸还在。宋淼惊骇地从床上弹了起来，那女人的脸消失了，他仿佛听到有人在他耳边说："请跟我来——"

他吼叫道："不，我哪里也不去！"

耳边还是有人在说："请跟我来——"

就在这时，传来剧烈的敲门声。

宋淼大声说："谁呀——"

门外传来粗鲁叫声："开门，快给老子开门，查夜！"

宋淼说："你们是干什么的，查什么夜？"

"少废话，快开门！"

门继续被敲得山响，房间里的宋淼感觉地震一般。

他如果不开门，也许他们会破门而入。

没有办法，宋淼打开了门。

冲进来一个人，猛地推了宋淼一把，宋淼一个趔趄，倒在地上。那是个穿着制服的人，和镇政府看门的保安一样的制服。他后面还跟着个同样穿制服的人。推宋淼的人是个高大的汉子，满脸横肉，吊着三角眼，凶狠地挥了挥手中的警棍，吼道："干你老母！让你开个门还拖拖拉拉的！"

宋淼从地上爬起来，愤怒地说："你们凭什么打人！"

那人说："打你还要理由吗？你睁大眼睛看看，老子是谁！"

宋淼说："我不知道你是谁，谁也不能打人。"

后面的人说："张队长，干他！给他点颜色瞧瞧。"

这几天在唐镇，宋淼听说过有个叫张洪飞的人，是个狠角色，此人因为打架，把人的眼珠子打掉，坐过大牢，出狱后，在唐镇称王称霸，李飞跃当镇长后，成立了保安队，让他当了保安队长。宋淼想，站在自己面前的人就是张洪飞。

的确，此人就是张洪飞。

张洪飞说："今天老子高兴，就不打你了，把身份证拿出来。"

宋淼好汉不吃眼前亏，拿出身份证递给他。

张洪飞拿着他的身份证，装模作样瞅了瞅，说："你来唐镇干什么？"

宋淼说："来玩。"

张洪飞把身份证递还给他："来玩没有问题，但是要守法，要老实点，你要清楚，在这个地方，老子收拾一个人，就像捏死一只小蚂蚁。"

宋淼莫名其妙，不知道他说的守法是什么意思。

张洪飞转过身，对另外那个保安说："李效能，走！"

李效能说："就这样轻易地放过他？"

张洪飞说："少啰唆，走！"

他们走后，宋淼颓然地坐在床上，大口地喘着粗气。

宋淼真想离开唐镇。宋淼不明白自己和宋柯有什么关系，因他一人之错，让那么多人痛苦，他是罪人，却要别人为他承受……宋淼心里恨透了宋柯。

……

迷迷糊糊中，宋淼觉得有人在拉他的手。

那人的手粗糙而冰凉。宋淼一激灵醒过来。房间里除了他自己，没有任何人，连个影子也没有，空调还在漏水，滴答，滴答……刚才是不是在做梦？此时，宋淼分不清是梦境还是现实。他起了床，打开房门，走了出去。

他心里有个女人在叫唤："跟我来，跟我来——"

刚刚走出旅馆门，宋淼发现好多人朝停在马路边的一辆大卡车走去，这些人手上都拿着榔头钢钎等家伙。他们无声无息地上了车。车启动后，朝县城方向驰去。宋淼走向了镇街，黑暗中，他走得十分稳定，好像对这里很熟悉。

他来到了游武强房子的地方，发现游武强的房子已经被拆了，成了废墟。

宋淼想到了刚才看到的那些人，心里明白，是那些人悄悄地把游武强的房子拆掉了。

有种奇怪的声音从废墟里传出，仿佛是有人在废墟里呻吟。

宋淼突然想到了游武强，他是不是被埋在了废墟里？

宋淼摸到了呻吟声发出的地方，马上清理那里的杂物。呻吟声越来越清晰。宋淼被呻吟声折磨得癫狂，不顾一切地用双手在废墟里刨挖，指甲里渗出了血，也不觉疼痛。只要救了游武强，游武强就会把宋柯的事情全部告诉他，他就可以逃离这个鬼地方。不知刨了多久，他竟然在废墟中挖出了一个坑，当他的手触摸到某种物件时，呻吟声消失了，天也蒙蒙亮了。宋淼挖到的是一个老式的皮箱。他赶紧提着皮箱，匆匆忙忙地回到了旅馆，生怕唐镇人误会他拆了游武强的房子。

## 6

刘西林被电话铃声吵醒。

电话里，一个男人吼叫道："唐镇有没有王法了，唉？！趁人不在家，连夜把人的房子拆了，你们管不管？你们到底是为谁服务的，唉？！"

刘西林听不出吼叫者是谁。

他说："你先别发火，是谁的房子被拆了？"

对方说："还能是谁的，游武强的呀！"

刘西林浑身颤动了一下，说："我过去看看。"

这个早晨，天空多云，阴沉沉的，像死人的脸。

刘西林匆匆地带着值班民警马建来到了现场。现场围满了人，人们七嘴八舌在议论着什么。刘西林和马建走过去，人们就不说话了。废墟惨不忍睹，破砖烂瓦、旧衣服脏席子、破碎的盆盆罐罐等混杂在一起，看着就心酸。让刘西林难过的是，人们还发现了不远处死去的黄狗。显然，黄狗是被人打死的，它死不瞑目。这残留着刘西林童年温暖记忆的老屋，已经不存在了，那个对他恩重如山的人也不知去向，刘西林心如刀割。他无法掩饰愤怒的情绪，阴沉着脸。

人们默默地注视着他。

每个人的目光都是锋利的刀子，在剖开他的皮，挖他的心。

刘西林对马建说："找个地方，把黄狗埋了。"

马建说："好的。"

刘西林转过身，朝镇政府方向大步走去。

刘西林在镇政府院里寻找那辆宝马轿车，已经不见踪影。郑怀玉带人拆完游武强的房子就溜了，刘西林心里十分明白。他来到镇政府办公大楼后面的镇政府食堂，发现镇长李飞跃和几个镇干部在吃早饭。他气不打一处来，走过去，冲李飞跃大声说："李镇长，你还吃得下饭吗？"李飞跃慌忙站起来，说："西林，你吃枪药了，火气这么大。"刘西林说："你做了什么你心里清楚！"李飞跃赶紧把他拉出了门外。在一棵桉树下，李飞跃说："到底发生了什么事情，看你火烧火燎的，再大的事情，我们兄弟私下里说，当着那么多人的面，我多没面子，好赖我还是一镇之长。"刘西林说："你有什么面子？你还知道你是一镇之长？游武强的房子被人拆了，你难道不晓得？我问你，昨天晚上你是不是和郑怀玉打麻将了？你是不是支持他把游武强的房子拆了？"李飞跃说："昨晚，郑怀玉的确和我玩了会儿麻将，我们不到十二点就散了，他有没有拆游武强的房子，我真不知道。我一直劝告郑怀玉，要好好做工作，不要硬来，不要强拆，要和拆迁户讲道理，该赔的赔，该补偿的补偿。"刘西林说："我告诉你，现在，游武强的房子已经拆了，他人也不见了，你自己看着办，要是出了什么大事，你不要找我们派出所，你自己负责！好自为之吧。"说完，刘西林气呼呼地走了。李飞跃望着他的背影，咬了咬牙。

这个早晨，刘西林没有擦枪，也没有去吃芋子饺。

他回到办公室，坐在那里发呆。

他心里想着游武强。

游武强到底到哪里去了？

如果他回来，看到自己的房子被拆了，会这么样？他到哪里去安家？

镇子里关于李飞跃和郑怀玉勾结在一起的传闻很多，刘西林也有所耳闻。在那些传闻里，李飞跃和郑怀玉都不是什么光彩的人物，相反的，他们极其丑陋。郑怀玉从政府手中购得那半边街的地，价格相当便宜，而他建好房后据说要高价卖出，从中牟取暴利，这得益于李飞跃。李飞跃当然不会白干，郑怀玉给他高额的回报。郑怀玉不仅仅以打麻将的方式输给李飞跃钱，还给他公司的股份。春天的时候，李飞跃听一个风水先生说，他父亲三癞子的坟要重新修建，这样有助于他飞黄腾达。李飞跃二话不说就开始造坟，坟造得气派辉煌，造价不菲。据说，那造坟的钱就是郑怀玉掏的。坟地落成后，李飞跃大宴宾客，请客的钱也是郑怀玉掏的，收来的红包却落进了李飞跃的腰包。更有甚者，郑怀玉在县城里给李飞跃买了套商品房，里面还养了个姑娘……对于李飞跃的传闻，刘西林开始是将信将疑，渐渐地，他越来越相信那些说法。

他不敢相信一个贫困山区小镇的镇长，会如此堕落。

可是，在世风日下的今天，什么事情都有可能发生。你可以管住自己不去做伤天害理的事情，却管不住别人，也许，连你自己也管不住，在一个巨大的泥淖里，要保证自己出淤泥而不染，比登天还难。

刘西林正想着事情，手机响了起来。

看了看手机屏幕上显示的号码，他知道是县公安局谢副局长打来的电话，谢副局长分管唐镇这一片。

谢副局长说："小刘，你马上到局里来一趟。"

刘西林说:"有什么要紧的事情吗?"

谢副局长说:"你来了就知道了。"

他挂了电话。

谢副局长的口气冷冰冰的,刘西林摸不着头脑。

他向马建交代了一下工作,就开车往县城里赶。天下起了雨,山色空蒙,刘西林的心情异常的灰暗。

## 7

王秃子走出家门。

雨水落在他的秃头上,麻酥酥的。他站在家门口,望着那片废墟。游武强的房子已经不复存在,王秃子有种兔死狐悲之感。对面剃头店的游缺佬说:"秃子,下来就该拆你的房了。"王秃子没有说话。游缺佬说:"秃子,你们斗不过他们的,还是和大家一样,拿点钱得了,不要弄得一无所有。"

王秃子还是没有说话。

他朝西门外的菜市场走去。

游缺佬朝他背影摇了摇头,自言自语道:"这什么世道,自己的房子也保不住。"

王秃子来到菜市场,找到了正在卖猪肉的郑文浩。郑文浩的脸油叽叽的,和他牛皮围裙一样脏。他边给一个顾客切肉,边对王秃子说:"你害怕了?"

王秃子说:"有点,他们拆房子就像你剔骨头上的肉,又快又狠,竟然一点声音都没有,就把游武强的房子拆光了。"

郑文浩冷笑了声,说:"要拆我的房,可没那么容易。"

王秃子说:"那我的呢?"

郑文浩说:"那就看你自己了。"

王秃子说:"我坚持可以,你可要帮我。我家老太婆都吓坏了,她可能快坚持不住了,说再这样下去,她就要去投靠她儿子了。"

郑文浩说:"我帮你,没问题!干他老母的,我就不信那个邪。"

王秃子说:"有你这话,我放心了,我回去守着我的房子。"

郑文浩说:"去吧,去吧。"

王秃子还是不放心:"他们要马上来拆,你能够马上赶到吗?"

郑文浩把杀猪刀往案板上一扔,说:"放心吧!"

王秃子这才往回走。

他还没有走出几步,郑文浩叫住了他:"秃子,回来!"

王秃子折回来,说:"甚事?"

郑文浩切了一刀五花肉,装进方便袋,递给他:"拿回去吃吧,吃好了有精神和那些王八蛋对抗。"

王秃子说:"我没带钱。"

郑文浩爽朗一笑:"送你吃的,我们现在是同一条战壕里的兄弟,不收你钱,以后你家吃肉,我包了。"

王秃子十分感动,提着肉走了。

走出菜市场,张洪飞大摇大摆地迎面走来。王秃子有点怕他,想躲开,但来不及了。张洪飞皮笑肉不笑地说:"秃子生活不错嘛,又割肉吃。"王秃子不想理他,加快了脚步。张洪飞挡在了他面前,不让他走。王秃子想到菜市场里的郑文浩,胆子壮了些,说:"你想干甚么?"张洪飞说:"你说我想干甚么?"王秃子有点恼怒:"鬼晓得你要干甚么,让开,好狗不挡道。"张洪飞冷笑道:"老东西,你嚣张甚么!你看到游武强的房子了吗,拆了,你有甚么感受?你还是放明白点,不要敬酒不吃吃罚酒,你家房子是铁定要拆的,按李镇长的话说,你们是挡不住唐镇发展的进程的!"王秃子浑身发抖,气得说不出话来。张洪飞笑着和他擦肩而过。

好大一会儿,王秃子才骂了声:"流氓!"

张洪飞回头看了看他,说:"老子就是流氓,怎么样?"

王秃子不再理他,赶紧回家。

## 8

宋淼把满是泥土的老式皮箱擦干净,放在了床上。这种皮箱现在已经很难找到,也许只能出现在某个古董商店,他在一些反映民国时代的电影和电视剧里见过这样的皮箱。也许以前他家里也有这样的皮箱,一定是被他父亲卖掉了,困难时期,他父亲经常偷家里的东西出去卖,值钱或者不值钱的东西被他卖了许多,以至祖母苏醒在忍无可忍的情况下,把他赶出了家门,她的遗产也不可能留给他了。找祖父的重任本来落在父亲身上的,却让宋淼承担,叫他情何以堪。

那个老式皮箱磨损得很厉害,破旧不堪,失去了往昔的光泽,估计丢在路边也没有人捡,可它有种魔力,深深吸引着宋淼。

这里面是不是装着一些封存已久的秘密?

而那些秘密正是宋淼所要的?

好几次,宋淼伸出手,企图解开皮箱扣子,打开皮箱看个究竟,可他还是把手缩了回来。房间里的空调虽然漏水,制冷效果却异常的好,就是在冰冷的空调房里,宋淼也憋出了一身汗。

他对这个皮箱好奇而又恐惧。

好奇是想探寻皮箱里的秘密,恐惧是因为那黑夜里诱惑他的呻吟,他不希望打开这个皮箱,发现里面藏着一个鬼魂。

宋淼搬过来椅子,坐在皮箱面前,目不转睛地盯着它。

祖母苏醒说,宋柯当年就是提着一个皮箱出门的。她至死没忘记,那是个雨天,宋柯提着皮箱走出家门,什么话也没说,就走了。他没有打伞,雨水打湿了他的背影。苏醒无法阻止他的离去,站在家门口目送他,心里说:"你一定会回来的,一定会回来的,我会一直等着你——"眼泪情不自禁地涌出了眼眶,她突然闻到了丁香花的味道,那是久违的花香。宋柯没有回头,直到消失在弄堂尽头。

也许这就是当初祖父带走的那个皮箱。

宋淼又伸出颤抖的手,心跳得厉害,无论如何,要打开这个皮箱。

这时,响起了敲门声。

难道白天他们也来查房?宋淼看了看皮箱,有点紧张,仿佛自己是个贼。他赶紧把皮箱藏在了床底下,然后匆匆去开门,怕开门晚了挨打。

宋淼打开门,十分惊喜。

门口站着的竟然是叶湛。她微笑着说:"没想到我会来找你吧?"

宋淼连忙说:"没想到,没想到,快请进。"

叶湛进屋,抽了口冷气说:"房间里好冷。"

宋淼说:"我把空调温度开高点。"

叶湛说:"这里的条件差,和你家没法比吧?"

宋淼点了点头:"请坐,请坐,我给你倒杯水。"

叶湛说:"不用了,不用了,我刚刚在家喝过茶。"

宋淼笑了笑,说:"真没有想到你会来。"

叶湛说:"家里的稻谷收割完了,也没有什么事情了,就想到了你。你人生地不熟的,看看有什么能够帮你的。"

宋淼内心感动:"谢谢。"

叶湛说:"不客气。"

宋淼说:"刚才你敲门,我以为又是镇上的保安来查房了,吓了我一跳。"

叶湛说:"那是一帮流氓地痞。他们经常借着查夜,敲诈人家的财物。有回,一对外地的夫妻在这里住旅馆,没有带结婚证,就说他们卖淫嫖娼,不仅打了人,还狠狠敲了人家一大笔钱。他们心黑手辣,什么事情都做得出来。镇上的人暗地里都咒骂他们不得好死。"

宋淼说:"他们如此嚣张,难道没有人管吗?"

叶湛说:"这里山高皇帝远,他们又是镇政府的保安队,谁管得了呀。"

宋淼说:"恐怖。"

叶湛说:"你知道吗,游武强的房子被拆了。"

宋淼目光往床底下瞟了一下,慌乱地说:"知道了。"

叶湛发现他的手指上都是伤,又青又肿,有些地方还破了,说:"你受伤了?"

宋淼说:"没什么,没什么。"

叶湛说:"游武强要是回来了,不知道会怎么样,小镇上很多人等着看好戏呢。"

宋淼说:"你知道他到哪里去了吗?"

叶湛说:"不知道。好像听我爹说过,爷爷以前知道他经常去个什么地方。"

宋淼说:"如果能够找到他就好了。对了,能不能带我去找找你爹,也许他真知道游武强的去向。"

叶湛说:"没有问题。我爹是跑客运的,他和几个朋友合买了辆中巴,在唐镇到县城之间来回拉客,白天没空,晚上才有时间。对了,今天是'尝新禾'节,他会早点回来吃晚饭,干脆,晚上到我们家过节吧。"

宋淼说:"方便吗?"

叶湛爽朗笑道:"方便,方便。有朋自远方来,不亦乐乎。"

29

宋淼看着眼前这个美貌开朗的姑娘，心里涌起了股暖意。

## 9

刘西林忐忑不安地走进谢副局长的办公室。谢副局长阴沉着脸，说："刘西林，你太过分了！"刘西林说："谢副局长，我怎么啦？"谢副局长说："听说你在唐镇根本就不作为，不配合政府工作，还辱骂镇领导，这样是要不得的，你也不掂量掂量，自己几斤几两。你有今天，还不是因为你岳父，我们是看在老局长的面子上提拔了你，你应该好自为之。"刘西林明白了什么，说："我——"谢副局长打断了他的话："你不要辩解，事情我很清楚，你做了些什么，都有人向我汇报。唐镇镇政府进行旧镇改造，是符合新农村建设精神的，也是改变唐镇落后面貌的新举措，是县委县政府认可的，你非但不支持镇政府的工作，还站在那几个漫天要价的钉子户一边，这是十分错误的，你好好考虑怎么办吧！"刘西林咬了咬牙，脸色也变得难看。谢副局长说："你回去吧，好好支持镇政府的工作，配合他们搞好拆迁工作，对那些领头闹事的人，该抓的抓，不要手软。"刘西林说："事情不是这样的——"谢副局长挥了挥手说："别说了，我知道你想要说什么。"刘西林心里冒出股火："你晓得我要说什么？"谢副局长没想到他较起真来，恼怒地说："你撅下屁股我也知道你要放什么屁，够了，干工作是讲不得任何私人感情的，我该说的都说明白了，你看着办吧。我要去开会了，你回去吧。"

谢副局长急吼吼地叫他来，就是为了这没头没脑的一顿训斥。

刘西林灰头土脸地走出公安局的大门，就接到了妻子赵颖的电话。

赵颖说："你在哪里？"

刘西林说："在公安局门口。"

赵颖冷笑了一声，说："你现在了不得了，回城也不告诉我，是不是不想要这个家了？"

刘西林本来就一肚子气，听了妻子的话，更加恼火了："家，你就知道家！把你家拆了，你就什么狗屁也不是了！"

赵颖说："你疯了，怎么能这样和我说话！我告诉你，二十分钟之内你不回家，后果自负。"

赵颖挂了电话。

妻子经常蛮横无理地挂他的电话，他已经习惯了，可今天还真不想买她的账。刘西林来到停车场，把车开出来，准备回唐镇。县城不大，很快地，他开着车离开了县城，行驶在通往唐镇的山间公路上。他脑海里浮现出女儿童稚的脸，还有那双清澈的眼睛、黑葡萄般的瞳仁……刘西林的心顿时柔软。他叹了口气，掉转车头，往县城里开去。

回到家里，五岁的女儿刘小陶在看动画片。他知道今天赵颖在家休息，否则孩子就送到岳父家去了。

刘小陶并不是他想象的那样，见到他就扑过来，动情地叫爸爸。她的目光一动不动地盯着电视屏幕，表情专注。刘西林心疼，不是因为女儿对他的冷漠态度，而是因为女儿的孤独，孤独到靠电视打发她童年的时光。他过去一把抱起了女儿，刘小陶挣扎着说："爸爸别抱我，我要看电视。"刘西林放下了女儿，伸手摸了摸她的头。刘小陶说："爸爸别碰我。"

赵颖从房间里出来，冷冷地说："你再不回来，女儿就不晓得你是谁了。"

刘西林说："什么都是你们说的，当初是你们非要我去唐镇，我想调回城里来，还是你们不答应，我不稀罕那个派出所所长的位置，我只图心安。"

赵颖提高了声音："你能够心安吗？你对得起我爸爸？对得起我？对得起小陶？我们都是为了你好，为了我们这个家好。"

刘西林说："我最对不起的是游武强。"

赵颖说："游武强是谁？"

刘西林说："恩人。"

赵颖说："你要记住，你的恩人是我爸。要不是他欣赏你，你能够有今天？"

刘西林无语。

关于自己和赵颖的婚姻，刘西林没有准确的判断。他的成长经历告诉自己，不能有太多奢望，包括爱情。在警官大学时，他爱过一个女同学，却从来不敢向她表白，那美丽而又高傲的女同学，白天鹅一般让他却步，他像只癞蛤蟆一样自卑。毕业分到了县公安局治安大队，他没有太多的野心，也没有想过要当官，只想做个小警察，找个合适的女子结婚，过平常人的日子。这个世界上，太多出身卑微之人，给了他一定的机会，就会野心勃勃，不择手段地往上爬，刘西林觉得自己不是那样的人，能够有碗饭吃，他就满足了。刘西林怎么也想不到赵颖会看上他。赵颖是个长相平平，身材矮胖，却心高气傲的女子，她在县公安局政治处工作，负责写些新闻报道。因为她父亲，公安局上上下下都对她关照有加，没有人愿意得罪她，很多干警私下里称她为公主，不知是褒还是贬。起初，刘西林对她并没有什么深刻的印象，只知道有这么个人。那次抓小偷，改变了刘西林的命运。穿着便衣的刘西林在汽车站盯上了一个小偷，他作案时，刘西林扑了过去。小偷掏出了刀子，扎伤了刘西林的手臂，受伤的情况下，刘西林也没有松手，和小偷搏斗，最终将他擒获。此事让赵颖接近了他，她要写篇报道表扬刘西林。采访时间很短，却为他们未来漫长的婚姻生活打下了伏笔。从那以后，赵颖总是找借口接近刘西林，时间长了，赵颖提出了结婚的要求。

刘西林也没有考虑那么多，答应了她。他已经不在乎什么爱情，觉得有个女人真心待自己，没有什么理由拒绝。他问过赵颖，为什么会喜欢自己这样一个孤儿。赵颖说，她喜欢他身上那种书生气，警察里小白脸不多，刘西林就是让她心动的小白脸，重要的是，这个小白脸骨子里还有种男人的坚韧，难能可贵。结婚后不久，刘西林就发现，自己犯了个错误，不是赵颖嫁给他，而是他嫁给了赵颖，也嫁给了赵家。赵颖是被宠坏了的女人，刁蛮任性，很多时候，他就是个奴隶，不像个丈夫。刘西林考虑到组建个家庭不容易，况且老局长经常和他谈话，要他照顾好赵颖，要用男人的胸怀包容赵颖的毛病。刘西林一直忍耐着，心想，一切事情习惯就好了。

就是到现在，刘西林也还在忍耐，可是一直无法习惯。

有些小警察还特别羡慕他，刘西林却有苦难言。偶尔，他会想起警官大学里自己曾经暗恋过的那个女同学。这是他内心最美好的时刻，心就像一片带露的花瓣，缥缥缈缈飞向远方。那是他的幻梦，永远都实现不了的幻梦。心力交瘁时，这个幻梦给他片刻的温暖和安慰，也起到了疗伤的作用。

赵颖说："刘西林，跟我进房间来。"
赵颖走进了卧室。
刘西林坐在那里，一动不动。
刘小陶突然回过头说："爸爸，妈妈喊你到房间里去呢，你听到没？"
刘西林摸了摸女儿的头说："爸爸听到了。"
刘小陶说："那还不快去，一会儿又该挨骂了。"
女儿是在替自己着想呀，刘西林感动。他站起来，走进了卧室。赵颖见他进来，说："把门关上。"刘西林说："搞什么鬼，神神秘秘的。"赵颖瞪了他一眼："让你关上就关上，别那么多废话。"刘西林只好关上了门。

赵颖拿出一张银行卡，递给刘西林："你去把房贷还了吧。"

刘西林没有接那张银行卡，说："哪来的钱？"

赵颖说："别管哪来的，赶快去把房贷还了，心里就踏实了。"

刘西林说："房贷我们可以慢慢还，这钱如果来路不正，我们不能要。"

赵颖说："我怎么就嫁给了你这么一个死脑筋，你看看别人，当个所长，什么没有，你却还在还房贷。我不管，你今天非去把房贷还了不可。"

刘西林认真地说："我这个人做人清清白白，你不说清楚钱的来路，我是绝对不会去的。"

赵颖说："好，好，你不去我去，以后，你也不要回这个家了！"

刘西林心里窝了一肚子火，说："不回就不回了！"

赵颖突然歇斯底里喊叫道："滚，滚，给我滚得远远的——"

刘西林走出了房间，对女儿说："小陶，爸爸走了，你要乖乖的。"

刘小陶站起来，朝他扑过来，抱着他的腿说："爸爸，我不要你走，不要你走。"

赵颖快步走出来，把刘小陶拉过去，继续喊叫道："滚，滚，你不配做小陶的爸爸——"

赵颖的话犹如一把利刃，插进刘西林的心脏，异常疼痛，他头也不回地离开了家。

刘小陶大哭起来。

## 10

一个穿着破旧黑衣的老太婆出现在唐镇。

明眼人一看就知道她是个瞎眼老太婆，两个眼窝是两口空洞的枯井。她左手挽着个竹篮，竹篮上遮着块蓝粗布；右手拄着拐杖。瞎眼老太婆是不速之客，唐镇人都没有见过她。她下了唐溪桥，走进唐镇时，人们都用怪异的目光注视她。瞎眼老太婆走得缓慢，旁若无人，她走到哪里，人们都避让她，仿佛她是瘟神降临。

瞎眼老太婆的出现，令细雨蒙蒙的唐镇平添了几分诡秘气氛。

她没有打伞，也没有戴斗笠，雨水打湿了头发和衣裳，还有沟壑纵横的老脸。

瞎眼老太婆走到剃头店门口时，游缺佬好心拿了塑料雨衣出来给她，说："披上雨衣吧，这样会淋病的。"

瞎眼老太婆低沉地说："拿开，谁要你的雨衣。"

游缺佬讨了个没趣，也没说什么，回剃头店里去给顾客继续理发。顾客说："这老太婆真不知好歹。"

游缺佬说："算了，算了，不要计较。"

瞎眼老太婆走到游武强家的那片废墟前，喃喃地说着什么。

叶湛和宋淼走了过去，他们都穿着雨衣。

瞎眼老太婆听到脚步声，警觉地闭上了嘴。

叶湛说："老奶奶，你从哪里来？"

瞎眼老太婆转过脸，面对她，阴沉地说："少管闲事，我从哪里来，和你没有一点关系。"

说完，她缓缓地离开。

叶湛呆在那里。

瞎眼老太婆走出一段路后，宋淼说："这真是个奇怪的老太婆。叶湛，你认识她？"

叶湛摇了摇头，说："不认识，从来没见过。"

宋淼说："她来这里干什么？"

叶湛说："不晓得，不过，我想她一定和游武强有关系。"

宋淼说："何以见得？"

叶湛说:"凭我的感觉。"

宋淼说:"那她一定知道游武强的去向。"

叶湛说:"有可能。"

宋淼说:"我们跟着她?"

叶湛说:"跟!"

他们朝瞎眼老太婆的方向走过去。怕被她发现,他们和她保持着距离。瞎眼老太婆竟然走到了镇政府的大门边,一屁股坐在湿漉漉的水泥地上,竹篮放在面前,她伸手取下了盖在竹篮上的蓝粗布,擦了擦雪白的头发和松树皮般的老脸。宋淼和叶湛躲在离她最近的一棵大桉树后面。宋淼说:"你看她竹篮里装的是什么东西?"叶湛说:"我看清楚了,啊,是穿山甲。"宋淼说:"原来这就是穿山甲,我第一次看到这东西。"叶湛说:"小时候,经常可以见到,山里人捉到穿山甲,就会拿到唐镇来卖,他们自己舍不得吃。现在少了,因为这是保护动物,没有人敢拿出来公开卖,那些捉到穿山甲的人,偷偷地卖到饭店里。"宋淼说:"那这老太婆怎么敢把穿山甲摆在镇政府门口,不是找死吗?"叶湛说:"是呀,好奇怪。"

他们看到一个人走到了老太婆面前。

他们都知道,此人就是唐镇保安队队长张洪飞。

叶湛说:"不好了。"

宋淼也替瞎眼老太婆捏着一把汗。

张洪飞用脚尖踢了踢竹篮,凶巴巴地说:"你吃了豹子胆,竟然跑到镇政府门口来卖穿山甲。"

瞎眼老太婆不慌不忙地说:"你是谁?你管得好宽,我这是在卖穿山甲吗?"

张洪飞说:"说出我的名字吓死你!"

瞎眼老太婆说:"我都是黄土埋到脖子上的人了,什么人没有见过,还能怕谁?"

张洪飞说："死老太婆，你是哪个村的，难道没听说过我张洪飞的大名？"

瞎眼老太婆说："没听说过，无名小辈。"

张洪飞十分恼怒："死老太婆，你晓得你犯了什么法吗，凭你竹篮里的穿山甲，老子就可以让你蹲大牢，你这把老骨头就丢在大牢里，永远也出不来了。"

瞎眼老太婆说："随你便。"

张洪飞像是把重拳打在棉花上，对方毫无感觉，使得他很没劲。他只好提起竹篮，说："看你老得屁都放不出来了，就不送你去蹲大牢了，但是，穿山甲是要没收的。"说完，他就提着竹篮，飞快地走进镇政府大院。

瞎眼老太婆缓缓地站起来，抬头朝阴霾的天空怪笑了几声，然后，朝镇西头走去。

宋淼说："便宜了那浑蛋。"

叶湛说："是呀，欺负一个瞎眼老人算什么。可是，可是我总觉得不对劲。"

宋淼说："哪里不对劲？"

叶湛说："我还没有想好，想好了告诉你。对了，我们还跟吗？"

宋淼说："跟！"

他们继续跟在瞎眼老太婆后面。

瞎眼老太婆好不容易走出了唐镇，踏上了唐溪桥。唐溪桥以前是小木桥，前两年大家集资建了钢筋水泥的大桥，大卡车也可以通过。因为下雨，上游冲下来山洪，河水浑黄，水位也上涨。瞎眼老太婆站在桥上，缓慢地转过身，面对唐镇说："善有善报，恶有恶报，不是不报，时候未到。"她说话的声音冰冷，宋淼浑身冒出了鸡皮疙瘩。叶湛小声说："我有点害怕。"宋淼说："有我在，你不用怕。"叶湛说："其实我胆子蛮大的。"

瞎眼老太婆要去的地方好像是五公岭。

五公岭从前是乱坟岗、杀人场，因为鬼气太重，不长树木，只长野草。20世纪80年代末，汀州城里有个叫吴八哥的退休干部，突发奇想，要到乡下去开果园，他到各个乡镇看了好多地方，最后选中了五公岭，承包下了这片荒山。开荒前，吴八哥想在唐镇雇些劳工，唐镇人都不愿意干，问他们为什么，他们也不说。吴八哥无奈，只好到别的乡村雇了些人，费了九牛二虎之力，把那些乱坟平了，种上了蜜柚、柑橘等果树。果树种下去后，要三年才能开花结果，还没有等到果实丰收，就出了问题。他当时雇来开荒的那些人，一个个都得了莫名其妙的重病，死的死，残的残。消息传到吴八哥的耳里，他不敢相信这个事实，不认为他们遭殃和开荒种果树有关，他住在果园里，也没有发现什么邪性的东西，反而觉得这里宁静，空气好，是个养生之地，身体越来越好了。果树种下去第三年春天，五公岭上的所有果树开出了花，面对鸟语花香的世界，吴八哥喜不自胜，还四处邀请朋友和以前的同僚前来赏花喝酒。就在果实收成前一个月的某个清晨，果园里的一个工人早起到果园里除草，发现吴八哥倒在果园深处。他走近前一看，吴八哥早就断了气，身体已经冰冷僵硬。没有人知道吴八哥的死因。吴八哥死后没几天，果园里的工人全部跑光了。五公岭变得更加的神秘和恐怖。果子成熟后，都没有人去摘，那些天的夜晚，黑漆漆的五公岭传来一阵阵吵闹声，吵闹声令人胆寒。没过多久，那些挂着饱满果实的果树一棵棵枯萎……来年的春天，五公岭又回到了荒凉的境地，野草丛生，阴气逼人。

瞎眼老太婆似乎无所顾忌。

因为今天是庆祝丰收的"尝新禾"节，田野里没有劳作的人，虽然说这个节日过于沉闷，人们还是在家休息，并且弄些好吃的东西犒劳辛苦了一季的自己。瞎眼老太婆穿过那片寂寥田野时，许多毒蛇和虫豸纷纷逃窜，发出各种恐惧的怪叫。

瞎眼老太婆对那些毒蛇和虫豸不屑一顾。

那情景让叶湛觉得不可思议。

宋淼却充满了好奇。

叶湛说："我们还是回去吧。"

宋淼说："为什么？"

叶湛说："我不想去五公岭。"

宋淼说："那你回去吧，我自己跟着她去。"

叶湛想，如果宋淼知道关于五公岭的种种传说，他也会胆寒，他这是典型的无知者无畏。如果让他一个人去，要是出了什么事情，那多么令人难过，叶湛心里对这个瘦弱的异乡青年产生了同情。叶湛迟疑了会儿，说："我还是跟你去吧。"

宋淼笑了笑，说："谢谢。"

叶湛说："我们必须在天黑之前赶回唐镇。"

宋淼说："好。"

瞎眼老太婆终于走到了五公岭，她来到某个低洼处，站在杂草丛中，喃喃地说着什么。一阵风吹过来，杂草瑟瑟作响，瞎眼老太婆头上的稀疏白发，枯草般飘飞。宋淼和叶湛躲在不远处的草丛里，注视着神秘的瞎眼老太婆。

宋淼觉得此地有些眼熟，突然想到了梦境，梦境中，一个女人站在那里，微笑着朝他招手。现实和梦境相互印证，宋淼觉得不可思议，尽管现实中，那地方站立的是个老太婆，尽管老太婆的脸上没有微笑，也没有朝他招手。

过了会儿，老太婆用手指指着他们说："你们回去吧，不要老跟着我了，我们无冤无仇，井水不犯河水。"

他们十分惊骇。

瞎眼老太婆说完，干笑了一声，往西方飞快而去。

39

她竟然像一阵风,很快就消失得无影无踪。

叶湛和宋淼目瞪口呆。

## 11

刘西林离开家后,没有直接回唐镇。

临近中午,他找了个小饭馆,要了碗肉丝面,准备吃完饭再走。他正吃着面,服务员端上来一盘爆炒九门头。刘西林说:"你搞错了,我没有点这个菜,我只是要了碗面。"服务员笑着说:"没错,没错,刚才进来一个人,点了四菜一汤,说是给你点的。"刘西林说:"人呢?"服务员说:"他付完账就走了,你要的面也一起付过钱了。"刘西林说:"你晓得那人是谁吗?"服务员说:"不知道。我看你就别管那么多了,有人送你吃,你就放心吃吧,不吃白不吃。"刘西林叹了口气说:"对,不吃白不吃!"接着,他对着送上来的菜,大快朵颐。

这顿午饭吃得很爽,也很撑。

他开着车赶往唐镇的途中,还不时打饱嗝。从县城到唐镇,都是山路,而且又是雨天,路滑,一不小心就会掉到山沟里去,开车要十分谨慎。刘西林花了两个多小时才到达唐镇。到汽车站门口,他看到围了很多人,他想,一定又出什么事情了。

停稳车,刘西林下了车,朝人群走过去,边走边说:"散开,都散开,又搞什么鬼?"

人们见他前来,让开了一条道。

跑客运的司机叶流传和镇保安队的李效能扭在一起。

叶流传人高马大,占了上风,双手抓住李效能的衣领。比他低一头的李效能脸红耳赤,双手抓住叶流传有力的手臂。他们俩的嘴巴里都吐着脏话,相互攻击对方的母亲和祖先。刘西林到来后,他们也没有松手。

刘西林阴沉着脸说:"你们这是干什么?"

叶流传说:"西林,你来了,正好,你评评理,我们赚点钱容易吗,这个费那个费交完,所剩无几了。他们每个月还要收钱,收就收吧,还乱涨价,你看看,没多久,又要加钱了。我气不过,说了几句,他就要打我,我也不是吓大的,谁怕谁呀。"

刘西林心里明白了什么,说:"叶流传,你先松手,有话好说。"

叶流传松了手。

李效能说:"等着,有你好受的。"

叶流传说:"老子不怕你,逼急了,老子和你换命。"

李效能说:"你就死鸭子嘴硬吧。"

刘西林火了:"你们有完没完,都给我闭嘴。"

这时,张洪飞带了一伙人跑过来。张洪飞喊叫着:"干他老母,吃了豹子胆了,还敢抵抗政府。"他根本就没把刘西林放在眼里,抢着警棍冲过来,照着叶流传的头劈下去。叶流传躲过了那一棒,不知道那警棍如果劈中了他的脑门,会有什么可怕后果。叶流传心惊,躲在了刘西林身后。刘西林真的火了,夺下张洪飞手中的警棍,狠狠地扔在地上,吼道:"你们太张狂了,你们眼中还有没有法制!唉,我在这里还敢行凶打人,背地里还不晓得干了多少见不得人的事情。"

张洪飞振振有词:"我们是合法地收钱,镇政府有文件的,怎么没有法制?你怎么能替叶流传这样的刁民说话,应该站在我们这边才对。"

刘西林大声说:"屁话!"

张洪飞不理他了,转过身对那些如狼似虎的手下说:"把叶流传弄回去,不交钱不放人。"

保安们朝刘西林他们围过来。

叶流传在刘西林身后说:"西林,他们不讲道理呀。"

刘西林从来没有如此愤怒,自己的尊严也受到了蔑视,他从腰间掏出手枪,吼道:"我让你们赶快滚开,否则别怪我翻脸不认人。"

张洪飞见势不妙,说:"我们走,日后再找叶流传算账。"

张洪飞他们走后,刘西林才把枪放回腰间的枪套里。

他对叶流传说:"叶叔,你要小心点,他们什么事情都做得出来的,有人给他们撑腰,很多事情我也难办。"

叶流传说:"你都难办,我们小老百姓就没法活了。"

刘西林说:"会有解决的办法的,你别急,就是不要吃眼前亏。"

叶流传说:"真想和他们拼了。"

刘西林说:"别这样想,你一个人拼不过他们。"

## 12

雨越下越大。按唐镇人的说法,这是个烂节。落雨的节日叫烂节,落雨的圩日叫烂圩,一个烂字,透着烦恼和无奈。其实,李飞跃也有他的烦恼,对那些死活不搬迁的钉子户,他头都大了。郑怀玉来电话,说要尽快想办法把王秃子和郑文浩的房子拆掉。李飞跃说先解决王秃子的房子,剩下郑文浩最后一家,就好办了。郑怀玉说他也是这么想的,王秃子的房子要突击拆掉。李飞跃问他,打算什么时候拆?郑怀玉说,就今天吧,我马上派拆迁队过去,傍晚就可以到达唐镇。李飞跃说,好,就这么干吧,快刀斩乱麻,对了,正好张洪飞弄了只穿山甲,晚上我们一起吃。郑怀玉说,这个张洪飞还真有一套,现在穿山甲是越来越难搞了,城里卖到五千多块钱一斤,问题是有钱还吃不到。李飞跃说,别说了,快动手吧。郑怀玉说,我马上带人下来,我们只负责拆,安全工作你要负责的呀,这可是我们分工好的。李飞跃说,放心吧,有张洪飞他们,出不了大乱子,一会儿我再去找刘西林,让他给我们压阵。郑怀玉说,他干吗?李飞跃冷笑,他没有选择,干也得干,不干也得干,反正我们已经给他下过猛药了。郑怀玉笑了,好吧,我马上行动。

放下电话,李飞跃喝了口茶。

他刚刚把茶杯放下,张洪飞气呼呼地冲进来,吓了李飞跃一跳。李飞跃板起脸说:"你这个人怎么屡教不改的,和你说了多少次了,进我办公室要敲门,一点规矩都没有,我好歹是个镇长,懂吗,镇长!"

张洪飞粗声粗气地说:"懂了,镇长。"

李飞跃说:"你他娘的又惹什么事了?"

张洪飞说:"这活没法干了,没法干了。"

李飞跃说:"有话就说,有屁就放,别叽叽歪歪的,像个娘们。"

张洪飞把在汽车站外面发生的事情向他讲述了一遍。

李飞跃说:"就这点屁事,还好意思生气,你就他娘的这点出息。花岗岩脑袋,你就不能想想,不要在大庭广众下收钱嘛?这事情知道的人越少越好,你倒好,弄得满天下的人都晓得。"

张洪飞阴沉着脸。

李飞跃说:"好了,我知道了,该干什么就干什么去吧。"

张洪飞沉闷地"嗯"了一声,转身往外走。他心里一定很不舒服,窝着一团火。

他刚刚走到门口,李飞跃说:"洪飞,回来。"

张洪飞折回来,说:"镇长,还有甚么盼咐?"

张洪飞压低了声音说:"傍晚准备把王秃子的房子拆了,到时,你要把王秃子和他老婆控制住,送他们到西头的安置房里,看住他们。还有,多派几个人,看住郑文浩,以免他捣乱,必要时上些手段,但是要小心。你让保安队的人先不要回去吃晚饭,等拆完房子再说，现在你赶快去把人组织起来，随时准备行动，听我指挥。"张洪飞说："刘西林那里怎么办？"李飞跃沉吟了会儿说："他的问题我会处理，你放心去吧。"

张洪飞走了后，李飞跃拨通了一个电话。

他和电话里的人说了些什么，放下电话就去派出所。

刘西林刚刚回到办公室，问了马建一些情况，电话铃声就响了。刘西林给马建使了个眼色。马建接听了电话，马上就把电话递给他说："所长，谢副局长找你。"听到是谢副局长，刘西林头皮发麻，知道又有什么事情了，他接过电话说："谢副局长，我是小刘。"谢副局长口气生硬："刘西林，我上午刚刚和你谈过话，下午又给我惹事，你把枪指向执法人员，是什么性质的问题？你好好考虑考虑。"刘西林说："他们不是在执法，是在打劫，哪有那样乱收费的，还仗势欺人。"谢副局长沉默了一会儿，说："这事我会调查，调查清楚再处理，现在我只和你说一件事情，你要好好配合镇政府的工作，最近他们要完成拆迁任务，你要积极配合，做好稳定工作。"刘西林说："拆迁的事情特别复杂，我们不应该介入。"谢副局长说："你是局长还是我是局长？说话口气越来越大，拆迁是政府的工作，我们一定要支持的。你听明白没有？"刘西林忍耐着说："明白了。"谢副局长说："明白了就好，你是聪明人，我也不多说什么，希望你负起一个派出所所长的责任。"

马建说："所长，我支持你，你需要我怎么做，我就怎么做。"

刘西林说："谢谢你，小马，你刚刚从警校毕业，很多事情你慢慢会明白的。"

马建说："我知道，所长是个正直的人。"

刘西林说："正直有甚么用？"

马建说："有用。"

他们正说着话，门口传来了李飞跃洪亮的声音："西林同志在吗——"

刘西林低声说："谁是你的同志。"

马建迎出去，说："李镇长，所长在里面，你进去吧。"

李飞跃走进刘西林办公室，坐在他对面，然后转过头，看了看站在门口的马建。刘西林知道他有什么话要说，而且不想让别人听到，就对马建说："小马，你去汽车站那边转转吧，那里情况比较复杂。"马建知趣地把门关上，走了。

李飞跃擦了擦脑门上的汗，笑着说："西林，你这空调不行呀，到时我叫人给你换台。"

刘西林说："还好吧，心静自然凉，别劳民伤财了。"

李飞跃听出他话里有话，笑了笑。

刘西林说："李镇长有什么事就直说吧。"

李飞跃说："的确是有事情找你，我需要得到你的支持。"

刘西林说："甚么支持？"

李飞跃说："傍晚，我们准备拆王秃子的房子，希望你们能够出面维持一下现场。"

刘西林无语。他想到了谢副局长的话，心里特别不舒服。

李飞跃笑笑："其实，只要你们站在旁边看着就可以了，你们不用做任何事情。"

刘西林说："非要去吗？"

李飞跃点了点头："没有你们，我们哪有底气？"

刘西林说："你们不是有保安队吗？"

李飞跃说："那是乌合之众，你们是正规的警察。"

刘西林又无语了。

李飞跃说："对了，你家的房贷应该还清了吧？"

刘西林突然明白了妻子那笔钱的来路，顿时心惊肉跳，脸色阴沉。李飞跃微笑地注视着他，那微笑意味深长。

45

刘西林沉默了好大一会儿，说："李镇长，你放心，钱我会还给你们的，傍晚我们出警。"

李飞跃笑出了声："甚么钱呀，我们兄弟谈钱太伤感情了。那就这样吧，我还有很多工作要做，先走了。对了，晚上一起喝几杯，我们也好长时间没有在一起喝酒了。"

刘西林没有说话。

李飞跃刚刚离开，他就拨通了妻子赵颖的电话："上午你要给我去还房贷的卡呢？"赵颖说："在我手上呀，怎么啦？"刘西林焦急地说："你给我赶快还给他们，我们不要他们的钱，这是个陷阱。"赵颖冷笑道："我看你才是我的陷阱，听你的话，我们母女俩永远也没有好日子过，明白告诉你吧，我用卡里的钱把房贷还上了，你自己好自为之吧。"说完，赵颖就把电话挂了。刘西林怔住了，睁大眼睛，可是眼前一片模糊。

## 13

因为过节，叶湛家里准备了不少好吃的，还杀了一只鸭子。叶湛告诉宋淼，唐镇的番鸭肉质鲜嫩，声名远播，就连厦门人都到这里来收购番鸭。据说，这里的番鸭有药用价值，补肝肾。宋淼和叶湛逃离后，就来到了叶湛家。叶湛母亲李秀花在厨房里煮鸭子，他们一进屋，就闻到了浓郁的香味。李秀花的声音从厨房里传出："鬼妹子，又死到哪里去了，也不帮我做点事情。"宋淼说："我还是回旅馆去吧。"叶湛说："说好在我家吃饭的，不能走。"宋淼说："怪不好意思的。"叶湛没理会他的话，对厨房里的母亲说："姆妈，你出来，来客人了——"

李秀花走出来，双手在围裙上擦了擦。

这是个典型的农村妇女，看上去比实际年龄要苍老得多。李秀花端详着宋淼，脸上浮现出善意的笑容。

叶湛说："姆妈，这是上海来的客人，我请他到我们家吃晚饭。"

李秀花说："好，好，鬼妹子，还不让客人坐，给客人泡茶。"

宋淼说："阿姨，别客气。"

叶湛说："我们唐镇人很好客的，你就坐吧，马上给你泡茶。"

宋淼说："我感觉到了。"

叶湛说："姆妈，他叫宋淼，来唐镇找他爷爷的。"

李秀花说："他爷爷是谁？"

叶湛说："就是爷爷说起过的那个画师宋柯。"

李秀花"哦"了一声，然后说："小宋，你先坐着，我进去忙了。"

叶湛家是老房子，在唐镇小街边，好在拆的不是她家的这半边。宋淼坐不住，喝了杯茶后，站起身，走到天井边，看天井里长在大陶缸里的茉莉花树。叶湛说，这棵茉莉花树是她爷爷种的，有年头了，自从爷爷死后，就不开花了，以后不晓得能不能再开花。回忆起过去花开时节，叶湛陶醉了，仿佛满屋子都充满了茉莉花的芳香。可以看出来，叶湛对爷爷的感情很深，拥有许多美好的回忆。宋淼内心感叹，爷爷留给他的是一片黑暗。

李秀花在厨房里喊道："阿湛，进来一下。"

叶湛说："宋淼，你自个待会儿，我到厨房去一下，马上出来。"

宋淼笑笑："去吧。"

叶湛看母亲在切鸭肉，锅里在熬着香菇排骨汤，香气扑鼻。李秀花说："你怎么认识这个人的？"叶湛说："怎么啦？"李秀花说："没甚么，随便问问。"叶湛说："随随便便就认识了。"李秀花说："你和他没那个关系吧？"叶湛说："什么关系？"李秀花说："就是那个关系。"叶湛说："姆妈，你不要乱讲呀，我们只是普通的关系，连朋友都算不上。"李秀花说："连朋友都算不上就带回家？"叶湛说："不要那么小气好不好，我看他一个人怪可怜的，就让他过来和我们一起过节。"李秀花说:"没有关系就好,出去陪客人吧。"

叶湛来到厅堂,发现宋淼不见了。

她想,是不是他听到她们在厨房里说的话,不好意思走了?

叶湛正想出门去找宋淼,看到父亲叶流传骂骂咧咧地走进来。

叶湛说:"爹,你怎么了?"

叶流传说:"还不是因为那帮流氓,收保安费,狗屁保安费,简直就是明抢,一次比一次抢得多。抢不成,还要动武,就差杀人了。"

叶湛说:"爹,别生气,实在不行,我拿刀砍他们。"

叶流传笑了:"傻妹子,要砍也爹去砍呀,轮得到你吗?你好好上你的大学,家里的事情爹撑得住,你不要插手。"

叶湛说:"他们也太欺负人了。"

叶流传说:"是呀,这群流氓有执照,有恃无恐,今天要不是派出所的刘西林出面,你爹可就吃大亏了。"

叶湛说:"你以前不是说刘西林是个白眼狼吗,他怎么会帮你?"

叶流传说:"我错怪他了,为了我,他枪都拔出来了,那阵势,挺吓人的。"

叶湛说:"爹没事就好,以后要小心,说不准他们会报复的。"

叶流传说:"是呀,以后车上要准备把刀,不行就和他们拼命。"

李秀花在厨房里说:"阿湛,别在那里乱讲了,快进来把菜端出去,准备吃饭了。"叶湛说:"好咧。"说完,她没有去厨房,而是走出了门,四处张望,寻找宋淼的身影,他不会不辞而别吧?叶流传坐在饭桌前,点燃了一根烟。李秀花端菜出来,说:"阿湛呢?"叶流传说:"在门外。"

叶湛回到屋里,进厨房帮母亲端菜。

李秀花说:"你那朋友呢?"

叶湛说:"不晓得跑哪里去了,都怪你,把人家吓跑了。"

一家三口刚刚坐下来,宋淼抱着一箱苹果走了进来。叶湛明白了什么,说:"宋淼,你买甚么东西呀,快来吃饭。"宋淼说:"一点小意思,不成敬意。"叶湛把宋淼介绍给父亲,宋淼坐下来,他们才正式开始吃节饭。叶流传给他倒了杯啤酒说:"就像在自己家一样,想吃甚么就吃甚么,不生分啊。"宋淼说:"谢谢叔叔,我不喝酒的。"叶流传笑道:"男人哪有不喝酒的,喝吧,啤酒不醉人。"叶湛也笑着说:"喝点吧,我也喝。"宋淼硬着头皮端起了酒杯,喝了一口。

席间,叶湛说了宋淼来唐镇的目的,意思是要父亲开口说话。

叶流传是个爽快人,他说:"关于宋画师,他死时,我还没有出生,但是听家父说过一些情况。他可是唐镇历来最好的画师,口碑很好。遗憾的是,他和一个习蛊的女子往来,也因她所累,那女子因施蛊毒害人,被杀头后,宋画师也死了。他死后,埋在五公岭,原来可以找到他的坟,吴八哥开果园后,就找不着了,也不晓得他的尸骨有没有被挖出来烧掉。当时,吴八哥挖了好多乱坟,把那些棺材板和尸骨都烧了。现在可以清楚讲出宋画师事迹的人也只有游武强和郑雨山了。"

宋淼说:"我找过郑雨山,他不愿意多说。"

叶流传说:"我猜也是,郑雨山父亲的死和那蛊女有关,他肯定不想提起那段事情。郑雨山是个良善之人,可惜他的小儿子郑怀玉不是个东西。"

叶湛说:"那么,宋淼只有找游武强了。"

叶流传说:"是呀,可是他也不见了,房子被拆了,人也没有回来。"

叶湛说:"你不是说过,爷爷晓得他经常去一个地方吗?"

叶流传说:"游武强每隔一段时间,就要离开唐镇几天,谁也不晓得他去哪里，有人说，他在各地的老朋友多，是去会朋友。以前，你爷爷经常上山打猎。有一次，他看着游武强进入了西山的黑森林，你爷爷觉得很奇怪，黑森林平常没有人敢进去，游武强怎么就往里面钻呢？你爷爷回来后，和你奶奶说了这事，你奶奶就让他把这事情烂在肚子里，你爷爷就再也没有提此事，怕惹灾祸。他们说的话，恰巧被我听到了，我一直装着什么也不知道。"

宋淼说："那游武强现在在黑森林？"

叶流传说："难说。自从拆迁开始，他就没有离开过，这次突然离开，里面有蹊跷。"

这时，他们听到哗啦的声响。

声响是从屋顶传来的。

叶流传明白了，是有人用石头砸他家屋顶，瓦片被砸破了，屋顶露出了个窟窿，雨水从窟窿里落下来。叶流传说："流氓，果然报复了。"

叶湛气坏了，她跑进厨房，抄起把柴刀，像个男孩那样冲出门，大声说："有种的过来，我和你单挑，砸我们家的瓦算什么！"

他们都冲了出去。

没有人理会叶湛的叫唤。

他们却看到一辆推土机开进了对面的废墟，朝王秃子的房子开过去，推土机后面跟了许多拿着工具的人，这些人都很陌生，是郑怀玉从城里请来的拆迁队。

叶流传说："坏了，王秃子的房子是保不住了。"

## 14

王秃子夫妻俩其实不知道今天是"尝新禾"节，守着房子昏了头，要不是早上郑文浩给了一块肉，过个节连荤腥都没有。傍晚时分，外面还在落雨，王秃子关紧大门，准备吃老婆吴四娣烧的笋干焖肉。除了笋干焖肉，吴四娣还做了个紫菜鸡蛋汤。老两口坐在饭桌前，默默地吃着，王秃子突然说："四娣，我想喝点酒。"吴四娣说："还是不喝了吧，你这个人喝酒误事。"王秃子喝酒有个毛病，喝上了就要不停地喝，直到烂醉为止。吴四娣自然知晓老头这个品性，不希望他喝酒。

王秃子说："四娣，你就让我喝点吧。"

吴四娣说："不行。"

王秃子拍了一下桌子："这个家谁说了算！"

吴四娣白了他一眼："你神气什么？有本事朝李飞跃神气去，让他不要拆我们的房子。"

王秃子变了一副嘴脸，低声下气地说："老婆子，我哪敢在你面前神气，这个家你说了算，要不是你，我们两个儿子哪有今天？"

吴四娣叹了口气："你要喝就喝吧，喝死拉倒。"

王秃子笑着说："喝不死的，你不是说过吗，我是七条命的狗。"

吴四娣站起来，走到一个柜子旁边，从柜子里拿出一瓶郎酒，这酒还是过年前小儿子带回来的，带了两瓶，已经喝掉了一瓶。吴四娣拧开瓶盖，倒了半玻璃杯酒，递给他："喝吧，喝吧。"

王秃子说："再倒点，再倒点，这点酒连嘴唇都湿不了。"

吴四娣瞪着说："给你喝就烧高香了，你还嫌少，人心不足蛇吞象。"

王秃子笑了笑，边吃边喝起来。

吴四娣看着他惬意的样子，一阵心酸，眼睛湿了。

王秃子注意到了老婆的神情，说："不好好吃，不好好喝，你这是干甚么，发癫了？"

吴四娣说："我们的房子要是不拆多好，可以安安稳稳地过日子，不要提心吊胆的。我都快受不了了，吃不好睡不香，这哪是人过的日子。"

王秃子说:"乐观点,有一天过一天,活到今天,也死得过了。有甚么好怕的。"

说着,他往喉咙里灌了口酒,然后吃块肉,有滋有味地嚼着。见他如此,吴四娣抹了抹眼睛,把酒瓶递给他,说:"喝吧,我今天不管你了,痛快地喝,难得有高兴的时候,你就高兴一回吧。"

王秃子说:"这才对头,老婆子,吃呀,我们这个年纪的人,吃一顿少一顿了,不要亏了自己。"

吴四娣说:"好,吃,吃!"

她把一块肉放进嘴巴里,使劲嚼,那样子不像是享受,有点悲情。

不知不觉,王秃子把那瓶酒喝光了。

吴四娣说:"醉了也好,用不着担惊受怕了。"

王秃子醉后,就趴在饭桌上睡觉。吴四娣没有管他,知道他睡得差不多了,自己会醒来找床,现在叫醒他,他会发怒。吴四娣在收拾桌子时,听到了屋外轰隆隆的推土机的声音,还有嘈杂的人声。

吴四娣觉得不妙。

她赶紧来到门边,透过杉木门的缝隙往外张望。

"啊——"她看到了朝自己家房子开过来的推土机,也看到了很多人。只要推土机往她的老房子一推,一切都完了。吴四娣没想到事情来得那么快,顿时束手无策。不一会儿,就有人在外面敲门,敲门声"咚咚"响,吴四娣听出来,是用拳头用力砸的门。还传来吼叫:"王秃子,快开门,快开门!"

吴四娣听出来了,这是张洪飞的声音。

张洪飞是个六亲不认的家伙,当初他爷爷张少冰和游武强就像亲兄弟一样,张少冰惨死后,游武强还尽心照顾他们家。就是这样，他还充当郑怀玉的帮凶，带人拆游武强的房子。吴四娣浑身瑟瑟发抖，看来自家的房子在劫难逃。张洪飞还在外面砸门，吼叫。吴四娣毛骨悚然，仿佛大难临头。

她赶紧走到丈夫面前，使劲地摇他："快醒醒，快醒醒，他们来拆房了。"

王秃子浑身散发出酒臭，打着呼噜，昏睡不醒，在吴四娣的摇晃下，倒在地上，像摊烂泥。吴四娣眼睛里流出了泪水，哭喊道："短命鬼，你喝甚么酒哟，房子都要被人拆了，这可怎么办哟。"

王秃子根本就听不见老婆的哭嚎，幸福地沉睡。

门外有人说："张队长，实在不行就把门撞开吧。"

张洪飞说："有道理，撞门！"

吴四娣慌乱中，想到了郑文浩。她要给他打电话，可是电话线早就被切断了，根本就打不出去。她俯下身，在王秃子的口袋里找手机，找到了手机，却找不到郑文浩的电话号码，急得如热锅上的蚂蚁。

"咣当——"

"咣当——"

"……"

他们撞门。

吴四娣绝望地号叫："你们这些土匪，断子绝孙哪——"

## 15

郑文浩一家也正在吃饭。

他听到推土机的轰响，放下了筷子，走上阁楼，推开了窗，透过雨帘，看到王秃子家被很多人团团围住，推土机就停在房子旁边，没有熄火，随时准备发动攻击。王秃子的房子就像一个堡垒，岌岌可危的堡垒。有几个人抬着一段木头,在不停地撞门,叫唤声敲打着郑文浩的耳鼓。他看到李飞跃站在游缺佬剃头店门口,用对讲机说着什么。

郑文浩愤怒了,牙咬得嘎嘎作响。

他回到厅堂里,对老婆钟华华说:"他们开始拆王秃子的房子了,我去看看。"

钟华华说:"啊,会不会也来拆我们的房子?"

郑文浩说:"不晓得。"

郑佳敏说:"爹,他们要拆我们家房子,我用炸药炸死他们。"

郑文浩看了看儿子,异常吃惊:"你哪来的炸药?"

郑佳敏不说了,闷头吃饭。

郑文浩说:"华华,你看好儿子,千万不要让他乱跑,我出去后,你把门关好,等我回来。"

钟华华担忧地说:"你出去要小心哪,不要和他们硬着来,他们人多势众,会吃亏的。"

郑文浩说:"放心吧。"

郑文浩一手操着一把剔骨尖刀,走出了大门。他一走出去,钟华华马上就把大门关上了,生怕有人会趁机冲进来。

十多个保安手持一米多长的钢筋堵住了郑文浩。

领头的是李效能。

李效能扯着鸭公嗓子说:"郑文浩,滚回屋里去,别多管闲事,还没有轮到拆你的屋。"

郑文浩对李效能充满了鄙视。李效能原来是唐镇的一个泼皮,干着小偷小摸的营生,经常被人抓住,打得屁滚尿流。有次,他的手伸到了郑文浩猪肉铺装钱的铁皮匣子里,被捉住。郑文浩把他打得半死,还要用杀猪刀剁下他的手指,李效能吓得面如土色,跪在地上磕头求饶,郑文浩就放过了他。张洪飞出狱后,李效能就做了他的狗,跟在他身后人五人六,为虎作伥。平常他单独碰到郑文浩,心里还是害怕的,今天有十多个人一起,他的狗胆才壮了些,敢大声对郑文浩说话。

郑文浩蔑视他:"看你那尿样,你过来,我一刀捅死你,保证不用捅第二刀。"

李效能浑身颤抖了一下,说:"别以为我怕你,臭杀猪的,让你滚回家去你就滚回去,别吓唬老子,老子不是当初的李效能了,睁大你的狗眼瞅瞅。"

郑文浩冷笑道:"有种放马过来,别废话。"

李效能叫喊道:"兄弟们,上!"

那些人手持钢筋朝郑文浩逼了过去,李效能自己却躲在后面。面对杀气腾腾的郑文浩,那些保安心里也发怵,并不敢像欺负其他唐镇弱者那样如狼似虎,他们在离郑文浩两米多远处站住了,不敢往上冲,他们知道,郑文浩手中的剔骨尖刀不是吃素的。

李效能继续喊叫:"兄弟们,冲上去,把他拿下。"

保安们站在那里,面面相觑,不敢轻举妄动。

郑文浩说:"李效能,你躲在后面干甚?放马过来,别做缩头乌龟。"

李效能说:"郑屠户,不要嚣张,你嚣张不了几天了。有你哭不出来的日子,今天我们不是来收拾你的,只是看住你,让你别多管闲事。兄弟们,看着他,他要敢往外走半步,大家就朝他往死里打。别怕他手上的刀,我们的钢筋也不是闹着玩的。"

郑文浩想冲出去,结果还是被那些钢筋逼了回来。

他们就那样僵持着。

郑文浩进退两难。

想起自己答应王秃子的话,郑文浩心急如焚,如果阻止不了他们拆王秃子的房,他会负疚一生,以后无法面对他。况且,王秃子的房被拆后，唇亡齿寒，他的房子也很难保住了，可以这么说，保卫王秃子的房子就是保卫他自己的房子。他没料到，他们行动如此迅速，刚刚拆完游武强的房，就对王秃子下手。

郑文浩无法脱身，就是脱身了，跑到王秃子那边去，又能怎么样？他只是一个人在和一群人对抗，其实他就是个不自量力的鸡蛋，面对的是一堆强硬的石头。无力感和挫败感涌上他的心头，他朝着灰暗的落雨的天空，长长地怒吼了一声，犹如困兽。

天色渐渐暗了。

他不清楚王秃子此时在干什么。

## 16

刘西林又接到了谢副局长的电话，无奈，只好带着派出所的所有人员倾巢而出。出门前，他特别交代部下，千万不要轻易行动，一切行动听他指挥。他们到达时，现场已经围满了人。最靠近王秃子房子的是镇保安队的人；再外面一层的人是郑怀玉从县城里带来的拆迁队；最外面一层，是围观的唐镇百姓，他们听说拆王秃子的房，有人正在吃饭就放下碗筷跑出来，有的还没有吃饭先出来看热闹，也有吃完了饭出来的。人们抱着各种各样的心情，可是，没有一个人敢像郑文浩那样站出来，替王秃子抱不平。

刘西林感觉有什么大事要发生，心里七上八下的，忐忑不安。

有人指着刘西林他们说："他们是来保护王秃子的，还是给郑怀玉撑腰的？"

刘西林听了这样的话，心里很难过。

感情上，他肯定站在王秃子这一边，王秃子也是他的恩人，可是，他无能为力。看到保安在撞王秃子家的大门，刘西林心如刀割，他真想过去，把那些撞门的人抓起来。特别是见张洪飞在那里叫嚣,凶神恶煞的样子,他就特别气愤。刘西林在剃头店门口找到了李飞跃。郑怀玉和李飞跃站在一起。他们身后还有几个保安。

李飞跃见到刘西林,肥得流油的脸上堆起了笑容,说:"西林,你来了。"

刘西林说:"我敢不来吗,我要不来,说不准明天就有人撤我职了。"

李飞跃说:"不要乱讲,谁敢撤你的职。"

郑怀玉谄媚地递上一根中华烟,刘西林把他递烟的手挡开:"谢了,我抽不惯那么好的烟。"

郑怀玉尴尬地缩回手。

刘西林说:"李镇长,你们这样做是不是过分了?"

李飞跃说:"怎么过分,我们是按法规拆迁的,有根有据的。"

刘西林说:"那你也应该做好工作,让他们搬好家再拆嘛。"

李飞跃说:"我们做的工作还少吗?总不能因为一两个人拖后腿,工作就不干了。该强制的就强制,没有甚么话好说的。"

刘西林说:"那你能不能让他们不要那么野蛮,出人命了,恐怕你也不好交代。"

李飞跃拍了拍他的肩膀,笑着说:"放心吧,刘大所长,我们不是土匪,不会杀人的。我已经交代过了,会安全地把王秃子夫妻俩送到安置房里去的,你想到的,我们早就想到了,这下你没话说了吧?"

刘西林真的无语了。

这时,郑文浩在那里吼叫:"唐镇还有活着的人吗,赶快报警呀,晚了就要出人命了。"

有看热闹的人说:"刘西林早带人出来了,有甚么用,他们照拆,看来刘西林也被他们收买了,和他们同穿一条裤子了,报警有甚么用。"

李效能对那人说:"你他娘的再胡说八道,废了你。"

那人躲到人群中,不敢再言语。

李效能冷笑道:"郑文浩,谁都晓得你和刘西林是从小一起长大的好朋友,告诉你吧,没用了,他不可能帮你们的。你还是赶快滚进屋吧,不要惹事了。"

郑文浩没有理会他,只是大声吼:"刘西林,你要是男人,就管管他们,他们把屎都拉在老百姓头上了。"

刘西林听到了他的吼叫,浑身冒着冷汗。

## 17

王秃子家的大门被撞开了。

张洪飞大声吩咐手下:"赶快把那两个老东西弄走。"

保安们冲了进去。他们看到躺在地上烂醉如泥的王秃子,不知他是死是活。一个保安喊道:"张队长,快来。"张洪飞走进来说:"怎么回事?"那保安指了指地上的王秃子说:"你看——"张洪飞踢了王秃子一脚,说:"起来,起来,别装死。"王秃子无动于衷。张洪飞说:"不会吧,撞个门就把你吓死了,你王秃子不是很有本事的吗?"张洪飞俯下身,伸出食指,放在王秃子鼻子底下,感觉到了他的呼吸,还闻到了浓郁的酒气。张洪飞哈哈大笑,然后说:"这个老东西,还晓得关起门来喝酒,兄弟们,把这个醉鬼抬走。"保安们七手八脚地把王秃子抬了出去。

张洪飞对其余的人说:"那老太婆哪里去了,赶快给老子找出来。"

保安们在王家寻找吴四娣,楼上楼下折腾,翻箱倒柜,看到值钱的小东西偷偷往兜里塞。其实,这是个穷家,根本就没有什么很值钱的东西。张洪飞突然听到屋外有人在喊:"张队长,你快出来——"张洪飞跑了出去:"发生什么事情了?"一个保安用手指了指屋顶:"你看,你看——"

此时,天已经黑了。

借着推土机车灯的光亮,张洪飞看到屋顶站着一个人。

他用手电照过去,屋顶站着的人是吴四娣,雨越下越大,吴四娣浑身湿透了,瑟瑟发抖。她一手拿着打火机,一手提着塑料桶。她用沙哑的声音喊道:"你们都滚开,滚开——"

张洪飞见势不妙,赶紧跑到李飞跃面前,说:"不好,吴四娣要自焚,以前她就威胁过我,拆她的房子,她就自焚。"

李飞跃气恼地说:"赶快想办法把她弄下来,出了人命,我唯你是问。"

张洪飞说:"好,好。"

李飞跃说:"还不快去。"

张洪飞赶紧跑回去,张罗着把人从屋顶搞下来。

刘西林说:"李镇长,事情要闹大了,我们赶快过去吧,劝她下来。"

李飞跃说:"好吧。"

他们一行人来到了王秃子房前。

刘西林朝屋顶喊道:"四娣婶婶,你下来吧,甚么事情都好商量。"

吴四娣气愤地说:"他们是土匪,甚么时候和我们好好商量过,先让他们滚蛋再说。他们要是不滚蛋,那我就死在这里。我做鬼也要找他们讨个公道。"

刘西林说:"四娣婶婶,赶快下来,别胡思乱想,我保证给你讨回公道,该怎么补偿就怎么补偿。"

吴四娣说:"你能保证甚么?你眼睁睁地看着他们撞我的家门,眼睁睁地看着他们把我们家老头子抬走,你说过甚么?他们做出这样无法无天的事情，你狗屁都不敢放，还和他们站在一起看热闹，你让我怎么相信你的话？我看着你长大，你不是个没有良心的人，可是现在怎么变得铁石心肠，就连像你父亲一样的武强叔的房子被拆了，人也不见了，你也没放个屁。武强叔瞎了眼了，他要是死了，也不会瞑目。"

刘西林的脸滚烫滚烫的，无地自容。

李飞跃说："吴四娣，你赶快下来！下来后，我和你好好谈，我承认，我的工作有失误，你得容我改正，只要你下来，甚么话都好说。"

吴四娣冷笑了声，说："和你谈，笑话，你是甚么货色，全唐镇人哪个不晓得，你连你爹三癞子那个死鬼也不如。李飞跃，老娘舍掉这条老命，也要和你抗到底。我害怕过，担心过，现在甚么也不怕了，都是你们逼的！你听好了，马上把人撤走，把我家老头子送回来，否则，我就把这桶汽油浇在身上，死给你们看。"

李飞跃的脸色一定很难看，他耐着性子说："吴四娣，没有人逼你，我好话说了一箩筐，你不要拿死来威胁我。我还是好心好意请你下来，好好谈谈补偿的事情。另外，王秃子我们已经把他送到给你们安排的安置房里去了，他喝多了酒，没有甚么问题的。"

吴四娣大声说："别啰唆了，赶快把人撤走，把推土机也开走。"

李飞跃按捺不住，气势汹汹地说："今天晚上，房子是拆定了，下不下来是你的事。"

刘西林转过脸，对他说："李飞跃，你怎么能够这样说话！"

李飞跃意识到自己说错话已经迟了，事情马上发生了变化。

只见吴四娣把汽油从头浇下，然后把塑料桶砸下来，要不是李飞跃躲得快，就砸到他头上了。吴四娣浑身颤动，什么也说不出来。她使劲地打着火机。也许是因为打火机被雨淋湿了，怎么打也打不着。

　　围观的人七嘴八舌,说什么的都有,更多的人是悬着一颗心。

　　叶湛愤怒地说:"太恶劣了,还不把人撤走!真的要等死人了才罢休?"

　　宋淼心里发寒:"怎么能这样,怎么能这样?"

　　叶湛实在看不过去了,冲过去,站在李飞跃面前,质问道:"你为什么还不撤人?"

　　宋淼紧跟在后面,他不清楚,叶湛一个姑娘,哪来的勇气。

　　李飞跃怒喝:"哪来的小杂毛,滚开!"

　　叶湛不依不饶:"你不撤人我就要和你理论到底。"

　　叶流传走过来,要拉走女儿,叶湛死活不走,倔得像头牛犊。

　　就在这时,人们一起惊叫起来。

　　叶湛回过头,看着吴四娣从房顶滚落下来,沉重地掉在地上。原来,吴四娣在点火的过程中,浑身一直在颤动,不小心脚在瓦片上一滑,人就倒了,身体随着瓦片掉落在地。吴四娣的掉落,让局势起了戏剧性的变化。

　　刘西林赶紧上前,抱起昏迷的吴四娣,拼命地往镇卫生院跑去。

　　叶湛呆了。

　　李飞跃长长地吐出了口气。

　　张洪飞走到李飞跃面前,说:"李镇长,还拆不拆?"

　　李飞跃斩钉截铁地说:"拆,怎么不拆,快让他们动手!"

　　张洪飞应了声,然后对推土机司机说:"动手,拆!"

　　李飞跃对郑怀玉说:"你让人到卫生院去,先把老太婆的医疗费交上,不要落下话柄。"

　　郑怀玉连连点头称是。

## 18

不到两个小时,王秃子的房子变成了废墟。

拆房者离去,围观者也怀着复杂的心情散去,这注定是个烂节,没有一点节日的气氛,多了些悲情。大雨降临,雷鸣电闪,唐镇宛若鬼域。一个黑影默默来到王秃子房子的废墟上,蹲下身,抱头抽泣。此人就是屠夫郑文浩。他没能帮助王秃子保卫房子,他为自己的无能为力而抽泣,也为自己将要被拆的房子而抽泣。他有杀猪刀又怎么样,有一身的力气又如何?这个世界,钱和权是最有力的武器,所向披靡,他就是螳臂当车,自不量力。

雨水浇在他身上,他感觉到了冷,其实,冷是从他心里透出来的。

游缺佬撑了把雨伞走到他面前,挡住了落在郑文浩身上的雨水。

郑文浩停止了抽泣。

游缺佬说:"文浩,回去吧,会淋病的。"

郑文浩说:"不要紧。"

游缺佬说:"你斗不过他们的。"

郑文浩说:"我不怕。"

游缺佬说:"好汉不吃眼前亏呀。"

郑文浩说:"欺人太甚,吃亏也要和他们斗到底。"

游缺佬说:"恐怕到最后,你不好收场。我以为刘西林会帮你们的,没有想到事情会落到这个地步。"

郑文浩说:"别提那没良心的东西,就算我们从来都不认识,他走他的阳关道,我过我的独木桥。我从来也没有希望他会帮我们,把我逼急了,我连他也一起收拾。"

游缺佬说:"唉,你是匹夫之勇。恐怕你没有收拾他们,自己就先被收拾了。你是甚么人,他们又是甚么人。"

郑文浩无语。

无论嘴巴多么强硬，心里也还是有深重的挫败感。这山高皇帝远的地方，他们一手遮了天，你有什么办法？

## 19

刘西林一直守在镇卫生院急救室门口。他吩咐过医生，一定要尽最大的力量抢救吴四娣。他坐在走廊的长椅上，木然地看着白得可怕的墙壁。他觉得自己是匹狼，狼心狗肺的狼。他真想马上逃离这个世界，可是无处可逃。他陷入一张巨大的网中，灵魂和肉体都在挣扎，挣扎的结果会如何，他一无所知。

马建穿着雨衣走过来，站在刘西林面前，雨衣上的水滴落在水泥地板上，四处流淌。马建说："所长——"刘西林缓过神来，说："没再发生甚么事吧？"马建说："没有。"刘西林说："那样就好。对了，你们还没有吃饭吧？"马建说："我正为此事而来，现场的人散了后，我们到刘家小食店弄了点东西，煮好了，我过来叫你过去一起吃。所长不是喜欢吃芋子饺吗，给你煮好了。"刘西林笑了笑："谢谢你，小马，你赶紧回去吃饭吧，我没有胃口，不想吃。你们吃完饭，回派出所待命，我怕还会有甚么事发生。"马建说："还是过去吃点吧，要不，我给你端过来。"刘西林说："不用了，快去吧，不要让他们等，大家都饿了，这事闹得鸡犬不宁。"马建知道他的脾气，拗不过他，就走了。看着马建的背影在走廊上消失，刘西林心里难过，觉得对不起手下这些人。

过了一会儿，急救室的红灯熄灭了。

他马上站起来，走了过去。

门开了，走出来一个医生。刘西林焦虑地说："王医生，怎么样？"

王医生笑了笑说："问题不大，你放心吧，轻微脑震荡，额头磕破了，缝了十几针，比较严重的是股骨骨折，需要住院治疗。"

吴四娣没有生命危险，刘西林长长地舒了口气。

刘西林说："谢谢你，王医生。"

王医生说："不客气，应该的，应该的。"

刘西林说："改天我请你吃饭。"

王医生说："还是我请刘所长吧。"

他们正说着，护士推着吴四娣出来。吴四娣躺在平板车上，头上缠着纱布，脸上还有些血迹。她闭着眼睛，十分安静。经过刘西林身边时，吴四娣突然睁开眼睛，怨恨地盯了他一眼，刘西林的心突然被针扎般疼痛。

护士推着吴四娣到病房里去了。

刘西林对王医生说："晚上还是让个护工照顾她吧，一来她行动不方便，拉屎拉尿需要有人帮助她，再来，怕她情绪不稳定，做出过激的事情，不好收拾。"

王医生说："我们也考虑到了这一点，刘所长放心吧，我们会照顾好她的。对了，冒昧地问一句，你和这个老太婆什么关系呀，你如此关心？"

刘西林知道他不是本地人，自然不清楚自己的身世，笑了笑说："她是我奶奶。"

王医生说："原来如此，那我们更加要特殊照顾了。"

刘西林说："王医生，辛苦你了，不多说了，你忙你的去吧，我也该走了，我奶奶就托付给你们了。"

王医生说："放心吧，放心吧。"

刘西林走出卫生院的大门，怔了怔，感觉有股寒气扑面而来，这可是盛夏，就是落雨天，也不至于有如此的寒气。卫生院坐落在镇东的山脚下，离土地庙两百多米远。如果在白天，他站在卫生院门口可以清楚地看见土地庙以及庙门外的那棵古樟树，现在，土地庙方向黑漆漆一片。刘西林打亮手电，往土地庙方向照过去，什么也没有看见。这时，他感觉到饿了，也许是饿过头了，身体发虚，才感觉寒冷。他想，还是先去刘家小食店去吃碗芋子饺吧。

他撑起雨伞，走进密集的雨帘之中。

刚走出几步，他就听到了狗的呜咽。

手电光照过去，刘西林心提到了嗓子眼上，他看见了游武强的大黄狗，大黄不是死了吗？他吩咐过马建把黄狗埋了的，难道它复活，从泥土里钻出来了？这不可能，太离奇了。刘西林叫了声："大黄——"

大黄转身就跑。

刘西林本来想打个电话问马建，到底有没有把大黄狗埋了。见狗一跑，他就追了上去，顾不得打电话了。大黄朝卫生院后面的山上跑去。山上是成片的再生林，长满了郁郁葱葱的针叶松。大黄窜进林子里，就不见了踪影。刘西林喊叫道："大黄，大黄——"

只有雨落在林子里的声音。

刘西林只好走出林子。

他拨通了马建的手机，说："小马，你把大黄埋了没有？"

马建说："什么大黄？"

刘西林说："就是游武强家的狗呀。"

马建说："埋了。"

刘西林说："埋哪里了？"

马建说："埋镇东头山上的林子里了。"

刘西林打了个寒噤："哦——"

马建说："发生什么事情了？"

刘西林说："没甚么，没甚么。"

说完，他就挂了电话。

路过土地庙时，他不经意地朝里面望了一眼，里面黑漆漆的，什么也看不清楚。刘西林突然想，会不会有个流浪的孩子，蓬头垢面地蜷缩在某个角落,饿得奄奄一息?他的心一阵刺痛,不由自主地走进去,用手电光到处搜索。如今的土地庙是重新修建的,不像从前那么破败,里面十分干净,有香火的味道。他没有找到什么流浪的孩子,只是看见了童年的自己。他自然地想起了游武强,却不晓得他现在何方。

刘西林想去找他,可没有方向。

他怅惘地走出土地庙,一阵风吹来,老樟树哗哗作响。

刘西林也瑟瑟发抖。

这时,他看到一个人打着手电快步走过来。

手电光在刘西林脸上晃了晃,那人说:"刘所长,原来你在这里呀,他们说你在医院。"

刘西林说:"刘洪伟,你搞甚么鬼,手电乱照,眼睛都被晃花了。"

刘洪伟说:"李镇长让我喊你去。"

刘西林说:"去干甚么?"

刘洪伟压低了声音说:"他们弄了只穿山甲,拿到我小食店里烧了,让你去一起吃。"

刘西林听他这么一说,连吃芋子饺的兴趣也没有了。他说:"你回去告诉他,我没有胃口,不想吃。"

刘洪伟穿着雨衣,凄惶地站在雨中,颤声说:"刘所长,李镇长说了,如果我不能把你请过去,我这个小店也不要想再开了。我以为他开玩笑,没想到他脸色很难看,强调说,封我的小店分分钟的事情,根本就不要任何手续。没办法,我只好来找你。你想想,我没有其他本事,开个小店养家糊口,累生累死赚不到几个钱,要是小店没了,我一家老小吃甚么喝甚么呀。刘所长,看在我们头上都顶着个刘字,你就帮帮我吧,无论吃不吃,你也去一趟,求你了。"

刘西林无语。

他十分清楚，李飞跃做得出这样的事情，他就是唐镇的土皇上，得罪他的小老百姓，哪个有好果子吃？有个村民，在李飞跃父亲三癞子坟墓后面的一棵树下撒了泡尿，被好事者发现，告诉了李飞跃家人，结果，那个村民家的耕牛莫名其妙地死了。镇上的人都明白，一定是李飞跃让人干的，那村民吃了亏也无处申冤，打掉牙齿往肚里吞。

刘洪伟哀求道："刘所长，求求你了，你就帮我一回，好吗？"

刘西林心软了，说："好吧，我和你走一趟。"

刘洪伟大喜，连声说："谢谢，谢谢。"

刘西林走出了几步，仿佛又听到大黄的呜咽，他回过头，用手电照了照，却什么也没有发现。

## 20

刘家小吃店门口停了两辆车，一辆是宝马，一辆是桑塔纳。

刘西林心里清楚，宝马车是郑怀玉的，桑塔纳是李飞跃的车。如果不是因为刘洪伟，他肯定扭头就走。刘家小食店的门关了，这么早就关门，是因为李飞跃他们在楼上。小食店楼上只有一间包厢，专门给李飞跃他们吃饭用的，他们要是弄到了野味什么的，就交给刘洪伟，刘洪伟烧菜的手艺不错，也会给他们保密，其实在这屁大点的地方，哪还有什么秘密可言。

雨不停地下。

刘洪伟敲了敲门，门开了，吴文丽小声说："刘所长来了吗？李飞跃不耐烦了。"

刘洪伟说："来了，来了。"

吴文丽说："那就好，那就好，赶快招呼刘所长上楼。"

刘洪伟回过头说："刘所长，请进，请进。"

刘西林合上伞，进了小食店，他闻到浓郁的香味，如果是往常，他一定会问什么东西这么香，还会尝尝，今晚，他没有说什么。吴文丽接过他手中的伞，满脸堆笑说："刘所长，快楼上请。"

刘西林的到来，使楼上的小包厢气氛马上活跃起来。

在场的人不多，李飞跃、郑怀玉、张洪飞，还有一个副镇长和镇妇女主任，他们都站起来，朝刘西林说着热情的话。刘西林看到他们笑容满面的脸和那一桌子酒菜，心里十分不舒服。李飞跃让他坐在自己的左边，郑怀玉坐在李飞跃的右边。刘西林面无表情，坐下来后，大家也坐下来，这阵势，好像是专门宴请他的。

妇女主任王菊仙坐在刘西林旁边，她拿起瓶五粮液，给刘西林面前的酒杯斟满酒，笑着说："刘所长难得和我们喝酒，今天要多喝点哟。"

刘西林没有说话。

张洪飞谄媚地对李飞跃说："李镇长，开始吧。"

李飞跃点了点头。

张洪飞就朝楼下说："文丽，把好东西端上来吧。"

吴文丽答应了一声，过了会儿，刘西林就听到了她上楼梯的脚步声。

那股浓郁的香味随着脚步声渐渐地临近。当吴文丽把一大盆喷香的肉端上楼，放在桌子中间时，王菊仙哇地叫出了声。李飞跃对刘西林说："刘所长，你看看，这东西，好吗？"

刘西林没有说话。

张洪飞说："刘所长，这可是穿山甲呀，正宗野生的穿山甲，李镇长心里有你呀，不等你来，我们还不敢弄上来吃。"

刘西林还是没有吭气。

郑怀玉说："好东西，好东西，大补呀，吃了这东西，火力猛呀，哈哈，刘所长可要多吃点。"

刘西林根本就不理会他。

吴文丽站在那里说:"李镇长,还有甚么吩咐吗?"

李飞跃的目光落在她丰满的胸脯上,吞咽了一口口水,说:"现在没事了,等会儿上来陪刘所长喝几杯。"

吴文丽笑笑:"好,好。"

吴文丽下楼后,李飞跃说:"吴文丽到底是怎么长的,又嫩又靓,他娘的刘洪伟拣了大便宜。"

王菊仙笑了笑说:"李镇长,你到底是来吃穿山甲,还是冲吴文丽来的?我说嘛,每次吃饭都喜欢到这小破店来,我说有甚么好的,原来是有吴文丽呀。"

李飞跃听出了她话中酸溜溜的味道,举起酒杯,笑笑说:"好了好了,不说吴文丽了,喝酒,喝酒。"

说完,他就一口喝掉了杯中酒,他们也把杯中酒喝干,只有刘西林一动不动,面无表情坐在那里。李飞跃说:"刘所长,喝了吧。"刘西林终于开了口:"李镇长,我实在不能喝酒,对不起。"李飞跃说:"喝点酒应该没有关系吧,你的酒量大家都知道的。"刘西林说:"最近身体不太好,在吃中药,不能喝。"张洪飞说:"给点面子吧,刘所长,既然坐下来了,就是一家人,酒要一起喝,肉也要一起吃。"刘西林没有搭理他,侧过脸,问李飞跃:"李镇长,请问一个问题。"李飞跃笑着说:"说吧,甚么问题?"大家都把目光聚焦在刘西林的脸上。刘西林说:"穿山甲是吃甚么的?"李飞跃不假思索地说:"蚂蚁,这可是众所周知的呀。"刘西林冷冷地说:"对于穿山甲来说,蚂蚁是弱势群体,以食弱势群体为生的穿山甲显然是罪恶的,如此罪恶的东西,我不吃。"李飞跃拉下了脸:"你这是——"刘西林笑了笑,说:"我没有什么意思,说白了吧,我不吃野生动物,你们慢慢吃吧,对不起,我先走一步了。"刘西林站起来,就走。他们目瞪口呆。他走到楼梯口,又回过头说:"李镇长，我走不关刘洪伟的事，他已经完成了你交给他的任务，不要为难他，他也不容易。"

他们听着刘西林下楼的脚步声，直到消失。

张洪飞愤愤地说："一个小派出所所长，有甚了不起的！还摆那么大的谱。"

李飞跃说："好了，别说了，他能够来，就证明他还是听我的，由他去吧，我们吃，来，来，吃吧，凉了就不好吃了。"

张洪飞夹了块穿山甲肉放进嘴巴里，边嚼边说："好吃，真他娘的好吃。"

李飞跃夹了块腿肉放进郑怀玉的碗里，说："郑老板，动筷子呀，不要光看着。"

郑怀玉说："我在想，这个刘西林会不会坏我们的事情？"

李飞跃说："谅他不敢，他自己一屁股的屎还擦不干净呢。"

郑怀玉说："我还是担心。"

李飞跃说："好了，别担心了，吃完我们再商量对策吧，没有甚么大不了的，他刘西林也翻不起甚么大浪。"

王菊仙说："是呀，没有甚么大不了的，吃吧吃吧。"

郑怀玉说："也是，怕他作甚，洪飞说得对，不就是个小派出所所长吗，老子见多了，有甚么摆不平的。谢副局长还和我称兄道弟呢，他刘西林算个鸟，况且，也不是他老丈人当权的时候了，真要惹火了我们，他这个所长恐怕也难保。弟兄们，喝酒，喝酒。"

## 21

拆迁的过程中，叶湛愤愤不平，结果被父亲叶流传弄回了家。叶流传训斥女儿："你以为你是谁呀，你现在有甚么能力管这些事？我力气比你大，脾气也比你大，到头来不也得屈服于他们，你看看这漏雨的屋顶,你有办法去让他们来解决吗?你现在的主要任务就是读书,等大学毕业了,找个好工作,就不要回这个鬼地方了,有条件的话,就把我们老两口接出去。你听到没有,不要再多管闲事了,如果再管闲事,你赶紧回大学里去吧,不要在家待了。"叶湛说:"就是因为大家都像你这样想,他们才为所欲为,爹,你怎么会这样麻木呢?"叶流传说:"好了好了,你就别嘴硬了,去把梯子搬过来,我上屋顶把漏补了。"叶湛搬来梯子,架在天井上方的屋檐上,叶流传戴了顶斗笠爬上了梯子。宋淼说:"叶叔,要我帮忙吗?"叶流传说:"你帮不了忙,你和阿湛一起扶住梯子吧。"宋淼和叶湛一人一边扶住了梯子,叶流传粗壮的身体极沉,把梯子压得一颤一颤的。叶流传爬上了屋顶,顺了顺瓦片,把被砸破的那个洞洞补上了。叶流传下来后,他们就在厅堂里泡茶,讲着唐镇令人气愤的事情。

叶流传撑不住了后,才让宋淼回去休息。

这时已经是午夜了。

叶湛要送他,被他婉拒了。

宋淼走到旅馆门口时,碰到了喝得醉醺醺的张洪飞,和他一起喝酒的人都坐车走了,只有他一个人走路回家。他看到宋淼,挥了挥手说:"你、你过来。"宋淼说:"过来干什么?"张洪飞说:"让你过来就过来,别废话。"宋淼走到他面前。张洪飞说:"你、你扶我回家。"宋淼说:"我不知道你家在哪里。"张洪飞说:"我、我也忘了家在哪里了。"宋淼闻到酒臭,十分恶心,说:"既然不知道家在哪里,我怎么扶你回家?"张洪飞翻了翻眼睛说:"是呀,我怎么回家?"宋淼说:"那我先走了,你慢慢想吧,想起来家在哪里再回去。"张洪飞说:"你、你住哪里?"宋淼说:"我住旅馆呀。"张洪飞嘿嘿干笑起来,笑完后说:"我真傻,我怎么没想起来住旅馆,快、快扶我进旅馆。"宋淼无奈,只好扶他进了旅馆。

旅馆前台值班的人已经睡了。

张洪飞就大喊大叫，把住店的客人都吵醒了。大部分客人都半开着门，伸出脑袋窥视，也有胆大的人，开门走出来，大声说："吵什么吵，半夜三更的，还让不让人睡觉了？"张洪飞朝那人怒喝："干你老母，你再鸡巴啰唆，老子弄死你。"那人还想吵，值班人员出来了，这是个中年汉子，他赶紧对那人说："快回去睡觉吧，这人你惹不起，再吵下去，你肯定要吃大亏的。"那人这才回房去了。张洪飞还在不依不饶地骂着。值班人员走到张洪飞面前，赔着笑脸说："张队长，你查夜呀？"张洪飞说："查甚么夜，老子找不到家了，准备在你旅馆睡个晚上，快去给老子开个房。"值班人员说："好，好，我马上去给你开。"他就在一楼给张洪飞开了个房，然后帮着宋淼把张洪飞扶进了房间。

张洪飞见到床，就扑了过去。

他趴在床上喘着粗气。

值班人员和宋淼正想退出房间，张洪飞突然说："回来——"

他们折了回去。张洪飞翻过身，大声说："他娘的，穿山甲真是厉害，老子浑身着了火，难熬呀，你们去给老子找个妹子来搞搞。"

值班人员说："张队长，你晓得的，我们是正规的旅馆，没有妹子陪睡的。"

张洪飞蛮横无理地说："去洗头店给老子唤个妹子过来，要那个叫佳佳的妹子，其他人老子不要。"

值班人员面露难色："他们的店门都关了，人都睡觉了，怎么叫呀？"

宋淼觉得特别恶心，想溜却又不敢迈动脚步。

张洪飞正要说什么，他张开大嘴，口里吐出的不是脏话，而是难闻的秽物。他一吐就止不住了，嗷嗷地吐了一床黑色的污秽，散发出浓郁的腥臭味。值班人员连声叫道："坏了，坏了。"宋淼不清楚他究竟吃了什么，竟然吐出如此黑乎乎的东西，趁他翻江倒海呕吐，宋淼慌张地溜出了房间，上楼去了。

宋淼回到自己住的房间，空调还在漏水，漏水声却被窗外落雨的声音遮盖了。关上门后，他还能闻到张洪飞吐出的秽物的腥臭。胃一阵翻滚，他跑进卫生间，呕吐起来。他不清楚，这个落雨的夜晚，有多少人在呕吐。

## 22

王秃子从酒醉中醒来，头痛欲裂。朦胧中，听到有人说："秃子，你醒了。"他睁开眼，看到了游缺佬的脸。游缺佬的脸在昏暗的灯光下，显得狰狞，王秃子说："你是人是鬼呀？"游缺佬说："秃子，我要是鬼就好了，就不用瞎操心了。"王秃子努力调整瞳仁的焦距和光圈，最后，目光聚焦在游缺佬的脸上，说："还真是缺佬，刚才我以为见到鬼了。这些天，我总是梦见有个恶鬼抓我。"游缺佬说："你梦见的是哪个鬼？"王秃子说："是三癞子吧，他拖着我的手，要拉我去活埋，还说墓穴都替我挖好了。"游缺佬说："三癞子是个挖墓穴的好手，过一百年，唐镇也没有人能够赶过他，问题是，他不可能给你挖墓穴了，他儿子李飞跃有可能给你挖。你一定是被李飞跃逼疯了吧。"王秃子突然坐起来，左顾右盼："这、这是甚么地方？"游缺佬说："这是安置房呀，你终于清醒过来了。"王秃子摸了摸光溜溜的头，说："我、我怎么会在这里？"游缺佬说："你还有脸问这个问题，推土机没有把你轧死就不错了，你这个酒鬼，早就和你说过，喝酒误事，你就不听。"王秃子："你说清楚点，到底发生甚么事情了？"游缺佬说："你的房子被拆掉了……"

听完游缺佬的讲述，王秃子呆了。

过了好大一会儿，他才说："我老婆呢？"

游缺佬说:"现在还在卫生院里呢。"

王秃子说:"郑文浩呢?他怎么不帮我?"

游缺佬说:"你以为郑文浩是孙悟空?他再厉害也斗不过他们呀,他们那么多人,不被他们打死就不错了。他对你可是尽心尽力了,不要怪他,还是他叫我来照顾你的。"

王秃子说:"他呢?"

游缺佬说:"他在卫生院照顾你老婆。"

王秃子忍住头痛,下了床,说:"我要去卫生院。"

游缺佬说:"走吧,走吧。我陪你去,赶紧让郑文浩回家,明天一大早,他还要起来杀猪,他活得也不容易哪。"

王秃子说:"我晓得,我晓得。"

他们走出简易的木板房,发现天还在落雨。王秃子想找把伞。游缺佬把伞撑起来,说:"我这有,走吧。"他们俩合撑一把伞,朝卫生院方向走去。王秃子浑身颤抖,打摆子一般。游缺佬:"你别抖,抖也没用,还是把心放宽点吧,四娣应该没有生命之忧,你别害怕。你这个人也不是东西,自己喝得酩酊大醉,靠自己的老婆往身上浇汽油,要不是落雨,你就只有到黄泉路上见四娣了。"他们走出一段路,后面鬼鬼祟祟地跟上了两个人。唐镇已经沉入深深的黑暗,雨声和远处河边的青蛙叫声越发清晰,偶尔还传来几声狗吠,给黑夜增添了几分凄凉。

## 23

整个晚上,大黄的呜咽都在刘西林耳边回响。

他无法入睡。想到大黄,自然会想起游武强。想起游武强,自然会想起那艰难岁月。有天,童年的刘西林从梦中醒来,看到游武强在给他缝补衣服。这是游武强细腻的一面,粗糙的手做针线活,刘西林每每想起，心里备觉温暖。游武强发现他醒了，眼窝里积满了泪水，停住手中的活计，伸出手，摸了摸他的脸，沙哑着嗓子说："孩子，又做梦了？"刘西林说："嗯。"游武强笑了笑："做甚么梦了？"其实，游武强就是笑容满面，看上去还是狰狞可怕的，因为他马脸上有一条刀疤，陌生人见到他，还是会心生恐惧。刘西林却能从他的笑容里感受到慈爱，他说："梦见我死了，你在给我穿白色的寿衣。"很长一段时间里，刘西林总是梦见自己死去，就是后来长大了，也没想明白为什么会做那样的梦。游武强说："梦是反的，不要多想，你还那么小，还要长大，还要讨老婆生孩子，还要做很多事情，怎么可能会死呐。睡吧，孩子。"刘西林说："睡不着了。"游武强说："害怕死？"刘西林说："嗯，可怕了。"游武强说："不要怕，死没有那么吓人的，每个人到时候都要死。"刘西林说："你死过吗？"游武强说："没有，我要死了，就不会和你在一起了。"刘西林凝视着他的脸，说："伯，我想问个问题。"游武强说："问吧，孩子。"刘西林说："伯，你脸上怎么会留下这条刀疤？"游武强说："那是年轻时的事情了，过去很久了，不想说了。睡吧，孩子，明天还要上学。"刘西林说："你不说，我就不睡。"游武强又笑了笑："好吧，小鬼头，告诉你吧，但是有个条件，以后不能再问类似的问题了。你答应吗？"刘西林知道他心里埋藏了太多秘密，比如有时半夜时分，有条青色的小蛇会溜进房间，把游武强带走，一走就是好几天，他只好到别人家里去住了。他还想知道为什么那条青色的小蛇会把他带走，把他带到哪里去，离开唐镇的那几天他到底在干什么……很多问题，就是到刘西林离开唐镇，也没有解开。为了获得他脸上刀疤的秘密，刘西林说："我答应。"游武强叹了口气说："好汉不提当年勇了，这刀疤，是日本兵留下的。那一仗，死了好多人，漫山遍野的尸体。在和日本兵肉搏时，脸上被砍了一刀。当时，我眼睛被血蒙住了，甚么也看不见，端着枪，用刺刀乱刺。我以为我会死的，没料到，砍我的日本兵竟然被我刺死了……"游武强讲完刀疤的来历，刘西林越发精神，没有一点睡意。游武强说："太晚了，该睡了。"于是，他就吹灭了灯，躺在了刘西林的身边。刘西林满脑子都是血和刺刀，后来不知怎么睡着了。

刘西林靠在床头，仿佛听到一个沙哑的声音说："孩子，睡吧，时候不早了，明天还有很多事情要做呐——"

他情不自禁地拉灭了灯，躺了下来。

窗外的雨好像小了，风却大了。

不知过了多久，他的脑海里出现了一条青色的小蛇，在风声和大黄的呜咽中飞越黑漆漆的夜空。仿佛青色的小蛇把他带到了一个苍凉之地，有片暗红的光亮，不知是谁点燃的一堆篝火。这里没有雨水，风也停止了，有种迷离的香味，弥漫着，扩散着。刘西林看到了妖娆的火焰，还有一座插满山花的新坟，黄土的气息被迷香覆盖，他还是可以感觉到黄土透出的湿气。此情此景如此真实，刘西林心想，这是谁的坟墓？没有墓碑，没有香烛纸钱，没有供品，只有山花。刘西林的心莫名地跳动，咚咚作响，犹如鼓声。急促的鼓声过后，刘西林的心脏似乎停止了跳动，成了一块冰冷的石头。就在这时，他看到一具尸体破土而出。尸体被白麻布裹得严严实实，看不清头脸，看不到四肢，也闻不到尸臭。尸体立在坟上，双腿没有完全拔出来，就不动了。刘西林十分惊骇，无论尸体裹得多么严实，他也知道这是谁，那是内心的感应。刘西林倒抽了一口寒气，浑身颤抖，喊叫了声："武强伯——"

## 24

雨停了。

夏夜的天空出现了微光。郑怀玉的宝马车抛锚在一个山坳里，前不着村，后不着店。从来没有发生过如此奇怪的事情，他的司机检查了车所有部件，哪里都没有问题，可就是突然熄了火，怎么也起动不了了。

郑怀玉晚上并没有喝多少酒，他是中医世家，知道吃穿山甲这样大补的东西，不能多喝酒，否则就白吃了，不像李飞跃和张洪飞他们，瞎吃瞎喝，一点也不懂养生之道。晚上，很多事情都十分奇怪，拆完王秃子的房子，他和李飞跃一起到刘记小食店。到小食店门口，刚下车，一只苍蝇朝他右眼撞过来，他赶紧闭上眼睛，却感觉苍蝇已经在眼睛里了，硌得眼睛异常的难受。上楼后，让早早等在那里的王菊仙翻开他的眼皮，看里面到底有没有东西，王菊仙看了老半天，也没有发现他眼睛里有什么异物，他的眼睛只是很红。王菊仙说："郑总不会是得了红眼病吧，红眼病发作，也会有这种感觉的，觉得眼睛里有甚么东西。"郑怀玉没好气地说："你才红眼病呢。"王菊仙说："郑总，我又没得罪你，你凶甚么呀。"郑怀玉点燃一根烟，吐出浓浓的烟雾，满脸不高兴。李飞跃笑着打圆场："好了，好了，都是自家人，不要伤和气，多大点事呀。"

郑怀玉眼睛的事情还没有完，又发生了一件事情。刘西林走后，他夹起了一块穿山甲肉，刚刚放到嘴边，那块肉像是个活物，飞进他嘴里，猛地扑向他的喉咙，最后卡在他的喉咙里不动了，出也出不来，进也进不去，噎得他半死不活，眼泪汪汪。李飞跃说："郑总，你怎么啦？"他翻着白眼，说不出话来，用手指着自己的喉咙。李飞跃对张洪飞说："快去倒碗水来，郑总噎着了。"王菊仙说："我去吧，我去吧。"李飞跃赶紧给他捶背，郑怀玉推开他的手，不让捶。王菊仙把水端到他面前，说："郑总，喝点水，压下去就好了。"郑怀玉接过碗，迫不及待地喝起水来。那碗水灌下去后，喉咙里的肉才滑到胃里。郑怀玉长长地舒了口气，口腔里突然有种怪怪的味道。盆里的穿山甲肉散发出诱人的香味，郑怀玉突然像个饿死鬼,大口地吃着穿山甲肉。他的疯狂食欲挑起了在座所有人的胃口,他们疯狂地大快朵颐,仿佛末日即将降临。

吃喝完后,他们就散了。

李飞跃让郑怀玉留在镇上过夜,郑怀玉执意要回城,自从和父亲郑雨山断绝关系后,他就极少在唐镇过夜,再晚也得回去。李飞跃喝得晕头晕脑,不再劝他,让他走了。

车开出唐镇时,是雨下得最猛烈的时候。

郑怀玉对司机说:"开慢点,安全第一,不要赶。"

司机说:"郑总放心吧,你累了一天了,在车上睡一觉,到了我叫醒你。"

郑怀玉说:"是呀,真他娘的累,赚点钱真难,还是当官好,有权甚么都有了,我们生意人在他们面前就是孙子。"

司机没有说话,眼睛盯着前方的路。

郑怀玉也不说话了,把座椅调平了些,半躺着,闭上了眼睛。郑怀玉有在车上睡觉的习惯,平常,车开动不到十分钟,他就会睡着。可是,今夜却无法入睡,尽管闭着眼睛,头脑还是异常清醒。车在黑夜深处行驶,郑怀玉觉得心里一阵阵发慌,无来由地发慌。这些年来,他已经练就铁石心肠,遇到任何事情,都能够抵挡,不胆怯也不慌张。就是父亲和他断绝父子关系,他也没觉得有什么大不了。郑雨山和他断绝父子关系,也是因为这次拆迁。刚刚想在唐镇开发时,郑怀玉回来和父亲商量过,郑雨山听完他的想法后,马上提出了反对意见。郑雨山不同意他在唐镇投资,这让他十分灰心。郑雨山的想法十分简单,一开始,就不赞同他做生意,也不主张他从政,而是要求他继承自己的衣钵,悬壶济世,过平淡的日子最保险。郑雨山活了那么多年,经历了风风雨雨,知道从政和经商的风险最大,儿子在外怎么样就算了,可他竟然要回唐镇搞什么投资,他是万万不答应的。郑怀玉认为父亲思想守旧,根本就不顾及他的意见。拆迁开始后，镇上的风言风语令郑老先生脸上无光，人们都用复杂的目光审视他，就连游武强似乎也对他充满了仇恨，仿佛他是瘟疫的根源。一世清名毁在了郑怀玉手中，郑老先生心痛哪，一怒之下，他把郑怀玉叫回了家，要和他断绝关系。郑怀玉回到家里，发现厅堂里坐满了人，那都是唐镇各姓的头面人物，郑雨山神情肃穆地坐在太师椅上，冷冷地望着他。郑怀玉见这阵势，心里有点忐忑，可他很快就恢复了平静，和颜悦色地说："爹，你这是做甚？"郑雨山说："做甚？和你断绝父子关系，我把大家请来，做个见证。"他就把桌子上的两份文书递给郑怀玉，接着说："你在上面签上字，各保存一份，就妥了，从此，你走你的阳关道，我过我的独木桥。"郑怀玉接过文书，看了看，笑着说："爹，你开玩笑吧。我就是签了，也还是你儿子呀。"郑雨山严肃地说："不开玩笑，你签了，就不是我儿子了，就算我白养了你，你也不要再踏进这个家门了，也不要唤我爹了。快签吧，我这个家容不了你。"郑雨山想了想，就在两份文书上签下了字。他以为父亲只是一时的气愤，没想到郑老先生铁了心，后来，他回去过几次，都被父亲赶出了门，也就死了心。

车快开到那个山坳时，郑怀玉心慌得不行，六神无主。

车子开进山坳，突然咣当一声，像是撞到了什么东西，紧接着，车就熄了火。他睁开眼睛，车里车外，一片漆黑。黑暗让人透不过气。司机好长时间说不出话来，坐在驾驶座上，像个死人。郑怀玉说："发生甚么事情了？"司机没有回答他。他在后座，伸出手，推了推司机的肩膀："到底怎么了？"司机还是无动于衷。车外雨渐渐停了。野风呼啸。郑怀玉越来越慌，胃里像有根棍子在用力搅动，他猛地推开车门，扑出去，拼命呕吐，吐得眼冒金星，翻江倒海，吐出的秽物腥臭无比。他吐了好大一阵，司机才闷不隆咚地打着手电下了车，来到郑怀玉身边，用手电照了照地上黑乎乎的秽物,颤抖着说:"郑总,你没事吧?"郑怀玉说:"没事,没事,只是浪费了那么好的东西,全吐了。真他娘的怪,我可从来不晕车的呀,怎么会这样?"

司机仔细检查了一遍车,什么问题也没有。他回到车上,却怎么也启动不了车了。郑怀玉也回到车上,说:"到底怎么回事?"司机说:"我也不知道。"郑怀玉说:"停车前我听到的是甚么声音?"司机说:"郑总没睡着?"郑怀玉说:"就是睡着了,那么响的声音也会吵醒我,我又不是死人。"司机说:"我看到一个人站在马路中间,来不及刹车就撞上去了。"郑怀玉有些恐惧,说:"人,人呢?"司机说:"刚才下车看过,什么也没有。"郑怀玉说:"甚么样的人?"司机说:"没有看清楚。"郑怀玉说:"你是不是眼花了?"司机说:"也许吧。"郑怀玉说:"那现在怎么办?"司机说:"我看叫小李开凌志车来接你吧。"郑怀玉说:"快打电话吧。"

司机拿出手机,电话怎么也拨不出去,信号很强,电也很充足。

他说:"见鬼了。"

郑怀玉说:"你把电池拆下来,重新装上去,开机看看。"

如此操作了一遍,手机还是拨不出去。

郑怀玉说:"真他娘的见鬼了,用我的手机打吧。"

司机接过他的手机,也拨不出去,他们的手机都失灵了。

司机说:"郑总,怎么办?"

郑怀玉有点火:"我怎么晓得,你问我,我问谁?"

司机无语。

郑怀玉焦虑地说:"你再好好检查一遍车,看哪里出现问题了。"

司机又仔细检查了一遍,还是没有发现任何问题。

野风依然呼啸。

此地离汀州城还有三十多公里,离唐镇也有二十多公里,四周都是层层叠叠的大山,车莫名其妙坏了,而且坏在这个荒凉之地,如何是好？司机说："我从来没有碰到过这样的情况，郑总，这不是车的问题。"郑怀玉说："不是车的问题，是甚么问题，难道是你的问题？你起了歹心？"司机愁眉苦脸地说："怎么能是我的问题呢，这些年来，我对你忠心耿耿，你也待我不薄，我怎么会对你有歹心呢？"郑怀玉说："难说，这世道，谁都不可信。你还是不要乱来，我带有电棒的。"司机说："郑总，你可以不相信别人，可不能不相信我呀。"郑怀玉说："好吧，我暂且相信你，你说我们现在该怎么办？"司机想了想说："要不，我走回唐镇去叫李镇长派车来接你？"郑怀玉说："这地方豺狼出没，你居心叵测呀，把我一个人留在这里，明摆着要害我。"司机无奈地说："你坐在车里不要开门就可以了，我没有害你之心，郑总，你多虑了。"郑怀玉说："不行，不行，我不能一个人留在这里。"司机说："现在手机也没法使用，根本就联系不到外界的人，我没有其他办法了。"郑怀玉心慌意乱，莫名的惊恐："我们会不会有危险？"司机没有回答他，也许，他内心也充满了恐惧。

郑怀玉说："你怎么不说话了？"

司机说："我不晓得说甚么。"

他们坐在车里，沉默。

雨后的天空，出现了薄明的微光，近处的山呈现出黑色的轮廓。风很大，呼呼作响。郑怀玉心惊胆战，他看了看表，表竟然停了。他说："你看看几点了。"司机也看了看表，他的表也停了，说："估计是有四点了。再等等，唐镇就有拉客的小巴进城了，到时你可以坐他们的车先回城里去。"郑怀玉用拳头敲打自己的头，说："怎么会这样，怎么会这样！"

突然，郑怀玉感觉有许多黑影从四面八方朝宝马车涌过来，夹带着低沉愤怒的号叫。

他说："你听见了吗？"

司机战战兢兢地说:"听见甚么了?"

郑怀玉说:"你一定也听见了,那些可怕的声音。"

司机说:"我没听见,我没有听见。"

有种凄厉的歌声穿透荒山野岭,仿佛在唤醒所有沉睡的鬼魂。

不一会儿,车突然晃动起来。越晃越厉害,好像有很多人在外面推搡车。郑怀玉和司机坐在车里手足无措,惊恐万状。又过了会儿,车身停止了晃动,平静下来。他们微微地放松了一下情绪,可是谁也不说话,都在喘着气。没有想到,片刻平静之后,他们发现车外围上来许多黑影,那些黑影号叫着纷纷朝车身扑过来,拍打着车身和车窗玻璃。有的黑影还爬上了车顶,在上面狂跳;有的黑影从前面爬上来,撞击着挡风玻璃。

郑怀玉感受到从未有过的恐惧。

他张大嘴巴,什么话也说不出来。

司机胆子稍微大些,他企图打亮手电,看看那些黑影到底是什么东西,可是,手电也失灵了,怎么也亮不起来。

## 25

李飞跃喝了不少酒,并没有完全醉。他记得送王菊仙回家时的情景,他和王菊仙坐在轿车后座,王菊仙的手不老实,摸着他的大腿,顺着大腿要往上摸,李飞跃拿开了她的手,说:"别乱动。"王菊仙就倒在他身上,说:"你当镇长就不要我了,现在又迷上小食店的吴文丽了,她是甚么东西。"李飞跃推开了她,说:"别胡说八道。"王菊仙说:"我没有胡说八道,这不明摆着的吗,你这个没良心的,我哪点不比她好,你是嫌我老了是不是,告诉你,我哪里都不比那个骚狗嬚差。"李飞跃恼了:"不像话了,哎,越说越不像话了。你要发骚回家和你老公发去。"前面开着车的司机笑出了声。

李飞跃说:"好好开你的车,笑甚么笑,你不晓得她喝醉了?"司机说:"晓得,晓得,她喝醉了,她喝醉就说胡话,发骚。"王菊仙骂道:"发你老母的骚,你懂个屁。"司机挨了骂,不吭气了。李飞跃哈哈大笑。王菊仙说:"笑吧,把我惹急了,有你笑不出来的时候。"说着,她又把手伸到李飞跃的大腿根部。很快,车开到了王菊仙的家门口。王菊仙不肯下车,手抓住李飞跃的裤裆不放。李飞跃说:"快下车吧,你老公在门口等你呢。"王菊仙说:"不管他。"李飞跃把她的手拿开,打开车门,把她弄下了车,对她老公说:"还站着干甚么,快把你老婆扶回去,她喝多了。"王菊仙老公是唐镇中学老师,是个老实人,扶住王菊仙后说:"和你说过多少次,酒不要喝那么多,伤身体。"王菊仙说:"这是工作需要,你懂吗,工作需要!"中学老师说:"好吧,好吧,工作需要,快回家吧,洗脚水给你倒好了。"

李飞跃回到车上,对司机说:"走吧。"

司机说:"去哪儿?"

李飞跃想了想,说:"回家吧。"

李飞跃回到家里时,老婆孩子都睡了。

洗了个热水澡,浑身汗淋淋的。进了卧房,发现空调没有开。他嘟哝道:"这么热的天,也不开空调,妇人脑袋,这能省几个钱。"说着,就把空调开了。李飞跃的老婆胡琴琴穿着粉色的吊带短睡裙侧躺在床上,丰腴的大腿裸露着,散发出热烘烘的女人气息。李飞跃说:"睡得这么死,上辈子肯定是只猪。"

胡琴琴是镇工商所的副所长。她和李飞跃结婚,关系一直不怎么融洽,三天一小吵,五天一大吵,是唐镇众所周知的吵闹夫妻。让人不解的是,这对夫妻吵归吵,从来不提离婚,照样过日子,生孩子。如果说胡琴琴怕他,那也未必。李飞跃当副镇长时,和王菊仙勾搭,胡琴琴把他们捉奸在床,还逼他们写下了保证书。自从李飞跃当镇长后，他们吵架就少了，不知情的人以为他有了官威，胡琴琴怕了他，知情人都明白那是因为李飞跃回家少了。不过，他们夫妻有什么契约，只有他们自己清楚。

李飞跃上了床，关了灯。

躺在床上，李飞跃觉得精神饱满，内心充满了某种欲望。他想，这穿山甲果然厉害，其实喝完酒，他就有了感觉，只是那感觉被吴文丽的冷漠浇灭。散场后，他让大家先下楼，把吴文丽叫上了楼。吴文丽笑嘻嘻地问："李镇长有甚么吩咐？"李飞跃色迷迷地望着她，拉起了她的手说："文丽，我对你好，你应该晓得的。"吴文丽脸红了，抽回手说："我心里明白的，李镇长对我们很照顾。"李飞跃说："那你应该怎么回报我呢？"说着，又要拉她的手。吴文丽退后两步，没让他得逞，说："我们心里有数，只要李镇长自己来吃饭，我们不会收钱的。"李飞跃说："这不算甚么，我不在乎钱，无论公家还是我私人来吃饭，钱照付，而且不打欠条。你要知道，我对你可是——"吴文丽知道他心里在想什么，说："李镇长，他们在楼下等你，时候不早了，你还是回去吧。"李飞跃按捺不住，扑过去，抱着她，在她耳边说："文丽，我心里有你，只要你跟了我，你让我做甚么都可以。"吴文丽说："别这样，别这样——"边说边挣扎，然后使劲地推开了他。李飞跃说："文丽，我真的喜欢你。"吴文丽又羞又急地说："李镇长，你不能这样，我老公就在楼下，你是有身份的人，不能和我这个小老百姓开玩笑，我们开不起这个玩笑，希望你自重。"李飞跃还想扑过来。吴文丽大声叫道："洪伟，你快上楼来，把李镇长扶下去，他喝多了。"刘洪伟跑上楼，说："李镇长，我扶你下去吧。"李飞跃顿觉无趣，闷声说："我没醉。"他瞪了吴文丽一眼，匆匆下楼。

他后悔回家，应该把王菊仙带到某个地方好好云雨一番。他的手情不自禁地摸到了胡琴琴的屁股，欲望在不断膨胀，浑身在燃烧。李飞跃扯开胡琴琴的内裤，迫不及待地压了上去。胡琴琴惊叫一声，把李飞跃推了下去，然后开了灯。

她怒目而视："你想干什么？"

李飞跃满脸通红，颤抖着说："我要你——"

胡琴琴冷笑一声，说："要个屁，你在外面和那些骚女人要得还不够吗，别回家骚扰老娘，老娘早就没有兴趣做这烂事了。"

李飞跃被欲火烧得难以忍受，低吼道："老子今天要定你了。"

说着，就扑了过去。胡琴琴使劲地挣扎，说："滚，滚，你这个脏公狗，老娘不要，不要。"李飞跃不管她怎么闹，就是要强行进入。因为她的挣扎，李飞跃要得逞难度很大，气急败坏，狠狠地扇了她几记耳光。胡琴琴被打蒙了，说实在话，虽然他们经常吵吵闹闹，可是他从来没有打过她，今天的他疯了，竟然动手打人。趁着胡琴琴发蒙，他迅速进入了她的身体，嗷嗷叫起来。

胡琴琴的眼泪流淌出来，双手抓挠着李飞跃的背，愤怒地说："李飞跃，你这个臭流氓，我要告你婚内强奸。"

李飞跃吼叫道："告吧，告吧，老子就强奸你了！"

胡琴琴闭上了眼睛，双手也从他的背上瘫软下来，任他疯狂蹂躏。

突然，李飞跃直起上身，眼睛突兀，脸部肌肉痉挛，浑身不停地抽搐，仿佛得了羊痫疯。胡琴琴感觉到了不妙，睁开双眼，见状，惊恐地说："飞跃，你、你怎么了？"李飞跃什么话也说不出来，觉得肚子里有什么东西乱窜，疼痛难忍，肚子里的东西一直窜到喉头。胡琴琴吓坏了，尽管恨他，还是不想他死在自己身上。她说："飞跃，快下来，躺平，歇会儿就好了。"李飞跃似乎听不见她的话，张大嘴巴，从喉咙里飙出一股黑乎乎腥臭的秽物，那股秽物落到胡琴琴的脸上和胸脯上。

胡琴琴哀叫了声，使出浑身的力量把狂吐的李飞跃推到一边，跳下床，惊恐地望着他。

李飞跃不停地呕吐。

秽物臭不可闻，吐得满床都是。

## 26

吴四娣睁开双眼。

王秃子老泪纵横，哽咽着说："老婆子，我对不住你哇。"

吴四娣沙哑的声音："好了，我还没有死，你哭甚。你有甚么对不住我的，只是可惜了祖上留下来的房子。"

郑文浩说："都怪我，都怪我，没能保护你们。"

游缺佬说："也不能怪你，他们那么多人，你能斗过他们？"

郑文浩说："说实在话，当时，看到他们那么多人，手上都拿着钢筋，心里发了慌，不敢冲上去和他们拼，怕吃大亏。"

游缺佬说："你考虑得对，你和他们硬拼，是鸡蛋碰石头，肯定要吃大亏的。"

郑文浩说："我后悔哪，我应该冲上去和他们拼的，我手上拿的是剔骨刀，捅翻他们其中一个，他们就不敢上了，谁不怕死？我想好了，他们来拆我家房子，我就要和他们拼到底，我就不信了！"

王秃子说："文浩，我不怪你，我只是怪我自己，喝甚鸟酒哇，房子被人拆了都不晓得，还让他们当死猪一样抬出去，丢人哪，我对不起列祖列宗，也对不起四娣。"

吴四娣说："拆就拆了吧，我说过的，这房子迟早保不住的，现在拆掉了，也没有甚么念想了。唉，谁让我们没权没势——"

游缺佬也叹了口气，说："四娣能够放宽心就好，房子都拆了，说也没有用了，还是想办法去多要些补偿款吧。秃子，我看，还是让你们两个儿子回来，他们有文化，晓得怎么和他们闹，你们老两口，没甚用。"

王秃子说："让他们回来？"

游缺佬说："是呀，让他们回来。"

吴四娣说："算了，算了，不要让他们担惊受怕，回来要是有个甚么好歹，影响他们一生，我们是老骨头了，黄土都埋到脖子上了，所有事情还是我们自己担着吧，秃子，你说呢？"

王秃子说："老婆子，你说到我心里去了，他们也不容易，这样糟心的事情，还是不要让他们晓得，他们安安心心过日子，比甚么都重要。"

这时，一个护士推门进来，冷冷地说："病人家属可以留下陪床，其他无关人员都回去吧，看看都几点了，还在病房里嘀嘀咕咕，病人需要好好休息，你们这样，不是影响病人治疗吗。"

游缺佬站起来，对郑文浩说："我们走吧，让四娣好好休息，养好伤是头等大事。"

郑文浩也站起来，说："好吧，我们走。秃子，你有甚么事情，打我手机，我的手机二十四小时开机。"

王秃子说："让你们劳神了，真对不住。"

游缺佬说："别说这样的话，左邻右舍的，应该相互照顾。"

郑文浩和游缺佬走出了病房。

郑文浩回家去后，游缺佬打着雨伞，站在剃头店门口，朝游武强房子的废墟望去。那里一片漆黑。他喃喃地说了声："武强叔——"游缺佬心里十分凄凉，想当年，困难时期，游武强帮过他，在他快饿死时，给他送来一箩筐的野菜，让他活了下来。和镇上的人一样，游缺佬不清楚游武强是死是活，如果游武强死了，游缺佬会去收尸，找块好地，买口上好的棺材，把他安葬了，也算报了他的救命之恩。想到伤心处，游缺佬的眼中淌出了泪水。

突然，游缺佬听到一声哀叹，从那废墟上传过来。

游缺佬用手电往那边照了照,发现一个黑影站在游武强房子的废墟上。

"谁——"游缺佬说。

那个黑影没有说话,一动不动地站着。

游缺佬壮起胆子,走了过去。

他还没有靠近,那黑影就飞快地朝唐溪边掠过去,不见了踪影。雨还在下着,游缺佬呆呆地站立着,感觉到了寒意,浑身禁不住瑟瑟发抖。就在这时,他听到了狗的呜咽,手电光照过去,游武强家死去的大黄狗站在不远处,凝视着他。游缺佬吓得魂飞魄散,跑回剃头店门口,颤抖着开了门锁,走进去,紧紧地关上门,背靠在杉木门上,喘着粗气。

他又听到了大黄的呜咽,大黄仿佛就站在门外。

游缺佬喃喃地说:"大黄,你走吧,你的死和我没有关系,真的和我没有关系。"

过了会儿,大黄的呜咽声渐渐远去,游缺佬才稍微松了口气。

游缺佬知道,每次游武强离开唐镇,到那神秘的地方,都不会带大黄去,大黄乖乖地守着他的家。游缺佬还知道一个秘密,只要他早上打开剃头店的门,发现大黄坐在游武强的家门口,吐着舌头,警惕地看着在镇街上过往的人,他就知道,游武强出去了。

游武强出门的那些天,游缺佬会拿些地瓜之类的东西给大黄吃,大黄是只好狗,见到他就会摇尾巴,表示友好。那天晚上,拆游武强房子时,游缺佬没有睡,他听到了大黄的惊吠,可是他没有出去阻止那些人打死大黄,他的身体蜷缩成一团,睁着惊恐的眼睛,直到大黄凄厉的叫声消失在浓重的黑暗之中。第二天早上,他不敢去看大黄的尸体,内心却忐忑不安,好像自己就是杀害大黄的凶手。

游缺佬在这个夏天的雨夜,无法入眠。

他害怕大黄出现在屋里，冲上来，撕碎他的身体。他不敢关灯，蜷缩在床角，手中抱着一个相框，像框里镶着他儿子游远帆的照片，那是游远帆上大学后寄给他的第一张照片。照片中的游远帆穿着运动衣，站在大学的操场上，满脸的英气。游远帆是他的希望，是他的一切。

游缺佬出身贫苦，童年嘴唇被鞭炮炸坏后，变得丑陋不堪，又穷又丑的他，从小就对未来不抱任何希望，父亲送他学了剃头，开了个剃头店，可以养活自己。在他三十岁那年冬天，唐镇来了一个逃荒的安徽女人，住在田野上荒废的一个草寮里。这是个中年女人，脸黄肌瘦，游缺佬动了恻隐之心，担心她会在寒冷的冬夜冻死，就抱了床被子，连夜送到草寮里去。去时，他还煮了三个鸡蛋。安徽女人吃完三个鸡蛋，十分感激，无以为报，就把身体给了他。游缺佬从来没有亲近过女人的身体，本来以为此生不可能有这样的机会，没有人肯嫁给他，没有想到拣了个宝。尽管女人比他年长十多岁，也老皮老肉，他还是满心欢喜，当天晚上就把女人带回了家。女人在他家住了一段时光，发现怀孕了，就长住下来。安徽女人给游缺佬生下孩子后不久，就偷偷离开了唐镇。游缺佬没有去寻找女人，而是尽心地抚养儿子，他会经常想念那个女人，到镇东头的山顶，往远方眺望。他靠着一把剃头挑子，把儿子培养成了一个大学生。

游远帆这个夏天没有回家，在省城打工赚学费。明年就要大学毕业了，游缺佬为他的工作担忧。游远帆读的是农业大学，目的就是大学毕业后回来，他不忍心把父亲一个人抛在唐镇。游缺佬劝他，读完大学就留在省城，回唐镇没有作为，游远帆死活不肯。像游远帆这样的年轻人着实不多了，谁愿意读完大学回这个穷乡僻壤？游远帆越是要回来，游缺佬就越焦心。对于儿子的工作，他只是一个剃头匠，能有什么办法？

游缺佬喃喃地说:"武强叔,你千万不要怪罪我呀,我也难哪——"

## 27

整个旅馆都是张洪飞吐出秽物的臭味。就是把房间门紧紧关闭,那恶臭还是会从门的缝隙中穿透进来,本来就充满霉味的空气变得更污浊了。宋淼拉上窗帘,企图让自己与这个世界隔离开来。他坐在椅子上,十分茫然。他无法想象,出身富贵之家的爷爷怎么能够在唐镇待下来,是什么样的信念让他在这里生活,连死都无惧。他想破了头也想不明白,那时的唐镇要比现在的唐镇可怕得多。宋淼其实一刻也不想待在这个愚昧落后的鬼地方了,真想马上就逃离。

这时,他仿佛看到一个西装革履的中年人朝他冷笑。

那个中年人是宋淼祖母苏醒的律师朱方。出来寻找宋柯之前,宋淼去过律师事务所。在朱方的办公室,宋淼又一次看了祖母留下的遗嘱。遗嘱写得清清楚楚,原则上,祖母所有的遗产都留给宋淼,但是有个条件,必须把宋柯的遗骨带回来和她合葬,还必须有充分的证据证明那是宋柯的遗骨,否则不算数。遗嘱还明确了时间,如果在三年内找不回宋柯的遗骨,所有的遗产都不属宋淼所有,全部捐给慈善机构。

朱方当时就那样冷笑,说:"小伙子,你任重道远哪,如果能够找回你爷爷的遗骨,你就是个富翁,要是找不回来,这些财产就不是你的了。"

那神情,仿佛在嘲笑他得不到这笔遗产,宋淼甚至觉得这份遗书是他伪造的,目的就是不让自己得到祖母的遗产。

宋淼特别讨厌这个律师,真想狠狠地朝他油腻腻的脸上奉上一记老拳，打得他找不到尊严。他没有这样做，理智告诉他，揍朱方于事无补，只会更糟。他对朱方笑了笑，冷冷地说："朱律师，放心吧，我会找回爷爷的遗骨，如果找不回来，我也消失，再也不回上海。"朱方说："年轻人，有志气，我就喜欢有志气的人。"

宋淼默默地离开律师事务所。

祖母的遗产给他带来了希望，同样带来了风险。他辞掉了一份在别人眼里看上去很好的工作，没有说明辞职的真实原因。公司比较要好的同事都觉得可惜，但挽留无果。有人认为他辞职和一个叫项瑶的女孩有关。项瑶长得不算漂亮，但宋淼觉得她十分可爱，许多同事都知道宋淼暗恋她。就在宋淼祖母去世前的某天，发生了这样一件事。那天中午，项瑶手上一个活很急，不能去吃饭，就让同事带点吃的东西回来。结果，那个同事忘了此事，项瑶脸上下了霜。没想到，宋淼给她带来了一块三明治和一杯她喜欢喝的奶茶。宋淼小心翼翼地把三明治和奶茶放到项瑶面前，红着脸说："项瑶，你吃吧。"同事们都笑嘻嘻地看着他们。项瑶并不喜欢他，平常还老挖苦他，说他像个娘们。项瑶盯着他，冷冷地说："给我拿走。"宋淼顿时手足无措。有的同事在窃窃私语，有的同事笑出了声。项瑶仿佛感受到了极大的侮辱，站起来，拿起那杯奶茶朝宋淼脸上泼去，然后把三明治扔进了废纸篓里。宋淼浑身发抖，什么话也说不出来……宋淼心里明白，自己选择辞职，踏上寻找祖父之路，和项瑶没有多大关系，但有一点，他深信不疑，只要他继承了那笔遗产，一切都会改变，这就是个物欲横流的社会，金钱在主宰一切。

母亲担忧他会无功而返，那样赔了工作又伤了神，要他考虑好再做决定。宋淼从来没有如此坚定，他说："没有什么好考虑的。"

想到种种境遇，宋淼对自己说："冷静，你一定要冷静，你现在万万不能离开唐镇，千辛万苦都过来了，不能在最关键的时候当逃兵。"在难闻的臭味中，宋淼不知如何度过这个夜晚。他想打开手提电脑上上网，却没有心情。此时，他真想有个人在面前和自己说话，于是想到了叶湛。叶湛是唐镇唯一能够陪他聊天的人，他心里对她充满了感激，有了她，宋淼觉得对真相的探寻变得容易了些。他想打电话给她，可是不忍心，也找不到合适的理由，只好放弃这个念头。

　　宋淼百无聊赖，盼望着天明，他和叶湛说好了，天亮后，一起去黑森林，也许在那里可以寻找到游武强。想到要走很远的山路，宋淼觉得还是应该睡一会儿。宋淼想关灯，但最终没有关。他躺在床上，闭上酸涩的眼睛。窗外的雨停了，却传来风的呼啸，窗外的世界有许多魂灵在疾走号叫。宋淼还是睡不着，他把放在床头柜上的MP3拿过来，戴上耳机，也许听听歌会好些。

　　耳机里传来黄大炜的歌声：

> 什么都不是，我们什么都不是，
> 只是被遗忘在世界的一个角落，
> 要爱，只能够向天乞求，
> 不论是什么年代，为什么伤害，
> 人性随手可卖，随手可买——
> 你希望我陪你，回到那一年的上海，
> 风不断地吹起，你眼里的怜爱，
> 我看着我爱人，仿佛看着更爱的人，
> 提一盏风灯，她从少女模样，变成妇人，
> 风永远吹不停，in the fall of forty-four ——
> 我闭上眼去想，忍不住放声地哭，
> 第一次我感觉，我的无能为力。
> 天呀如果我能，back in the fall of forty-four ——
> 有谁看得清，有谁可以看得清，

在人与人之间珍贵的感情，
去爱，学着去爱别人，学着尊重别人，
不管他的地位，不管他的语言，他的颜色——
我握着你的手，回到那一年的上海，
风不断地吹起，却吹不断伤害……

宋淼不知道为什么自己一打开MP3就播放这首名为《秋天，1944》的歌。他猛然记起，祖父就是在公元1944年秋天出走的。这首歌似乎很吻合当时祖父祖母的情境，难道这首歌是特地为他们而作？宋淼明白了，有种东西叫宿命。宋淼眼睛湿了，突然对祖父有了某种理解，少了些对他的憎恨。

他又闭上了眼睛，想象一个穿灰色长衫的人，提着一个老式皮箱，走进充满愁绪的风雨之中……

这时，宋淼感觉到了床底下的震动。

是不是MP3的声音开太大了？好像不是，床底下是有什么东西在震动。他关掉了MP3，摘下了耳机，屏住呼吸。

"咚——"

"咚——"

"咚——"

"……"

的确，震动声从床底传出。宋淼想到那个梦中的女人，心生恐惧。难道那不是梦，这个房间里真的有个女人，她就躺在床底下，震动的声音是她强有力的心跳？宋淼浑身汗毛倒竖。震动声在继续，节奏感还很强。虽然害怕，他还是想看个究竟。经过强烈的思想斗争，他轻手轻脚地下了床，俯下身体，朝床底望去。

床底下没有想象中的那个女人，只有那个破旧的老式皮箱。

宋淼轻轻地自言自语："我怎么把这个皮箱给忘了呢？"

是的，这一天来，他经历了太多，的确把床下的皮箱给忘了。宋淼确定，是皮箱里有什么东西在震动。宋淼情不自禁地伸出手，把皮箱拖了出来。他想打开它，却迟疑着下不了手。皮箱在暗红的灯光下，有节奏地抖动，仿佛皮箱里藏着一个跳动的心脏。

会不会是失踪的游武强就在皮箱里？宋淼为自己这个想法莫名兴奋。

如果游武强真的藏在这个皮箱里，那么是谁把他装进去的呢？要是宋淼把他放出来，游武强会不会告诉他关于宋柯的真相？很多问题在宋淼兴奋的脑海跳跃。他终于坚定地伸出手，解开了皮箱的扣子。

皮箱被打开的一刹那，有道蓝光从里面飘出，宋淼听到一声细若游丝的叹息。皮箱停止了震动，里面的物件平静地展示在宋淼眼前。他没有看到游武强，也没有看到什么心脏。

皮箱里面东西并不多。

一些画笔，一个皮夹子，两卷画布，还有一包蓝花布包着的东西。

就这些东西，怎么会震动？宋淼迷惑，就像对唐镇的很多事情产生迷惑一样。这些东西看上去都有年头了。宋淼想起了一句话：任何东西都是有灵魂的。这句充满了玄机的话似乎是个漂亮的借口和解释，让宋淼暂时释怀。

画笔让宋淼想到作为画家的祖父。

他拿起一支陈年的画笔，觉得特别沉重。虽然不能确定这就是宋柯曾经用过的画笔，他还是感觉到画笔上残留着祖父的体温，想象着祖父作画时的样子。祖母讲过，宋柯是个才华横溢的人，当初被他打动，不是因为他的家世，也不是因为他的外貌，就是因为他的画。

宋淼把画笔放回皮箱里，拿起了那个磨损得很厉害的皮夹子。

打开皮夹子，一张黑白照片落在了地上。皮夹子里就藏着这张小小的黑白照片。宋淼弯腰捡起了照片，仔细端详。那是个年轻女子的头像，照片泛黄，表面斑驳，隐约能够看到女子的微笑，俏丽沉静的模样。有种酸楚的沧桑感穿过宋淼的心脏，宋淼喃喃地说："奶奶，我找到了，找到了你年轻时的照片，那一定是爷爷留下来的。"

宋淼坐在地上，眼睛里流着泪，不知道是高兴还是忧伤。

默默地坐了会儿，宋淼把照片放回了皮夹子里。

他的目光落到了那卷画布上。

宋淼小心翼翼地拿起一卷画布，轻轻吹去上面的灰尘。

展开画布，宋淼发现，这是一张怪异的画作：一个没有五官的女人，只有凌乱的头发，每根头发都像一条弯曲的小蛇，凌乱的头发上，有一朵野菊花，野菊花显得特别夸张，让人浮想联翩……画没有落款，也没有题字，这难道是祖父的遗作？画中的女人又是谁？宋淼脑海一片混沌。

宋淼凝视这幅画时，好像又听到了"咚咚"的心跳，还有细微的呼吸。

他卷起了画布，轻轻放回皮箱里。

宋淼突然有些紧张，莫名其妙的紧张。

他又拿出另外一卷画布，摊开，画的是一个美丽的女子，不过，这个美丽的女子脸上布满了愁绪，那眼神忧郁绝望。这个女人又是谁？宋淼一无所知。

那块蓝花布包着的是什么？

他伸出颤抖的手，抓住了那东西。宋淼的呼吸急促起来，打开蓝花布，露出厚厚的牛皮纸封面的本本，本本是用麻线装订的。本本放在手上，沉甸甸的。宋淼想，要是这里面记录了关于祖父的秘密，那么该有多好。他翻了翻本本，发现每页粗糙的土纸上写满了密密麻麻的字。

牛皮纸封面的本本散发出一种奇怪的气味。

宋淼产生了强烈的阅读念头。

此时,楼下响起了张洪飞的哀号。

宋淼的注意力没有被哀号吸引,而是开始阅读,读完第一页,他才知道,里面写的东西似乎和祖父没有关系,本本上写的是几十年前发生的事情,这像是一本小说,也像是当时唐镇的真实记录。

窗外的风在呼啸,楼下的张洪飞还在号叫……现实中的一切,仿佛都被阻挡在房间之外,宋淼沉浸在那些文字里,不能自拔。

犹如一部黑白电影,把宋淼带进了一个残酷灰暗的年代……

# 卷二
# 无边无际的哀

## 1

进入秋天，还是不断有麻风病人从别的地方送到唐镇。

一年前，唐镇成了麻风病的重灾区，两三千人的小镇就有一百多人得了麻风病。疫情发生后，唐镇就被封闭起来，普通民众只许进不许出，只能在唐镇周边方圆十里的区域活动。让唐镇人恐惧的是，这里变成了隔离区，别的乡镇发现了麻风病人，也会送到唐镇来。得病的人，被集中在解放巷的一个空置的大宅子里，据说，这个大宅子以前是个妓院。大宅子没人住的原因是这里闹鬼，现在住进那么多麻风病人，却不见了鬼的踪影，也许麻风病人比鬼还可怕，鬼也吓跑了。大宅里有很多房间，每个房间里都住着好几个麻风病人，房间里没有床，铺了一层干稻草，稻草上放着席子，他们就睡在席子上。人越来越多，房间住不下了，厅堂里的地上也铺上了干稻草和席子，供麻风病人住宿。要是再来更多的病人，干稻草就要铺到院子里去了。

麻风病人的确比鬼还可怕，唐镇那些未得病的健康人惶惶不可终日。

大宅子散发出腐烂的臭味，这种臭味不断扩散，弥漫在唐镇的每个角落，健康人出门都用破衣服撕成的布条包住嘴脸，只露出一双眼睛，蒙面人相互通过熟悉的声音来分辨对方是谁。只有那些麻风病人，在唐镇行走时，不用布条蒙面。这些双唇肥厚，耳垂肿大，眉毛和头发脱落，满脸凹凸糜烂的肉瘤，形如狮面的麻风病人，摆动着畸形的四肢在唐镇走动时，健康人像见到恶魔般躲避。

唐镇区政府明文规定，不能歧视、迫害麻风病人。可是，还是有人会朝麻风病人扔石头，咒骂他们。脾气比较坏的麻风病人会以牙还牙，也朝他们扔石头；脾气比较好又比较自卑的麻风病人会抱着头逃开。他们只能够白天在唐镇走动，到了夜晚，就不敢出去了，怕被人打死。大宅里的麻风病人都知道自己的命运，送到这里来，只是等死，根本就没有希望。曾经来过医疗队，也因为缺医少药，无能为力，撤走了。区政府除了给他们提供简单的食物，对他们的救治束手无策。

有个叫龙冬梅的女医生，原来是医疗队的成员，在这个秋天来临之前，回到了唐镇。开始时，她住在唐镇区政府里，自从唐镇被隔离，区政府搬到离唐镇三十里地的李屋村办公。区政府的人都不轻易来唐镇，只有农协委员郑马水留在唐镇。龙冬梅从县医院申请回到唐镇，目的就是救治那些麻风病人。住在区政府里，根本就解决不了问题，于是，她不听某些好心人的劝阻，去了唐镇。她和年轻中医郑雨山相熟，就住在了郑雨山家里。来时，她带了些盐巴，分给麻风病人，让他们把盐巴调和在开水中，清洗溃烂的创口，减轻他们的痛苦。盐巴很快用完，龙冬梅陷入了困惑之中，她用什么来救治这些可怜的人？没有药，没有最起码的医疗条件，她只能和郑雨山一起，尝试用中草药医治麻风病人。

龙冬梅和郑雨山是麻风病人的希望。

也是唐镇所有人的希望。

所有人都不想活在充满恐惧和绝望的日子里。

## 2

游武强挎着一个麻布褡袋，大摇大摆地出现在唐镇街上，人们十分惊异。前几年兵荒马乱的，人们都以为他死在了外地，就连他的死党张少冰也认为凶多吉少。那是个阳光充足的正午，三癞子在画店的小阁楼上睡觉。胡二嫂匆匆跑上楼，把他摇醒，说："死鬼，快起来，快起来。"三癞子气恼地说："你搞甚么鬼，连个觉也不让我好好睡。"胡二嫂说："你快起来，游武强回来了。"三癞子马上跳起来："啊，他怎么回来了？"胡二嫂站在窗前，说："我也不晓得，你快过来看。"三癞子跑过来，把头伸出了窗户，果然看到了旁若无人地走在街上的游武强，他竟然穿着一身洗得发白了的旧军装，这军装解放军和区政府的人才有。三癞子说："他怎么有军装？"胡二嫂没好气地说："我怎么知道。"

游武强走进张少冰的棺材店后，三癞子坐在床沿，一言不发。

胡二嫂说："死鬼，游武强回来了，关你甚事，看你一副丢了魂的样子。"

三癞子自从鬼使神差地当上了唐镇的画师，变得人模狗样了，特别是和胡二嫂拜堂成亲后，衣衫穿得齐整，相貌有了些改变，唐镇人觉得，他再不是那个丑陋的灰头土脸的掘墓人了。

三癞子思考良久，说："我要出去一趟。"

胡二嫂说："又没有人请你去给死人画像，你出去做甚，要是染上了麻风病，该如何是好。"

三癞子说："我本来就是个毒物，怕甚么，要染上，早染上了，也活不到今日。"

胡二嫂说:"去吧,去吧,我是管不了你的。"

三癞子下了楼,走出了画店的门。

三癞子来到了郑马水的家门口。

郑马水的家门像唐镇许多人家一样,紧紧关闭,仿佛一开门,麻风病病毒就会侵入。

郑马水已经不是屠户,而是唐镇体面的人了,要不是因为麻风病流行,他在唐镇一定是人五人六、威风八面,不亚于当年的猪牯。由屠户摇身变为区里的农协委员,得益于王猪牯的死。王猪牯在王秉顺死后不久,怪病神奇地好了,因为他掌握着保安队那几十条枪,很快就当上了唐镇的镇长。王猪牯是国民党时期唐镇的最后一任镇长。解放军攻进唐镇是在一个伸手不见五指的深夜,听到密集的枪声,王猪牯惊惶地带着老婆冯如月摸黑逃出了唐镇。郑马水不知道解放军那么快攻进唐镇,还是照常去邻近的村庄收猪到唐镇宰杀。他都是在半夜时分和帮手把猪抬进唐镇,天快亮的时候杀猪,天一亮,镇上的人就可以买到新鲜猪肉。他们抬着一头肥猪,走到镇西面田野上时,才听到枪声大作。他们不敢往前走了,停下来观察情况的变化。他对帮手说:"是不是大军来解放唐镇了?"帮手说:"有可能,前几天,就有县城里过来的人说,大军攻下了汀州城,把守城的郭旅长也打死了。"郑马水说:"看来唐镇也要变天了,没想到,那么快。"帮手说:"听说大军打仗很勇的,连郭旅长的正规军都抵挡不住,猪牯那几杆鸟枪根本就不是对手。"郑马水笑笑:"猪牯这个王八蛋,也有今天,看他还要不要吃我的猪腰子了。提起他,我就有气,白吃了我那么久的猪腰子,连个好脸色也不给。"帮手说:"谁的东西他不吃呀,他死了,说不定有多少人要放鞭炮。"郑马水叹了口气说:"也不晓得大军都是些甚么样的人,我们这些平头百姓,甚么时候都是被欺负的命,但愿不要换汤不换药。"

帮手说:"听天由命吧。"他们正说着话,传来了匆忙的脚步声。他们赶紧躲进了路边的稻田里,埋伏起来。借着惨淡的月光,他们看到有两个人从唐镇方向奔逃过来。那两人走近前,他们才知道是猪牯夫妻。猪牯和冯如月看到路中间有只被捆绑着的猪,气喘吁吁地说:"一定是郑马水他们。"冯如月说:"不要管是谁,赶快逃命吧,再不走就来不及了。"猪牯说:"还是喊郑马水他们出来吧,让他们和我们一起逃,多两个帮手好些,你跑不动了,他们也可以背你跑。"冯如月说:"我能跑得动,放心吧。"猪牯没有理她,喊道:"郑马水,快给老子滚出来。"郑马水他们没敢动。猪牯又喊道:"郑马水,你们赶快出来和我们走,否则共军来了,你们也没命了,他们在唐镇见人就杀,不分男女老幼。"帮手低声说:"他说的是不是真的?"郑马水心惊肉跳,说:"不晓得呀。"帮手说:"还是跟他跑吧,无论如何,他是我们本乡本土的人,应该不会骗我们。"说完,他就站起身,走了出去。郑马水没办法,也走了出去。这时,唐镇那边很多人朝这边追过来,边走还边放着枪,喊着:"缴枪不杀。"猪牯说:"快跑——"郑马水从地上肥猪边上的竹篮里掏出把杀猪刀,跟着猪牯他们没命地跑起来。跑着跑着,郑马水追到猪牯后面,朝他后心一刀捅了下去。猪牯哀号了一声扑倒在地。冯如月和帮手都停住了脚步,呆呆地看着躺在地上大口吐着鲜血的猪牯。郑马水转过身,对渐渐追上来的解放军大声喊道:"别开枪,别开枪,我把镇长猪牯杀了——"解放军逼近了他们,果然没有开枪。冯如月扑在猪牯身上,喊着:"夫君,我的夫君,你不能死呀,我好不容易从上官玉珠那里讨来了解药,没有让你死在她的蛊毒上,就是为了让你好好活着,好好疼爱我呀。夫君,你不能死呀——"猪牯还没有死,他抬起头,看着冯如月,艰难地说:"我、我、我不想离开你——"冯如月抱着猪牯的头,眼泪落在了他的脸上。冯如月说:"夫君,你不会死,不会死——"解放军围了上来,用枪指着他们。

郑马水突然大吼一声，朝猪牯扑过去，把杀猪刀又一次插进了猪牯的心脏，猪牯喷出最后一口鲜血，一命呜呼。郑马水站起来，对解放军说："我把唐镇镇长杀了，他不是东西，吃我的猪腰子从来不给钱。"他没有把刀从猪牯身上拔出来，而是悲痛欲绝的冯如月把刀拔了出来，她凄惨地笑了笑，说："这都是命。"说完，她将锋利的杀猪刀抹向脖子……郑马水立了功，政府让他当上了农协委员，从此，他再也不碰杀猪刀。没人知道他为什么会向猪牯下手，他自己也从来不说。

三癞子敲了敲门。

里面没有响动。

三癞子又敲了敲门，加重了力量。

郑马水在里面说："谁呀？"

三癞子说："是我，三癞子——"

郑马水说："甚么事？"

三癞子说："郑委员，你开门，我进去说，是要紧事。"

郑马水说："有甚鸟事，神鬼兮兮的。"

三癞子说："快开门吧，真的是要紧事。"

郑马水开了门，身穿灰色长衫的三癞子钻了进去。郑马水关上门，没好气地说："贼眉鼠眼的，穿上长衫也不是宋画师。"三癞子讪笑道："没和宋画师比，我又怎么能和他比呢，他是我师傅呀。"郑马水阴沉着脸说："别耍嘴皮子了，有甚鸟事，赶快说吧，老子还要困觉。"三癞子说："你也困觉呀？"郑马水说："屁话，这日子不在家困觉，还能怎么过？整个唐镇乌烟瘴气的，还能不能活下去还不一定呢。甚么事，快说吧，不说就滚。"

三癞子压低了声音说："游武强回来了。"

郑马水轻描淡写地说："他回来关我鸟事。"

三癞子说："和你有很大的关系。"

郑马水说:"甚么关系?"

三癞子说:"你现在是甚么身份,游武强是甚么身份,他在国民党军队当过兵,是个兵痞,现在解放了,他回来干什么?土改工作队的张队长说过,要警惕国民党反动派的反攻倒算。如果游武强回来闹出点甚么事情,你这个农协委员也难保哪。"

郑马水变了脸色:"三癞子,你真的变了样,有觉悟了哇,让我刮目相看。游武强现在哪里?"

三癞子说:"我看他进了张少冰的棺材店。"

郑马水说:"走,去看看。"

三癞子说:"就你一个人去?"

郑马水说:"是呀,现在是谁的天下,我还怕他?"

三癞子说:"也对,也对,不过,你还是把杀猪刀带上吧,他要是动起武来,你还可以抵挡一下,游武强可是狠角色。"

郑马水说:"笑话,我还用杀猪刀?杀猪刀都生锈了。走吧,少啰唆,你以前话没有这么多的,现在怎么回事,舌头长长了?"

三癞子跟在郑马水身后,像条哈巴狗。

快到张少冰棺材店店门口时,三癞子突然捂住肚子,嗷嗷叫起来。郑马水回过头说:"三癞子,你染上麻风病了?"三癞子龇牙咧嘴地说:"不是,不是,有点闹肚子。"郑马水说:"闹肚子还不去屙,叫唤个鸟。"三癞子直起身说:"我去,我去——"说着,飞快地往屎尿巷奔去。

郑马水摇了摇头,说:"烂泥还是糊不上墙。"

三癞子钻进一间茅厕,裤子也没脱,就蹲了下来,脸上露出了诡谲的笑容。过了会儿,他估摸郑马水走远了,才哼着小曲,站起来,走出臭气熏天的茅厕。

## 3

张少冰想起几年前的梦境：游武强赤身裸体，浑身血淋淋的，右手握着生锈的刺刀，左手提着血衣，面目模糊地站在他床前……

如今，游武强站在他面前，张少冰不敢相信自己的眼睛。

他沉默了一会儿，说："你到底是人还是鬼？"

游武强哈哈大笑。

张少冰听到他爽朗而略带邪性的大笑，有隔世之感，他都已经忘记了游武强的笑声。张少冰端详着这个突然出现的昔日好友，眼睛湿了，说："武强，你真的还活着？"

游武强说："废话，我死了还能站在你面前吗？我还没有活够呢，干他老母，别处没有你做的棺材，我怎么死，死也要死在唐镇，躺在兄弟亲手做的棺材里面，才安稳哪！"

张少冰突然狠狠地扇了他一耳光。

耳光清脆响亮。

游武强笑着说："实在，真实在。兄弟，再来一下。"

张少冰又给了他一记响亮的耳光，然后激动地说："武强，回来就好，回来就好，不要再走了。"

游武强拍了拍他的肩膀说："不走了，再也不走了，死也要死在唐镇了。"

张少冰刚刚还激动的神色顷刻黯淡下来，说："武强，其实你不该在这个时候回来。"

游武强说："为甚么？"

张少冰说："现在的唐镇不干净呀，到处都是麻风病人。"

游武强笑笑："兄弟多虑了，我听说过唐镇的情况，我不怕，就是染上麻风病，那又能怎么样，死都不怕，还有甚么可怕的。你说现在唐镇不干净，那我问你，唐镇甚么时候干净过？"

张少冰说:"说得也是,唐镇从来没有干净过。"

就在这时,他们听到棺材店外,有人在叫:"哎哟,哎哟——"好管闲事的游武强走出店门。

张少冰迟疑了一下,也跟了出去,他想说什么,却没有说出口,对于游武强的脾性,他太了解了。

游武强看到一个拄着拐棍的麻风病人躲在棺材店旁边的街角,发出惨痛的叫声,溃烂的眼睛哀怨而又惊惶。有个年轻人站在离他几丈远的地方,用石块砸他。石块落在麻风病人的身上,发出沉闷的声音。那个年轻人中等身材,干瘦,却十分有劲的样子,穿着打满补丁的黑色粗布衣裳,赤着脚。他边用石块砸麻风病人,边恶声恶气地骂:"死麻风佬,打死你,打死你——"游武强多年在外,不知道他是谁。不管此人是谁,游武强见他欺负人,心里就燃烧起了怒火。他吼叫了声:"干你老母。"然后像只豹子,朝那干瘦的年轻人扑了过去。

张少冰无法阻止游武强,只能朝那年轻人喊叫:"王春发,快跑,武强会打死你的——"

王春发愣了一下,还没有来得及逃,就被游武强扑倒在地。

游武强抡起石头般坚硬的老拳,往王春发的头脸上砸。

面对突如其来的暴揍,王春发蒙了,几拳击打得他头青脸肿,过了会儿,才嗷嗷叫唤起来。

张少冰跑过去,死死地抱住了游武强,游武强说:"你放开我,我打死这个恃强欺弱的狗东西。"

麻风病人见状,拄着拐棍,一瘸一瘸地走了。

郑马水刚刚走过来,就看到了游武强打人的这一幕,他大声地说:"谁在那里撒野,也不看看现在是甚么世道,还随便打人。"

游武强说:"关你鸟事。"

郑马水斩钉截铁地说:"这事老子管定了。"

105

张少冰在游武强耳边说:"郑马水现在是区里的干部,惹不起哟,土改时,他斗了好多人,有的人还被枪毙了,好汉不吃眼前亏,快别闹了。"

游武强说:"你先松手。"

张少冰松了手,游武强站起来,踢了王春发一脚:"滚,下次再让我看到你欺负人,老子拧断你的脖子。"

王春发爬起来,撒腿就跑,边跑边说:"今天我碰到鬼了,碰到鬼了。"

郑马水喊道:"王春发,别跑,我给你做主。"

王春发理也没理他,一溜烟跑没了影。

游武强冷冷地说:"郑马水,你不好好杀猪,管甚么闲事?"

张少冰胆小,拉了拉他的衣角,提醒他不要太意气用事。

郑马水盯着游武强脸上的刀疤,心里微微颤抖了一下,壮了壮胆子说:"自从杀了猪牯,老子就不杀猪了,现在唐镇没有我不能管的事情,我先问你,你为什么打人?"

张少冰赔着笑脸说:"郑委员,不怪武强,是春发先用石块砸那个外乡来的麻风病人的。武强看不过去了,才打抱不平的。"

郑马水说:"别来这一套,甚么打抱不平,他游武强就是一个兵痞,故意惹是生非。"

游武强没有吭气,恶狠狠地瞪着他。

张少冰害怕郑马水去区里汇报,区里派人来抓游武强去枪毙,心惊胆战,哀求道:"郑委员,武强解放前就离开国民党军队了,你看他这个样子,也是革命群众。你大人不记小人过,原谅他这一回吧,我替他保证,下次再不动手打人了。"

郑马水咳嗽了一声,说:"张少冰,没你的事情,让他自己说话。"

张少冰对游武强说:"快给郑委员赔个不是,这事就算过去了。"

游武强还是不说话,脸色冷若冰霜。

郑马水说:"游武强,我问你,这些年你到哪里去了?为甚么这个时候回来?是不是国民党反动派派你回来搞破坏的?你要老实说,争取人民政府的宽大处理。"

游武强突然仰天大笑。

镇街两旁的人听到他肆无忌惮的大笑,都打开门,伸出头来看热闹。

在他的笑声中,郑马水的双腿微微发抖,他竟然有点不知所措。区里的人都不在这里,包括民兵营的人,要是游武强和自己动起粗来,他绝对不是游武强的对手,这时,他有些后悔没有听三癞子的话,把杀猪刀带在身上。

张少冰心惊胆战,脸色苍白,仿佛大祸临头。

游武强笑完,沙哑着嗓子说:"郑马水,你说猪牯是你杀的?"

郑马水说:"那还有假,全唐镇人都晓得。"

游武强说:"猪牯和陈烂头比,谁厉害?"

陈烂头是唐镇方圆百里最著名的土匪头子,要不是1950年剿匪时被除掉,很多人还会谈虎色变,就是现在提起他的名字,还会让人头皮发麻。

郑马水说:"陈烂头厉害。"

游武强又说:"那么,你晓得陈烂头是谁杀死的吗?"

郑马水摇了摇头。

游武强说:"明白告诉你吧,陈烂头是我杀的。"

郑马水说:"游武强,不要说大话,陈烂头明明是被解放军收拾的,怎么变成你杀的了?看来,你说大话的毛病还没有变。"

游武强说:"你还记得当年我的那把刺刀吗?"

郑马水说:"记得,你老用那把刺刀吓人,也用那把刺刀壮胆。"

游武强说:"屁话,我还要用刺刀壮胆?实话告诉你,老子就是用那把刺刀杀掉陈烂头的,杀完陈烂头后,我就再不用那把刺刀了，我把它埋在深山里了。"

郑马水说："说得好像真的一样，你说你杀了陈烂头，你有甚么证据？"

游武强说："你想看？"

郑马水说："一定要看，否则问题十分严重，我去区里汇报你的情况，吃不了兜着走。"

游武强把手伸进褡袋里，掏了一会儿，掏出了一个牛皮纸信封，从里面抽出一张折叠的纸，递给郑马水："你看吧。"

郑马水原本是个屠户，根本就不识字，他看到的只是用毛笔写的字，字迹工整又漂亮。郑马水左看看右看看，不知所云。游武强的脸上露出了嘲讽的冷笑，郑马水脸红耳赤，尴尬万分。游武强说："看明白了吗？"郑马水没有回答他，只是对张少冰说："快去把郑雨山叫来。"张少冰说："叫他做甚？"郑马水没好气地说："让你去叫就去叫，啰唆甚么。"游武强笑了笑，说："少冰，去吧。"张少冰答应了一声，就跑了。

过了好大一会儿，张少冰领着郑雨山赶了过来，后面还跟着医生龙冬梅。

郑马水把那张写着毛笔字的纸递给郑雨山："念念。"

郑雨山拿过那张纸，念道："游武强虽然有在旧军队行伍的不光彩历史，但是他在剿匪中，积极配合解放军，手刃顽抗的土匪头子陈烂头，有重大立功表现，望地方政府对其按一般群众处理。特此证明。中国人民解放军某团团长，张峰。"

郑马水的脸一阵红一阵白，他说："我不太相信，你这个证明有可能是假的。我要把这个证明带到区政府去核实，要是伪造的，游武强，你就完了。"

游武强一把从郑雨山手中夺过那张纸，重新折叠起来，装入信封，放回褡袋里。他说："假的真不了，真的假不了，你可以去调查，但这东西万万不能给你，要是你给我毁了，老子就跳进黄河也洗不清了，那也没活路了。"

郑马水说："游武强，你等着，我会查个水落石出的。"

他气急败坏地走了。

不远处，三癞子赶紧缩回画店，关上了店门。

游武强对张少冰说："兄弟，你现在放心了吧？"

张少冰说："还是有点不放心。"

这时，站在一边的龙冬梅说："我见过张团长，我在县医院给他看过病。他是我们县的县委书记，剿匪完后，他就留在了地方工作。"

游武强瞥了她一眼。

她的脸立马红了。郑雨山看了看她，表情复杂，他说："龙医生，我们回去吧。"龙冬梅点了点头，说："好吧。"走出一段路，龙冬梅还回头望了望游武强。她对郑雨山说："你们唐镇，怪人真多。"郑雨山没有说话。

## 4

王春发回到家里，一脚踢翻了院子里的空水桶，大声喊道："李秋兰，你给我出来。"

从屋里走出来的不是他老婆李秋兰，而是母亲戴梅珍。戴梅珍恼怒地说："回来就大吼大叫，你撞到鬼了？"王春发说："老不死的，滚回你房间里去，我的事情不要你管。"戴梅珍说："我怎么就生了你这么一个混账儿子，我看我真的早死了省心，你要是活着，也会活活被你气死。"王春发恶狠狠地说："你不是想死吗，你去和那些麻风病人睡，就很快死了。"对于儿子恶毒的话语，戴梅珍早习以为常，她冷笑着说："王春发，我晓得你盼着我死，我偏

109

不死，我要看着你死，看着你得麻风病，全身烂掉，不得好死。"

戴梅珍说完，就回房间去了。

王春发气得浑身发抖，没想到在外面被游武强没头没脸地暴打了一顿，回家后还要受老太婆的气。他站在那里，脸部肌肉抽搐，连话也说不出来了。他对麻风病已经到了极端憎恶的程度，所以他会用石块去砸麻风病人，所以他会用麻风病来恶咒母亲。同时，王春发对麻风病极度恐惧，当母亲咒他得麻风病时，他就受不了了，像得了羊痫疯一样。

这时，王春发老婆李秋兰挑了两桶水走进来。

王春发看到李秋兰，就把气撒在她的身上："烂狗嫲，谁让你去挑水的？"

李秋兰平常不太爱说话，从来都逆来顺受。她没有理会丈夫，把水挑进了厨房，倒在水缸里。王春发不依不饶，追到厨房里，指着李秋兰的鼻子骂道："烂狗嫲，我没让你去挑水，你去挑甚么水，你越来越不像话了。"

李秋兰轻声说："家里没水了，怎么做饭？"

王春发吼叫道："你还敢顶嘴，看我不撕烂了你的嘴巴。"

李秋兰说："你还是别碰我，小心传染上了麻风病。"

王春发听了这话，往后退了一步，怔住了。

李秋兰说："出去少惹点事，你不是厉害的人，唐镇随便哪个人，都会把你打得鼻青脸肿的，烧点水，用热毛巾敷敷你头脸上的乌青块吧。我再去挑担水回来，就给你做饭。"

王春发无语，内心十分酸涩。

李秋兰挑着一担水桶走了，王春发还在发呆。

李秋兰是李屋村一个地主的女儿，她父亲土改时被枪毙了，没有人敢娶她，尽管她长得出众，有白皙的脸，明亮的大眼睛。一年前，犯了花痴的王春发娶了她。王春发家境贫寒，父亲死得早，没有姑娘肯嫁给他。二十五六岁的青年男子，正是想女人想得疯狂的时候，得不到女人的滋润，在仇恨母亲戴梅珍的同时，王春发犯了花痴，人也变得骨瘦如柴。他经常在晚上到屎尿巷的茅厕外，偷看女人屙屎撒尿，其实什么也看不见，听听声音而已。听到女人屙屎的哼唧和撒尿的声音，他就会异常地兴奋，躲在黑暗的角落里掏出腹下的那根猪尾巴，用手握住它，使劲搓弄，经常把皮都搓破了，火辣辣地疼痛。有时还会被人发现，女人回家告诉男人，男人就找把他痛扁一顿。尽管如此，他还是乐此不疲。镇上人都躲着有好心人找到戴梅珍，说，赶快给你儿子讨个老婆吧，否则他掉的。戴梅珍对儿子是恨铁不成钢，说，他已经疯了，我管不他，谁都不愿意嫁给他，就让他打一辈子光棍吧。好心人说，梅呀，话不能这么说，总不能看着好好的一个人就这样疯了吧，你当母亲的，有责任呀。戴梅珍抹着眼泪说，我把他一把屎一把尿拉扯大，已经尽到责任了，你看看他现在这个样子，他是在作死呀，还动不动打骂我，我是生不如死。好心人说，他比你更难受呀，理解他吧，对了，听说李屋村有个姑娘，人品不错，就是有个问题，她出身不好，父亲是大地主，土改时枪毙了，我想，如果能想办法把她娶过来，春发有了老婆，也许就变好了。戴梅珍说，就是她肯嫁过来，我们也不敢娶呀，惹祸上身。好心人说，我给你出个主意，你去求求郑马水，他现在是政府的人，让他出面办这个事情，问题不就解决了？戴梅珍说，可是，郑马水肯帮我吗？好心人说，应该肯的，你想想，春发在镇上，老不干好事，他们也头痛，如果能让春发变好起来，我相信他会帮这个忙的。

　　戴梅珍没想到，郑马水果然帮了这个忙，让李秋兰顺利地嫁进了王家。

　　王春发像是拣到了宝，结婚初始，两口子恩恩爱爱，他也像个正常人了。

麻风病在唐镇的暴发，让王春发又陷入了黑暗之中。因为长期的压抑，造成了他心理的缺陷，看到麻风病人的惨状，心生恐惧，得了癔症，成天怀疑自己周围的人得了麻风病，或者带着麻风病的病毒，就连母亲和妻子也不放过。他甚至宁愿手淫也不肯和李秋兰做那事，因为他听说做那事会染上麻风病。他在卧房里放了张小床，自己睡在小床上，让李秋兰睡在大床上。李秋兰怎么劝慰都没有用，他依然我行我素。

医疗队来唐镇后，对唐镇人做了些宣传，告诉大家，同麻风病感染者密切接触会传染，麻风杆菌感染也可能来自土壤，同犰狳接触，甚至同臭虫和蚊虫接触也会感染。医疗队还组织唐镇人对土壤进行消毒，开展灭犰狳和灭虫活动。尽管唐镇人开始注意个人和家庭的卫生，还是很难消灭犰狳和臭虫以及蚊虫，它们总是会从一些阴暗角落里滋生出来，那时，麻风病还没有得到有效的防治。

王春发知道臭虫蚊子也会传染麻风病后，更是惶惶不可终日。

有天晚上，他从噩梦中惊醒，发现房间里亮着灯。

他坐起来，看到李秋兰点着油灯，在床上寻找着什么。王春发说："半夜三更的，你在做甚？"李秋兰说："睡觉时，身上痒痒，好像又有臭虫了。"王春发说："不可能，我们弄得很干净了。"李秋兰没有说话，继续在床上翻动着被褥，寻找着臭虫。李秋兰穿着短袖的裣子，露出光洁的手臂，饱满的奶子在油灯的光亮下若隐若现。花痴的王春发心里猫抓般难受，他真想扑过去，按住李秋兰，云雨一番，管他什么麻风病了，想想自己很长时间以来只是自摸，没有上李秋兰的身，觉得特别不值。这都是麻风病闹的，要是李秋兰没有染上麻风病，岂不白白浪费了这么一个美人。他准备豁出去了，就在他蠢蠢欲动时，他看到李秋兰的食指和拇指捏起了一个臭虫。李秋兰恨声恨气地说："死臭虫，让你咬我，我捏死你。"臭虫的外壳十分坚硬，她根本就没有力量捏死臭虫。于是，她像以前很多唐镇人一样,把臭虫放到嘴巴里,咬碎后,吐在了地上。李秋兰的这个动作让王春发惊叫起来,身体内部的那股欲望之火顿时熄灭。他惊惶地说:"李秋兰,你完了,完了。"李秋兰说:"怎么完了?"王春发恼怒地说:"你怎么能把臭虫放到嘴巴里咬,难道你没有听医疗队的医生说,臭虫会传染麻风病?罢,罢,我再不敢和你睡觉了。"李秋兰说:"没那么严重吧。唉,无所谓了,得了麻风病也好,早死早超生。"王春发浑身发抖,仿佛李秋兰真的得了麻风病。第二天,他就带李秋兰去医疗队检查,医生告诉他,李秋兰是健康的,王春发死活不信。

奇怪的是,对麻风病的恐惧并没有让他失去性欲,反而花痴得更加厉害了,而且还在大白天里,躲在房间里手淫,发出嗷嗷的叫声。他手淫时,也不顾及母亲和妻子的感受,旁若无人的样子。李秋兰常常躲在家里的某个角落里抹泪,戴梅珍也气愤得不行,说自己养了个畜生。李秋兰不敢骂他,戴梅珍倒不怕他,有时站在房间外破口大骂,骂累了就说:"我要去郑马水那里告状,让他带人来把你拉到五公岭去枪毙。"

王春发根本就不理她,继续干他喜欢干的事情。

完事后,他走出房间,对母亲说:"你告我去呀,告去呀,把我拉去枪毙呀。"

戴梅珍说:"你以为我不敢去?枪毙你,就当我没有养你这个儿子。"

王春发就狂笑,然后说:"告诉你吧,你告我也没有用,我自己搞事,没有侵犯任何人,他们凭甚么抓我去枪毙,老子还是无产阶级、贫下中农呢,凭甚么抓我去枪毙?"

是的,他是没有侵犯别人,也没有让其他人的肉体受到伤害,他自己却受到了伤害,因为过度的手淫,他的眼睛越来越不行了,经常看着某件东西,眼睛就模糊起来,有时还特别酸痛。

# 5

郑雨山家里弥漫着浓郁的草药味。他祖上传下了不少治疗无名肿毒的方子，龙冬梅鼓励他拿出来，他有些犹豫，说不知道那些方子对麻风病有没有效果。龙冬梅温情脉脉地望着他，柔声说："雨山，你不是常说，医者仁心，悬壶济世是你们家的祖训吗？我们认识的时间虽然不长，可是我看得出来，你是个善良的人。你我都不愿意看到那些麻风病人受尽折磨，只要有一线希望，我们就要努力去做。我是这样考虑的，每个方子都拿出来试一下，只有试了，才知道有没有用。你说呢？"郑雨山望着她，手心捏出了汗。龙冬梅微笑着说："雨山，你别紧张，我知道你的那些方子不能传给外人，我以我的人格保证，绝不告诉任何人，你应该相信我。"

郑雨山自从父亲郑朝中死后，一直孤身一人，也没有娶妻生子。并不是他不想，而是没有碰到合适的女人。镇上许多人都给他提过亲，漂亮贤惠的姑娘不少，他愣是没有看上一个。有人说他心比天高，也有人说他那方面没有用……对于各种说法，他都置之不理。自从龙冬梅出现，他却有异样的感觉。这个长着大脸盘，并不是很漂亮的年轻女医生身上有种与众不同的东西吸引着他。郑雨山是个内敛之人，不会轻易把内心的想法说出来。就是说出来，龙冬梅也不一定会有什么回应，在他眼里，她迟早会离开唐镇，回到属于她的地方，唐镇不应该是她的归宿。白天，他们在一起，晚上，龙冬梅和他分开，住在他卧房旁边的房间里，那个房间以前是他父母亲的卧房。夜深人静时，郑雨山会失眠。他躺在眠床上，辗转反侧，想着心事。有时，他会竖起耳朵，倾听隔壁房间传来细微的声音，那是龙冬梅发出的声音，直到沉入寂静，他还在想象着龙冬梅睡眠时的姿态。他的内心有点甜蜜，更多的是酸涩和痛苦，因为龙冬梅对他来说，是梦中花、水中月。

最终，他还是答应了龙冬梅。

他们在大宅中找了个叫胡宝森的麻风病人，准备用各种方子在他身上做临床实验。每种方子，都用外敷和内服两种方法给胡宝森治疗。胡宝森是个重症麻风病人，他的头脸上满是暗红色的结节，凹凸的包块有的溃烂，流着脓血，散发出恶臭；他双手和双脚都因为结节和包块而畸形糜烂，看上去惨不忍睹。而且，天热时，出汗受到障碍，痛苦难忍。他的内脏也受到了严重损害，导致他经常疼痛得发疯般号叫。

熬好草药，郑雨山和龙冬梅就把汤药送到大宅里去。

龙冬梅来时，带了些口罩，她给了郑雨山两个，换着用。在唐镇，也只有他们俩有口罩，连郑马水都没有。

他们走进大宅。

麻风病人们围过来，央求郑雨山和龙冬梅，也给他们用药。

龙冬梅说："你们别急，只要有效果，我们一定会救治你们的。"

性情温和的麻风病人就会悄悄退去。

有些性格暴烈的病人，就大声吼叫，责备他们偏心，还要抢汤药去喝。他们保护着汤药，以防被抢走。郑雨山看到这些丑陋脏污的麻风病人扑过来，吓得瑟瑟发抖，仿佛他们就是恶魔。好在龙冬梅不怕，她瞪着眼睛，大声呵斥："走开，走开！我警告你们，你们再如此无礼，我们就不管你们了，你们就等着死吧！不知好歹的东西，我们这样做还不是为了你们！"麻风病人见她凶悍，也就不闹了，退到一边。

其实，龙冬梅十分理解他们的痛苦和无奈，不忍心呵斥他们，可她没有办法。麻风病人退到一边后，郑雨山还站在那里瑟瑟发抖。龙冬梅笑了笑，柔声说："雨山，我们进去吧。不怕，没有问题的。"郑雨山战战兢兢地跟在她身后，来到了胡宝森住的房间。

胡宝森背靠黑乎乎的墙，半躺在沾满脓血的席子上，哼哼叽

115

叽，十分痛楚的样子。其他几个麻风病人有的躺着，有的坐着，有的像胡宝森那样靠在墙上，他们都用怪异的目光打量着龙冬梅和郑雨山，沉默不语。

龙冬梅走到胡宝森旁边，轻声说："老胡，今天感觉怎么样？"

胡宝森有气无力地说："不行，还是那样。"

龙冬梅说："你要有信心，配合我们治疗，这种病，和心情也有关系，心情好，治疗效果也会好的。现在才吃几天药，看不出效果是正常的，中草药比较慢，你要坚持，相信自己一定能够好的。好吗？"

胡宝森说："我这样，心情怎么能够好？"

龙冬梅说："无论如何，要往好处想，天无绝人之路。"

胡宝森不说话了，闭上了眼睛。

龙冬梅就招呼郑雨山过来，先给胡宝森用外敷的草药。他们都戴着橡胶手套，尽管如此，郑雨山还是流露出惊恐的神色。龙冬梅鼓励他说："雨山，放心，没事的。"郑雨山点了点头，他发现龙冬梅身上有种惊人的力量，这种力量同时也在支撑着郑雨山。给胡宝森敷完药，龙冬梅就把陶罐里的汤药倒出一碗，递给他，说："老胡，把药喝了吧。"

胡宝森睁开眼，没有伸手去接那碗汤药，只是用迷离的目光注视着龙冬梅。

龙冬梅像对待孩子一样对胡宝森说："老胡，我知道，这药很苦，可是，不喝，也许你会更痛苦，喝了，也许就慢慢好起来了，你乖乖地喝吧，唉。"

胡宝森摇了摇头。

这时，房间的某个角落里传来气愤的声音："真不知好歹，我们想喝都喝不上，他还不喝，甚么东西！龙医生，他不喝，给我喝吧，我不怕苦，只要能治病，屎我也可以吞下去。"

听了这话，胡宝森突然伸出手，抢过那碗汤药，咕嘟咕嘟地灌了下去。

龙冬梅暗暗地笑了。

龙冬梅说:"药罐里还有一碗汤药,晚上你自己倒出来喝。我们走了,明天还会来的,要好好休息,这样抵抗能力会增强,对康复有好处。还是那句话,打起精神来,和病魔做斗争。"

胡宝森讷讷地说:"谢谢你,龙医生。"

他们离开大宅后,郑雨山说:"龙医生,我佩服你。"

龙冬梅笑笑:"佩服我什么?"

郑雨山说:"佩服你的地方多了,比方说,你勇敢、冷静、善良、耐心……很多了,一下子说不完。"

龙冬梅说:"把我说得那么好,都被你捧上天了。"

郑雨山诚恳地说:"我说的是心里话。说实在话,如果没有你,我不可能这样做。我没有你这么无私。我想问个问题,你真的不怕这些麻风病人吗?"

龙冬梅说:"说不怕是假话,可是,怕又怎么样呢,谁让我们是救死扶伤的医生呢。以前,我在部队的野战医院待过,那时打仗,伤病员很多,看到那些被炸弹炸断手脚,或者炸得体无完肤肠子都流出来的伤病员,惨不忍睹,常常跑到没有人的地方呕吐,饭也难以下咽。时间长了,见得多了,也就习惯了。"

郑雨山说:"真不容易。"

龙冬梅说:"谁都不容易,活着就是受难。"

郑雨山叹了口气。

他重复着龙冬梅的话:"活着就是受难。"

## 6

张少冰让游武强暂时住在他家里。

游武强没有推脱，在唐镇，他没有投靠之人。那天晚上，张少冰买了瓶烧酒，吩咐老婆游水妹杀了只鸡，给游武强接风。游武强看了看桌子上的菜，说："少冰，现在日子过得不错嘛。"张少冰说："是好是坏，你慢慢就晓得了。喝酒吧，别说那么多了。你一回唐镇，就说了太多的话。"游武强喝了杯酒说："还好了，不算多。"张少冰说："这么多年，你到底去了哪里？过着甚么样的生活？"游武强说："以后再告诉你吧。"张少冰说："你不说，我也不会强求你，你活着回来就好。我就是担心你两件事，一是话多，二是你的火爆脾气。现在不比从前了，管不了自己的嘴巴和脾气，要吃大亏的呀。"游武强说："放心吧，没有甚么事的。"张少冰压低了声音说："武强，你和我说实话，你那证明是不是伪造的？"游武强说："怎么连你也不相信我？"张少冰说："不是我不相信你，我只要你说句实在话，我好安心。"游武强喝了杯酒说："少冰，我发誓，如果是假的，我不得好死！"张少冰说："真的就真的，发甚么誓呀。"游武强说："少冰，你胆子还那么小。"张少冰说："没有办法，天生的。对了，以后不要和郑马水红脸了，惹不起他呀。"游武强说："他有甚么了不起的。"张少冰说："不要这样说，郑马水到区里去，不一定会把你说成甚么牛鬼蛇神呢，你还是小心点，我现在还担心着呢。"游武强说："少冰，别担心，就是有甚么事，也是我一个人的事，和你没有关系，我不会连累你的。"张少冰叹了口气说："话不能这样说，你好不容易回来了，就应该好好地过日子，不要再浪荡了。对了，你有甚么打算？"游武强说："唉，你看我这个样子，能做甚么，能走到哪步就哪步了。"张少冰说："实在不行，就和我一起卖棺材吧。"游武强说："这样也好，可是，会不会给你添麻烦呢？"张少冰说："喝酒吧，一家人别说两家话，就这样定了。"喝了几杯酒后，游武强说："水妹和孩子们呢？怎么不出来一块儿吃？你看，那么多菜，我们能吃完吗？"张少冰说："武强，你在外面受了这么多年苦,应该好好吃一顿。他们在厨房里,有吃的有吃的。"

游武强见他说话时目光闪躲,觉得不妙。他站起身,朝厨房间走过去。

厨房间的门关着。

游武强推开门,怔住了。

游水妹和两个孩子看见游武强,也怔住了,他们手中都端着一个碗。

游武强走近前,发现他们碗里盛着的是照得见人影的稀粥。游武强从张少冰大儿子张开规的手中拿过那还剩下半碗稀粥的碗,说:"你们就吃这个?"张开规望着母亲,不说话。游水妹笑了笑说:"武强,你快出去喝酒吧,我们吃过了,喝点稀粥清清油腻。"两个孩子的脸都呈菜色,游水妹的脸寡黄惨淡。

突然,张少冰的小儿子张开矩轻声说:"我要吃鸡肉。"

游武强明白了什么,一阵心酸。

他拉起两个孩子的手说:"走吧,跟我出去吃。"

张少冰站在厨房门口,说:"武强,不要管他们,他们以后有的是东西吃。"

游武强说:"他们不吃,我也不吃。"

张少冰的脸色十分难看。

游武强说:"怎么会这样?"

张少冰说:"年景不好哇,再过两个月,说不定有钱也买不到东西吃了。还不让人离开唐镇,到时不知道该怎么办。"

……

因为麻风病的流行,唐镇很多店面都关门了,包括胡二嫂的小食店。只有几家店还开门,比如杂货店,人们离不开油盐酱醋;还有粮店,再怎么样,人们还要吃饭……张少冰的棺材店照样开着,因为死人频繁,需要棺材。三癞子的画店也开着,本地人死了,还

119

是希望能够留下一张画像,可是,麻风病人的死状十分可怖,许多人家就不找三癞子画像了,直接放进棺材,抬到山上,挖个坑埋了,连葬礼都省了。

游武强在棺材店打杂的第一天,就没有用布条把脸蒙上。

他好像对令人谈虎色变的麻风病不以为然,没有丝毫的恐惧。

张少冰给他弄了布条,递给他说:"蒙上吧,凡事还是小心点好。"

游武强把布条扔还给他,说:"我不用。"

张少冰无奈。

这时,有个女人哭着走进棺材店里,外面还有两个男人拖着板车。板车上还放着一箩筐的石灰。女人用布条蒙着脸,眼睛里流着泪。她对张少冰说:"张老板,给我买口棺材吧。"张少冰说:"现在解放了,不要叫我老板了,叫我名字好了。"女人说:"叫甚么都没有关系,我现在最重要的是要买口棺材,我男人死了,要去收尸。"张少冰说:"你节哀呀,棺材马上给你搬出去。"女人说:"多谢你了,少冰。"

张少冰对游武强说:"武强,过来帮个手,给她把棺材搬出去。"

游武强应了声:"好咧。"

这是口薄棺,他们两人还是抬得动的。他们把棺材抬出了店门,放在板车上。和女人一起来的那两个男人打开棺材板,把那箩筐石灰均匀地撒落在棺材里。女人望着张少冰,眼中的泪水涌出来,蒙面布已经湿透,她嗫嚅地说:"张老板,我现在拿不出钱,你看——"张少冰叹了口气,说:"先把棺材拉走,钱以后有了再说吧。"

女人深深地鞠了个躬,说了声:"恩人哪——"

然后,她带着那两个男人,拖着板车朝大宅的方向走去。

游武强说:"少冰,我现在晓得了,为什么你守着棺材店,还喝稀粥。"

张少冰说:"没有办法,乡里乡亲的,谁家没有个难处。现在又是非常时期,不能光想着钱哪。"

游武强点了点头。

过了不久,他们就看到那两个男人拉着板车,从棺材店门口经过,往镇西头走去。板车上的棺材装着女人丈夫的尸体,散发出腐臭气味。女人哭哭啼啼地跟在板车后头,披头散发,悲痛欲绝。

张少冰说:"这样的日子甚么时候才能到头。"

游武强无语。

郑马水朝棺材店走过来。

张少冰见到他,点头哈腰,说:"郑委员,你来了。"

郑马水笑了笑说:"我刚刚从区上回来。游武强在吗?"

张少冰看他和昨日判若两人,心里落下了一块石头。他说:"在,在,刚刚进去,我唤他出来。"

郑马水笑了笑。

张少冰喊道:"武强,快出来,快出来。"

游武强走出来,说:"甚么事?"

张少冰说:"郑委员找你。"

游武强看了看郑马水,脸上毫无表情。郑马水也用布条蒙着脸,从他的眼睛可以看出和颜悦色。对唐镇人都蒙着脸,游武强有种奇怪的感觉,仿佛他们是没有嘴脸的人。他不知道是谁让人们蒙着脸过日子的,如果那人出现在他面前,自己非痛快淋漓地臭骂他一顿。游武强说,郑马水,你调查清楚了吗?郑马水说,调查清楚了,陈烂头是你杀的,没有错,还是你厉害,佩服,佩服。游武强脸上露出了笑容,说,你怎么调查清楚的?郑马水说,我到区里去,向区长汇报了你的情况,区长就打电话给了县委张书记,问了你的情况,张书记证实了这事,还要区长多关心你呢。

游武强说:"郑马水,你杀了猪牯,弄了个农协委员当。我杀了陈烂头,该给我个甚么官当呢?"

郑马水皱了皱眉头,说:"我这算甚么鸟官,只是个跑腿的,为人民服务,为人民服务。"

游武强笑了,说:"郑马水,你别紧张,我不会和你争官当的,我这号人当不了官,就是给我当,我也不当,懒散惯了,就是去要饭也比当官舒坦。"

郑马水的眼珠子转了转,说:"区长让我告诉你,有甚么困难,和我说,我千方百计给你解决。"

游武强朝他抱了抱拳,说:"感谢,感谢。对了,我还真有个困难,不知你可不可以帮我解决一下。"

郑马水想,这兵痞虽然说难对付,可是十分讲义气,要把他笼络住了,以后当自己的帮手,唐镇的事情就好做多了。于是,他拍了拍胸脯说:"武强,你有甚么事,就尽管说吧,能做到一定解决。"

游武强说:"你看我现在回来了,连个落脚的地方都没有,是不是能够给我找个住的地方。现在住在少冰家里,多有不便。"

郑马水说:"这是个问题,镇上地主豪绅的房子都分完了,那大宅子原来是区政府办公用的,现在住满了麻风病人,让你和麻风病人住一起显然不合适。容我考虑考虑,看谁家的房子多,能够调一间给你住。"

游武强说:"那就拜托了。"

郑马水说:"那是我应该做的,为人民服务,为人民服务。你等我信吧!"

7

从夏天开始到入秋,天上就没有落下一滴雨水。田野上的水稻和地瓜都枯死了，看着干枯的禾苗和瓜秧，人们眼泪都流不出来，加上麻风病的威胁，唐镇人正在步入一个极度危难的时期。

　　这是一个清晨，太阳还没有从东山坳露出头，龙冬梅就起了床。旁边房间的郑雨山还在睡觉，她怕吵醒他，就蹑手蹑脚地开了门，走了出去。清晨的空气还算比较好，少了些古怪的臭味。唐镇小街上十分安静，偶尔有个人匆匆走过，一会儿就没了踪影，像一块小石头投进水塘，冒个泡后就无声无息。听郑雨山说过，原先的唐镇，早上十分热闹，卖菜的，杀猪的，早起挑水的……充满了生活气息。可是现在，冷冷清清，落寞凄凉。龙冬梅无法想象以前的情景，同样也无法想象未来会怎么样。她十分担心，麻风病会在唐镇继续蔓延下去，那样，唐镇也许就真的成了一个死镇。

　　沿着小街往西走，细碎的鹅卵石砌成的路面还是有种特别的风情，但是，在这个时候考虑什么风情，有点不合时宜。龙冬梅想，要不是因为麻风病的肆虐，来到这样古朴的小镇住上一段时间，也是件惬意的事情。一天到晚，龙冬梅为那些麻风病人操碎了心，觉得身心都很疲惫，难得这样的早晨起来，吹吹清爽的风，让自己紧张的情绪得到些许的缓解。走出镇子，龙冬梅来到了唐溪边上。因为长时间的干旱，唐溪断了流，两岸的田地龟裂，庄稼枯死，一片肃杀。龙冬梅抬头望了望瓦蓝的天空，长长地叹了口气。

　　龙冬梅在干枯的河道上慢慢走着。

　　河道上，有些原来比较深的地方，还有些积水，里面还有些小鱼在游动，它们不知道面临着被阳光晒干的命运，龙冬梅心里隐隐作痛。

　　在离一个水潭不远的地方，龙冬梅发现了一朵小花。

　　那是一朵野菊花。

　　晨风拂过，野菊花在颤动。

　　龙冬梅内心突然充满了感动。

她蹲下来，凝视着这脆弱的生命。

她看到花瓣的周边已经有干枯的迹象，心里针扎般疼痛。

龙冬梅站起来，来到水潭边，弯腰掬起一捧清水，来到野菊花跟前，浇在了它的根部，她希望野菊花不要过早地凋零，就像那些麻风病人，不要过早地被死神夺去生命。

靠近水潭的地方，还有一小片一小片的草地没有完全干枯，如果来一场大雨，或许那些地方还会长出鲜嫩的青草，无论是龙冬梅，还是那些靠种地为生的唐镇人，都渴望一场大雨，把旱魔赶走。

这时，不远处走过来一个手上挎着竹篮的女子。

龙冬梅在唐镇待的时间比较长，镇上的很多人，她都认识。

女子走近了，龙冬梅看出来了，她就是花痴王春发的老婆李秋兰。他们家的事情她都清楚，李秋兰还找过她，企图让她治好王春发的病，李秋兰认定，王春发一定有病。龙冬梅知道王春发的心理有病，这种病不好医治，需要专门的心理医生，可是，哪来的心理医生？

李秋兰的脸色苍白，一看就是营养不良。

她朝龙冬梅笑了笑，说："龙医生，你早呀。"

龙冬梅说："你怎么也那么早起？"

李秋兰说："没有办法，命苦。"

对于她的身世，龙冬梅有所了解。她说："会好起来的。"

李秋兰说："原来以为嫁人了，会有好日子过，最起码不会像以前那样，老被人抓去批斗了，可是现在，比以前更惨了。"

龙冬梅知道她信任自己，才说这样的话，可是，怎么劝慰她呢？

龙冬梅一时无语。

李秋兰说："龙医生，我想问个问题。"

龙冬梅说："你说吧。"

李秋兰的目光变得迷离："人死的时候会很痛苦吗？"

龙冬梅说："看什么样的死法。"

李秋兰说："人死后会怎么样？"

龙冬梅说："死了就什么也没有了，连希望也没有了。秋兰，你还年轻，还有希望，你看看那朵小花，在如此干旱的日子，也要开放，这就是希望。我想，困难是暂时的，总会过去的，你个人的困难，家庭的困难，唐镇的困难……都会过去的，要相信未来。"

李秋兰说："龙医生，你的话太深奥，我理解不了。我活得很没意思，很没意思——"

看着李秋兰的泪水流出来，龙冬梅在这个秋天的清晨，心又一次被刺痛。

她茫然地望着眼前这个被命运折磨得绝望的女子，浑身无力。

李秋兰抹了抹眼睛，说："对不起，龙医生，我乱说的，乱说的。"

龙冬梅说："没有关系。对了，你现在去干什么？"

李秋兰说："家里快断粮了，我想省下点粮食，给他们母子俩吃，我自己去采点野菜垫肚子。你看，那水潭边上还有些没有被晒枯的野菜，再过几天，就没有了，我得赶在别人前面采了，过些日子，连野菜也吃不上了。"

龙冬梅感觉到了问题的严重。

她突然觉得自己的呼吸急促起来。

这时，太阳从东山坳露出了头，又开始了对唐镇大地的残暴。龙冬梅想，现在的阳光充满了罪恶。

# 8

胡二嫂开始唉声叹气，不是因为小食店无法开张，而是家里的米缸很快就要见底了,近来又很少有人找三癞子画像,没收入,怎么活。三癞子不像胡二嫂那么悲观,还是每天把店面打开,人模狗样地坐在画店里守株待兔。他是吃过大苦的人,觉得没有什么能够难倒自己。胡二嫂并不后悔嫁给三癞子,因为三癞子救过她的命,在她落难时给她无微不至的关怀,可是,她还是抱怨,这样下去,都有可能会饿死。

胡二嫂担心饿死,同样也担心染上麻风病。

这不是她一个人的担心,是大部分唐镇人的担心。

胡二嫂希望三癞子通过别的门道,弄些养家糊口的钱和粮食,她看清楚了,靠给死人画像越来越不可靠,还不如从前去给死人挖墓穴呢,而且,现在给死人画像的风险极大,如果麻风病人死了,让他去画像,说不准就染上麻风病了,据说,麻风病人死了,毒性更大,更具传染性。

这天,三癞子穿戴整齐,打开了店门。

胡二嫂走出来,阴沉着脸,说:"把门关起来。"

三癞子说:"你发癫了,关门做甚?"

胡二嫂说:"你去看看米缸,马上见底了,你说该怎么办?你成天坐在这里,有甚么用?"

三癞子说:"妇人之见。"

胡二嫂说:"那你就等着饿死吧。"

三癞子说:"胡说八道,现在是甚么年代,怎么会饿死人,要相信政府。"

胡二嫂说:"我不管,反正我要你把门关上,我不想让你画像了。"

三癞子说:"看来,你真的发癫了,我不画像干甚么?我现在除了画像,甚么都不会做了。"

胡二嫂说:"你要是给麻风病的死人画像,染上了那肮脏的病,我可怎么办？下半辈子，我就靠你活了，你要负责任的。"

三癞子拉下了脸，说："好了，好了，别说那么多鬼话了。"

胡二嫂说："你关不关门？"

三癞子说："不关。"

胡二嫂撒起泼来："你不关，我关。"

说着，她就走出去，要关店门。三癞子急了，站起来，朝她扑过去。他抱住胡二嫂，说："求求你了，好老婆，说不定你一关店门，生意就来了，那多亏呀。"

胡二嫂说："谁是你老婆，我是你妈。"

三癞子说："好，好，你就是我妈，别关门了，好吗？"

就在这时，他们听到有人在嘀咕。

他们的目光同时朝店门外望去。一个形象怪异的麻风病人站在小街中间，细眯着眼睛，看着他们，长满脓包的嘴唇翕动着，说着什么。三癞子松开了抱住老婆的手，胡二嫂惊叫一声，跑进屋里去了。三癞子不怕麻风病人，对他说："你说甚么，能不能说大声点？"

麻风病人努力地大声说："你、你能不能给我画个像？"

三癞子笑了："你要画像？"

麻风病人点了点头。

三癞子说："画像是要钱的，你有钱吗？"

麻风病人嘟哝道："有，有。"

三癞子说："有多少钱？"

麻风病人从上衣口袋里掏出一叠纸钞，走到他面前，递给他，嘟哝道："够、够吗？"

三癞子退后了两步，说："你把钱放在地上。"

麻风病人艰难地弯下腰，颤巍巍地把钱放在了地上。

三癞子的目光落在了钱上，就像屎壳郎落在了臭狗屎上，粘住了。

麻风病人说:"够、够吗?"

三癞子好不容易把目光从那钱上拔出来,说:"够,够,我马上给你画。"

麻风病人说:"那、那就好,要、要把我,画得好看点,好看点……"

三癞子说:"好吧,好吧,你站远点,站远点。"

麻风病人就往后挪。

三癞子挥挥手:"再远点,再远点。"

麻风病人又往后挪了挪,嘴巴里说着含混不清的话:"站远了,你,看得清吗,不、不要把我,画、画成,影、影子了……"

三癞子心里说:"能给你画就不错了。"

三癞子在桌子上铺开一张纸,拿起画笔画将起来。麻风病人站在那里,一动不动,像个泥塑。偶尔有路过的人,躲避着他,匆匆而去。胡二嫂坐在阁楼里的床沿上,瑟瑟发抖。她不敢站在窗前往下看,麻风病人使她有种大祸临头的感觉。见鬼了,说麻风病就来了个麻风病人,胡二嫂心里骂自己:"你真是长着张吃屎的嘴。"她还懊恼地扇自己的耳光:"让你以后再乱讲,再乱讲。"

好不容易,给麻风病人画完了画像。

三癞子走出去,离麻风病人几步远,给他看画像,说:"你满意吗?"

麻风病人说:"我、我眼睛不好,看不太清楚。"

三癞子说:"放心吧,给你画得很好,基本上画出了你得病前的模样。"

麻风病人说:"真、真的?"

三癞子听出了他内心的激动,说:"我三癞子是甚么人,能骗你吗?放心把画拿走吧。"

麻风病人说:"那、那,你说、说我是谁?"

三癞子挠了挠头,不知怎么回答他。

麻风病人说:"你、你说呀,我、我是谁?"

三癞子根本就没有看出来他是谁,有点紧张了。

麻风病人明白了甚么,说:"唉,我是、是不成人样了,可、可是你三、三癞子不能、不能骗我,骗我说画出了,我、我从前的模、模样……"

说完,麻风病人转身摸索着走了。

三癞子手中拿着那幅画像,呆立在原地,望着麻风病人渐渐远去的背影。三癞子想,这个麻风病人一定是唐镇人,而且是个熟悉的人,怎么就认不出来了呢?他的声音和面貌都发生了巨大的改变。麻风病人不蒙遮面布,也让人见面不识,唐镇所有人都面目模糊,这让人无所适从。

过了会儿,三癞子才发现麻风病人没有拿走画像,赶紧追上去,说:"你的画像——"

麻风病人回过头,说:"你给我儿子吧,我要给他,他会觉得脏。"

三癞子说:"你儿子?"

麻风病人说:"我是原来洪福酒楼的朱福宝。"

三癞子说:"原来是朱老板呀,怎么就没有一点当年的样子了。"

……

三癞子朝楼上喊叫道:"老婆子,下来!"胡二嫂吃了狗屎般难受,想吐又吐不出来。尽管知道朱福宝走了,她还是不想下楼,也许朱福宝身上散发出的臭味还在楼下弥漫。三癞子想上楼去,又怕朱福宝放在地上的钱被人拿走。他继续喊道:"老婆子,快下来,你再不下来,钱就没有了。"听到钱,胡二嫂马上想到了将要见底的米缸,干什么也不能和钱过不去呀,饿死事大。她压抑住内心的恶心,蒙上遮面布,磨磨蹭蹭地走下楼。三癞子见她下楼,赶紧说:

"快去烧盆滚水过来。"胡二嫂说:"烧滚水做甚么?"三癞子指了指地上的钱,说:"你看到没有,那钱上面还粘着朱福宝烂手上的脓血,不消毒,你敢用手去拿吗?"胡二嫂迟疑了一下,说:"能不能不要这钱了?我怕——"三癞子来火了:"怕你老母,还不赶快去烧水。"

胡二嫂在心里做了会儿思想斗争,还是到后屋的厨房里去烧水了。

她把一盆滚烫的水端出店门时,三癞子还守着那叠纸钞。

三癞子说:"把盆放下,去把火钳和勺子拿出来。"

胡二嫂进去拿东西。

三癞子见她再次走出来,说:"你怎么老是慢吞吞的,水凉了怎么给钞票消毒?"胡二嫂没有说话,眼睛里还是充满了惊恐,尽管她很喜欢钱。见她惊恐万状的样子,三癞子有点生气:"去去去,没钱时老唠叨赚钱,有钱了又怕这怕那,回你的楼上去吧,不要烦我。"胡二嫂巴不得他说此话,扭头就往里走,上楼梯时,她说:"三癞子,你要把钱弄干净点哟。"三癞子没有理会她。

三癞子右手拿着火钳,左手拿着勺子,蹲在街边。

他用火钳夹起一张钞票,舀了一勺子滚烫的水,慢慢地浇在钞票上面,反复浇了几遍后,就把钞票放在磨得光亮的石板台阶上,阳光照在钞票上面,闪着迷幻的亮光。三癞子清洗完,得意地看着一张张铺在石板台阶上的钞票,喜形于色。等钞票晒干,他立马就去粮店里买米。他想,这叫车到山前必有路,死人家属不来找他去画像,麻风病人自己也会找上门来,虽说有点恶心,却是好兆头哇。他觉得自己早就时来运转了,不是当初那个挖坟坑的邋遢鬼了。

就在这时,郑马水走过来,站在三癞子面前。

三癞子谄媚地说:"郑委员,你好。"

郑马水瞄了眼石板台阶上的钞票，瓮声瓮气地说："干他老母，你钱多得发霉了呀，还拿出来晒。"

三癞子笑着说："不多不多，就这些了。"

郑马水眼珠子转了转，说："你还是把钱收起来吧，现在很多人家都断粮了，你不怕人家打你的土豪？"

三癞子悚然心惊，连忙说："多谢郑委员提醒，晒干后，我马上就收起来。"

郑马水说："你家胡二嫂呢？"

三癞子说："她在楼上困觉。"

郑马水说："哦，你们家的小吃店不开了，那房子空着吧？"

三癞子说："空着，空着。"

郑马水说："你画像那么赚钱，以后小食店也不会再开了吧？"

三癞子连声说："不开了，不开了。"

郑马水笑了笑，说："那就好，那就好。"

三癞子转念一想，郑马水问小食店还开不开，有什么意图？他试探着说："郑委员，你的意思是？"

郑马水口气生硬起来："你们家就两个人，就有两处房子，有人还没有地方住，你说这公平吗？"

三癞子说："谁没有房子住？"

郑马水说："没房住的人多去了，如果外面再有麻风病人送进来，就更多人没有地方住了。"

三癞子说："小食店可是胡二嫂的房子。"

郑马水说："你讲得没错，是她的房子，那可是你们登记结婚以前的事情了，现在，那房子是你们一家人的，不能算两家了。哪有一家人有两处房子的，成地主老财了。"

三癞子说："我们可不是地主老财，我们也不要做地主老财。"

郑马水说："算你还明白事理，你以为地主老财是那么好当的，

131

搞不好要杀头的。"

三癞子听了他的话，两腿发软，说："那、那你看怎么办？"

郑马水说："还能怎么办，匀一处房子出来交公，然后再分给没有房子住的人。我不再和你说了，这就算是政府正式通知你了，腾一处房子出来，越快越好，腾好了告诉我。留画店还是留小食店，随便你，你和胡二嫂商量清楚，到时不要反悔。听清楚了吗？"

三癞子说："听清楚了，听清楚了。"

郑马水扬长而去。

一只癞皮狗跑过来，用鼻子去闻钞票的味道，三癞子举起火钳，愤怒地号叫："滚开，滚开——"

癞皮狗无聊地慢吞吞地走了。

郑马水停住了脚步，回过头，朝三癞子投来凌厉的目光。三癞子赔着笑脸说："郑委员，对不起，我不是说你的，我是说狗的。"

郑马水咬咬牙，说："谅你也不敢！"

三癞子心里骂道："狗都不如的东西。"

钞票晒干后，他拿着钱到粮店里去买米，粮店的工作人员说："没有米了，过两天看看有没有进来。"三癞子心里异常失望，说："米都没有了，你店门还开着干甚么？"工作人员说："粮店是公家的，你以为是私人的店呀，我们有上班制度的，没有米了，店也照样要开，否则上面来检查，发现了要开除的。"三癞子说："规矩还真多。"工作人员斜了他一眼，说："和你讲不清楚，回吧，等有米了再来。"

三癞子心里十分不爽。

怎么会没有米了呢，难道是那个工作人员故意不把米卖给自己？

本来，他想把米买回去后，博得胡二嫂的开心，然后再和她谈房子的事情。他很清楚，要胡二嫂让出一处房屋来，她肯定不会答应的，会和他闹翻天。另外，也可以把那麻风病人拿过的钱花掉，免得拿回家,让胡二嫂恶心。米也没有买到,钱也没有花出去,还要交出一处房屋,这真是屋漏偏逢连夜雨呀。

他回去该如何向胡二嫂开口?

三癞子没有办法,只好硬着头皮回家,等着胡二嫂拿着锅铲砸自己的脑袋了。

## 9

就在三癞子给麻风病人朱福宝画像的这天晚上,他的命运又遭遇了一次根本的改变。

夜幕降临,秋风乍起,空气中飘浮着浓郁的粉尘,每一粒粉尘仿佛都带着麻风病毒。每家每户的门扉和窗门都关得紧紧的,可是,被呜咽的秋风搅动的粉尘还是无孔不入,它们肆无忌惮地通过房屋的各种缝隙,侵入那些贫苦家庭。

这些日子以来,很多人家都是每天吃一顿饭,三癞子家也一样。晚上,三癞子和胡二嫂的晚饭是地瓜干熬的稀粥,里面只放了一点点米,只看得见地瓜干,看不到米粒。地瓜干稀粥就着酸腌菜,没有一点油水,难以下咽。胡二嫂强忍着把地瓜稀粥咽落肚,不久就烧心反胃,想要呕吐。见她要吐,三癞子就焦虑地说:"老婆子,忍住,忍住。千万不能吐,吐掉了就白吃了,浪费粮食呀。"胡二嫂说:"不能吐,不能吐,吐掉了这个长夜怎么熬过去。"三癞子说:"对,对,千万不能吐。"

胡二嫂实在难以忍受。

三癞子掐住了她的人中,说:"忍住,忍住。"

胡二嫂说:"好些了,好些了,别掐了,皮都掐破了。"

三癞子松了手,胡二嫂的人中被掐出了一道深深的指痕。三癞子说:"躺下吧,躺下会更好受些。"胡二嫂躺在床上,三癞子把手放在她胃部，轻轻揉搓。胡二嫂说："别揉了，这样更加难受。"三癞子守在她旁边，欲言又止的样子。胡二嫂说："你有心事？"三癞子叹了口气说："有件事情，要和你商量。"胡二嫂说："那你就说呗，叹甚么气呀。"

　　三癞子说："我说不出口。"

　　胡二嫂说："你有甚么说不出口的，快说吧，别卖关子了。"

　　三癞子说："我说可以，你要答应我一件事情。"

　　胡二嫂说："甚么事情？"

　　三癞子说："不许生气。"

　　胡二嫂说："那不一定，看你说甚么事情了。"

　　三癞子说："那我还是不说了。"

　　胡二嫂又要吐的样子，三癞子又掐住了她的人中，这次掐得更狠了。胡二嫂痛得忘记了呕吐，叫道："三癞子，你这个挨千刀的，要掐死我呀。"三癞子松了手，说："不用力点，没用。"胡二嫂痛得眼泪都出来了，抹下眼睛说："你去死吧。"三癞子笑笑："我死了，谁照顾你。"胡二嫂说："大不了一起死。"三癞子说："死很容易，活着难哪！"胡二嫂说："好啦，别死呀活呀的了，快说吧，你要和我说甚么事情。"

　　三癞子叹了口气，就把郑马水的话告诉了她。胡二嫂一听就火了，大骂郑马水不是东西。骂完后，抽泣起来。三癞子不知所措。胡二嫂抽泣着说："小食店那房子是我前夫的啊，他带着我们的孩子走了，就把房子和店面留给了我。叶落归根，他们终归有天要回来的，要是房子被收走了，他们回来后就连个落脚的地方都没有了。"三癞子说："莫哭，莫哭，我晓得你心里还记挂他们，可是眼下的事情更急呀，要是不交出一套房子，把郑马水惹恼了，给我们戴上土豪劣绅的帽子，那就麻烦了。"胡二嫂说："他真会这么干吗？"三癞子说："我可不吓唬你，你想想，猪牯以前也对他不错，到头来，他还不是把人家一刀捅了,何况是我们,我们和他非亲非故,他下起手来不更狠?"胡二嫂浑身打战:"这可如何是好,如何是好呀,怎么就不能让人过几天安生的日子?"三癞子说:"只要我们交出去一处房子,就没有问题了,你考虑一下,交哪个房屋出去?"

胡二嫂不说话了。

三癞子吹灭了灯躺在她身边,也不吭气。

空气中充满了粉尘的味道,还有种隐隐约约的臭味。屋外风紧,吹得窗棂嘭嘭作响。三癞子伸出手,摸了摸她干瘪的乳房,胡二嫂把他的手拿开,侧过了身。三癞子从背后抱住她,胡二嫂说:"你让我清静点,好不好?"三癞子没有说什么,放开了手,平躺在床上,瞪着双眼,看着黑乎乎的屋顶。

三癞子无法入眠。

不知过了多久,胡二嫂竟然打起呼噜来了。三癞子心里说,女人就是没心没肺,那么容易就睡着了。三癞子听着胡二嫂的呼噜声,觉得身上发冷,有种孤独感袭上他的心头,他想哭,却哭不出来。

窗外的风声中,夹带着细微的脚步声。

耳朵从来都很灵敏的三癞子,听出了那细微的脚步声。

脚步声在阁楼的窗户底下停止了。

狗在呜咽,是那条癞皮狗在呜咽?狗在夜晚呜咽,证明它看到了什么不干净的东西。三癞子从小就混迹在黑夜的神鬼之中,一个人睡在土地庙里,也敢在月黑风高的深夜,独自走向鬼气森森的五公岭。可是今夜,他感觉到了恐惧,越来越浓重的腐臭味从木格窗户的缝隙中透进来,这和一般死人的腐臭味不太一样,它可能具有传染性。三癞子的心一阵一阵狂乱地跳动,双手使劲按在心口也压不住。

他听到有人在窗外攀爬的声音。

他想爬起来，点亮油灯，推开窗，看个究竟。

但是，他不敢起来。

深重的恐惧压迫着他的身心，的确，三癞子从来没有如此恐惧。他曾经是唐镇的活神仙，什么也不怕，现在时过境迁，他也过上了正常人的日子，而且还是个穿长衫的画匠，似乎高人一等。这个世界就是如此，一无所有的人是无所畏惧的，拥有了一定的物质和地位后，恐惧感就随即产生，因为害怕失去。

窗户门好像被一只手推开。

三癞子听到了叽咕叽咕的声音，这种声音三癞子仿佛在哪里听过，那是从喉咙里发出的声音，从这种声音中，三癞子可以判断出，这个喉咙是有毛病的喉咙，最起码是喉咙红肿，声音受到了限制，甚至有更加严重的毛病。三癞子想起来了，白天给麻风病人朱福宝画像时，他的喉咙里就多次发出这样的声音。三癞子觉得不可思议，就是朱福宝晚上偷偷地溜出来，他畸形的手脚也很难从外面爬上阁楼里来。

如果不是朱福宝，那么会是谁？

窗门果然被打开了，里面的插销竟然自动脱落，掉在杉木楼板上，当啷一声。

插销掉在楼板上的声音没有吵醒死睡的胡二嫂，她的呼噜声还在继续，对将要发生的任何事情都无动于衷。三癞子企图弄醒她，这样两个人都醒着，或者不会那么恐惧。三癞子来不及把胡二嫂弄醒，一个黑影就来到了床前。

风从洞开的窗户灌进来，把蚊帐口吹开了，蚊帐布在三癞子头脸上掠过来又掠过去，让三癞子眨巴着眼睛。月光也从窗外漏进来，他可以看到床前站着的人的轮廓。三癞子颤声说："你、你是谁？"

站在床边的黑影说："我是朱福宝。"

他的声音如此清晰，就像是得麻风病前一样。

而且，从喉咙里发出的叽咕叽咕声也消失了。

三癞子不敢相信自己的耳朵，他的病好了？那么快就好了，就那么一天的时间？三癞子说："你不是朱福宝，不是。"朱福宝阴恻恻地笑了，说："我怎么不是朱福宝，难道你是朱福宝？你忘了，你给我画像，忘了让我把钱放在地上？"三癞子说："那、那你要怎么样？"朱福宝说："你看不起我，别人看不起我，没有关系，你是甚么东西，也敢狗眼看人？你还嫌我的钱脏，甚至骗我，说把我画得和得病前一样好，你连我的左眼上角的那颗小痣都没有画进去，那是我吗？我得了麻风病那么可怜了，你还要骗我，侮辱我，你还有点人味吗？"

三癞子说不出话来了，浑身冰凉。

朱福宝又说："你不是说我不是朱福宝吗，来，我让你摸摸我左眼上角的痣。"

说着，他把手伸进了蚊帐，抓住了三癞子的右手，低下头，让三癞子摸痣。朱福宝畸形了的手还那么有力，三癞子无法挣脱。他摸到的是黏黏的东西，那是朱福宝脸上的脓血吧，三癞子大叫起来："不要——"

朱福宝笑了，笑得十分开心。

接着，他把三癞子的手腕掰了一下，三癞子疼痛极了。

朱福宝说："三癞子，你不是神气吗，会画像吗，是唐镇的画师吗？告诉你，你不是宋柯，甚么也不是。从现在开始，你再也画不出东西来了，你还是回去挖你的墓穴吧，你只能干那下贱人干的活。"

三癞子浑身被冷汗湿透了。

朱福宝松开了手，走到窗户边上，跳了下去。

窗门无声无息地关上了。

月光也被关在了外面，阁楼里留下的只是浓郁的腐烂味儿。

三癞子嗷嗷大哭，像个受惊的孩子。

胡二嫂的呼噜声终于停了下来,她听到了丈夫的哭声,连忙说:"三癞子,你怎么哭了?"三癞子颤抖着,说:"我怕,我怕——"胡二嫂有点吃惊:"好好的,你怕甚么?"三癞子说:"朱福宝,他、他来过,还掰断了我的手腕。"胡二嫂惊叫了声:"啊——"她赶紧下床,点亮了油灯。她在阁楼里检查了一遍,没有发现朱福宝来过的任何痕迹,而且,她检查了三癞子的手腕,完好无损。她松了口气说:"三癞子,你一定是做梦了。"三癞子还在嗷嗷大哭。胡二嫂说:"唉,你怎么长不大,总是这么孩子气。"她吹灭了灯,上了床,把三癞子的头抱在怀里,轻声说:"我的好孩子,别哭,别哭,姆妈抱你,乖乖——"

……

第二天,三癞子听说朱福宝死了。大宅里的麻风病人吃得很差,因为粮食紧张,也每天吃一顿饭,负责他们伙食的郑马水,让人在米里掺了糟糠给他们熬稀粥吃。朱福宝让三癞子画完像,就来到了自己的家门口,对里面的儿子说,他想吃鸡。儿子在里面门也不开,也不搭理他。他默默地走回到了大宅。晚上,麻风病人开饭了,他没有去打饭,而是跑到后院专门给麻风病人建的厕所里,咬断了自己的舌头。有个麻风病人吃完饭去屙屎,发现他已经倒在厕所的地上奄奄一息,没多长时间,就流血过多而死。他死前只有一个愿望,就是能够吃上一顿鸡肉,却没有如愿,想当初他开洪福酒楼时,许多山珍海味吃得都不想吃,这就是他的宿命。

三癞子惊恐的是,夜里朱福宝进入小阁楼时,他其实已经死去多时了。三癞子坚信,他不是做梦,一切是那么的真实。

更让三癞子惊惶的是,正如朱福宝所说,他再也画不了像了,从那以后,只要他拿起画笔,手腕就会疼痛异常,不停地颤抖,而且怎么也找不到画画的感觉了。而做其他事情,那手腕却好好的,什么问题也没有。

## 10

龙冬梅异常地忧伤,因为她和郑雨山付出了那么多的努力,还是徒劳无功。饥荒已经袭来,有些老人撑不住,饿死了,唐镇即将变成一个死镇。

她和郑雨山最后一次去给胡宝森送药,发现胡宝森已经奄奄一息。和胡宝森住一个房间里的那些麻风病人,饿得东倒西歪,连看他们的力气也没有了,苍蝇在他们面前飞舞,就是苍蝇扑满了他们的脸面,他们也懒得去赶。整个大宅里的情况都是一样的,麻风病人们躺在席子上,等待死亡。

胡宝森艰难地睁开眼,凝望着他们,什么话也不说。

龙冬梅的眼睛里充满了泪水,端着盛满汤药的碗,说:"老胡,你喝了吧。"胡宝森突然伸出手,把她手中的碗拍落在地,艰难地说:"你、你们走吧,再、再不要来了,你们救不了我,让我安安心心死掉吧。看到你们,我心里更难受,死也不得安生。你们快走吧。"

龙冬梅的眼泪流淌出来,哭出了声。

郑雨山也哭了。

胡宝森说:"你、你们是好人,好人哪,我死了也会记住你们的——"

说完,他就闭上了眼睛,眼角渗出了泪水,那是他最后的泪水。

一个麻风病人见胡宝森死了,坐起来,说:"龙医生,老胡是饿死的,你是公家的人,你能不能向政府反映反映,让我们有东西吃,比治病更重要,否则治好了也得饿死。"

龙冬梅这才知道,他们已经三天没有进食了。

龙冬梅和郑雨山走出大宅。

阳光如此灿烂,唐镇如此悲凉。

龙冬梅擦干了眼中的泪水，说："雨山，你先回家休息，我去找郑马水。"

郑雨山说："我和你一起去。"

龙冬梅说："我看你很累。"

郑雨山说："没有关系，你一个人去，我不放心。"

龙冬梅说："有什么不放心的。"

郑雨山没有说出不放心的理由，只是坚定地说："我和你一起去。"

龙冬梅从他的眼神中看出了些什么，说："好吧，一起去。"

路过棺材店门口，龙冬梅看到了游武强。游武强坐在店门口的板凳上，低着头，用根干稻草逗一只蚂蚁。龙冬梅停住了脚步，看着这个古怪的人。他逗蚂蚁的样子，像个小孩，完全不是那个杀气腾腾的传奇人物。郑雨山说，走吧，冬梅。龙冬梅迈动了脚步，边走还边回头张望。游武强仿佛没有发现他们，他们走过去后，也没有抬起头看他们一眼。郑雨山说："游武强这个人惹不起。"龙冬梅听出了他话中有话，说："我没惹他。"郑雨山说："嗯，嗯，最好不要惹他。"

他们来到郑马水的家门口。

龙冬梅伸出手，敲门。

郑雨山说："他不会不在家吧？"

龙冬梅说："人命关天，到哪里也要把他找出来。"

郑雨山也上去敲了敲门。

过了好大一会儿，里面传来郑马水的声音："谁呀——"

龙冬梅说："是我，龙冬梅。"

"哦，龙医生啊，等等，我马上来。"郑马水打开门，"进来坐吧，进来坐吧。"

门开后，龙冬梅闻到了米饭的香味，她皱了皱眉头，说："我们不进去了，只是来和你说一件事。"

郑马水其实也不想让他们进屋，堵在门上，说："甚么事，龙医生说吧。"

龙冬梅说："你是怎么搞的，大宅里的麻风病人都三天没有吃饭了，有的病人已经饿死了。政府不是每月都有粮食配给他们的吗，怎么会断炊呢？"

郑马水面露难色，说："龙医生，你有所不知，政府是有粮食配下来。你看现在唐镇的情况，正常人都有饿死的了，要不要先顾及正常人的生命？那些麻风病人缓缓吧，这两天看看有没有粮食拨下来，再考虑他们。"

龙冬梅说："你这话就不对了，那些粮食是专门拨给麻风病人食用的，你们不能另作他用。"

郑马水拉下了脸，说："龙医生，就那么一点粮食，够谁吃的。我晓得，你关心麻风病人，你找我没有用，你去区里找区长吧。"说完，就把门用力关上了。龙冬梅气得浑身颤抖。郑雨山说："冬梅，我们回去吧。"龙冬梅没有理会郑雨山，而是大声对着郑马水家的大门说："你以为我不敢去，我这就去区里，如实把情况向上面汇报！"郑马水在里面说："去吧，去吧，别在我家门口叫了，像只死鬼鸟。"

龙冬梅气呼呼地走了。

她没有回郑雨山的家，而是朝镇东头匆匆走去。

郑雨山一直跟在她身后。

快走出唐镇时，她回过头，说："雨山，你回去吧，你身体虚弱，走不了远路，我去李屋村，办完事情就回来。"郑雨山坚持要和她一起去，龙冬梅拉下脸，冷冷地说："我让你回去，你就回去，你要是不回去，我就再不理你了。"

郑雨山无奈，只好眼睁睁地看着她离去。

……

郑雨山落寞地回家。

他看到三癞子和胡二嫂从画店里往外面搬东西,就问:"你们这是干甚么?"

三癞子说:"我们住回胡二嫂家去,这个地方腾出来,给游武强住。"

郑雨山:"哦——"

胡二嫂有气无力面黄肌瘦的样子,看来是饿得不行了。郑雨山想,三癞子他们能坚持多久,自己又还能坚持多久?

郑雨山回到家里,心里空落落的。家里还是充满了苦涩的草药味道。阳光从天井落下来,那棵盆栽的滴水观音早已干枯,郑雨山的心在哀鸣。他颓然地坐在厅堂的椅子上,环视着凄清的家。自从父亲过世,他就一个人孤零零地守着这个家,龙冬梅住进来后,他才感觉到了生气,女人的气息使这个房子有了些活力。几个月来,他和龙冬梅一起吃饭,一起熬药,一起去大宅给胡宝森治病,他已经熟悉了她的品性,习惯了听她说话,心里早就接纳了这个女人。可是,他不敢和她表白,因为,他觉得那是不可能的事情。现在,屋里只剩下他一人,郑雨山莫名地黯然神伤,脑子里冒出一个念头:龙冬梅还会不会回来?

如果龙冬梅再也不回来了,他会怎么样?

远处传来哭丧的声音,郑雨山浑身抽搐了一下,倒抽了一口凉气。

他有种不祥的感觉。

他不希望这种感觉变成现实。

郑雨山呆呆地坐在厅堂里,默默地等待龙冬梅的回归。

太阳沉入了西山,龙冬梅没有回来。

黑暗覆盖了唐镇,龙冬梅还是没有回来。

深夜了，龙冬梅还是没有回来。

郑雨山的忍耐到了极限，他点燃了火把，走出了家门。他喊了几个人，想让他们和自己一起去区里寻找龙冬梅，可是，那些人都饿得连说话的力气都没有，怎么能和他去走那二三十里的山路。其实他自己也饿得形销骨立。他想，就是死在路上，也要去把龙冬梅找回来，这个晚上见不到她，他会死掉的。

他举着火把在小街上往镇东头走去时，一个人跟在了他身后。

郑雨山回过头，发现跟着自己的是游武强。

他说："你这是？"

游武强沙哑的声音："你是去找龙医生？"

郑雨山说："嗯。"

游武强说："我和你去。"

郑雨山看他手中拿着一根扁担，说："还是我自己去吧。"

游武强笑了笑说："郑雨山，还是我和你去吧，路上碰到甚么，还可以帮你抵挡一阵。"说着，他挥舞了一下手中的扁担。郑雨山说："我不怕，甚么也不怕，还是我自己去吧。"游武强说："放心吧，我不会抢走你的心上人的。"此话说中了郑雨山的要害，郑雨山慌乱地说："我们清清白白的，没有任何事情。"游武强说："走吧，别说了。"

这个秋夜，天上没有星星，也没有月光，天上乌云密布。

游武强说："要是能下场雨就好了。"

郑雨山说："是呀，已经很长时间没有下雨了，再这样下去，人都会像庄稼那样枯死了。"

进入山里后，郑雨山边走边喊："冬梅，冬梅——"

游武强说："你喊有甚么用，注意看看路两边就可以了，如果她在回来的路上饿昏，也听不到喊声的。不过，她晚上会不会住在区里呢？"

郑雨山说:"她应该回来住的。"

游武强不说话了。

不一会儿,郑雨山又喊了起来:"冬梅,冬梅——"

浓重的黑暗一次次地把郑雨山焦虑而深情的喊声吞噬,郑雨山的喊声一次次地把黑暗的铁幕撕开,这是斗争,可是人的声音是多么的渺小,根本就无法和自然抗衡。郑雨山喊得眼冒金星,浑身无力。就是这样,他还是继续一路喊叫,生怕错失了寻找到龙冬梅的机会。

游武强被郑雨山的喊叫感染了。

他也情不自禁地喊起来:"龙医生,龙医生——"

他的声音沙哑却富有穿透力,在山林里传播,远处的山谷还有回音。

他们的喊叫声此起彼伏,凄凉而有情有义。

当他们来到一个山坳时,一道闪电张牙舞爪地划破了黑沉的天空,紧接着是惊天动地的炸雷响起来。郑雨山和游武强停住了脚步。游武强抬头望了望天,惊喜地说:"天要落雨了,天要落雨了。"郑雨山也兴奋地说:"真要落雨就好了。"他们的喜悦没有持续多久,就变成了无边无际的哀伤。

他们在路边的枯草丛中发现了龙冬梅的尸体。

龙冬梅的衣服被撕碎了,七零八落地散在尸体周围,衣服的碎片上全是血。她的脸被抓得血肉模糊,身上体无完肤,肚子被掏了个窟窿,里面的内脏都不见了,惨不忍睹……见此情景,郑雨山怔在那里,浑身颤抖,张大嘴巴,什么话也说不出来。游武强见的死人多了,没有像他那样惊惶,长叹了声,说:"龙医生是碰到了饿急了的豺狗,是豺狗掏空了她的肚子。"

游武强脱下自己的外衣,盖在龙冬梅的尸身上。

郑雨山突然号叫了一声,弯下腰,一把抓起盖在龙冬梅尸身上的衣服,扔还给游武强,声嘶力竭地说:"她不要你的衣服,不要——"游武强十分理解他,知道他的心被戳了一个窟窿,汩汩地往外冒着鲜血,他也感觉到了,郑雨山对龙冬梅用情深重。游武强替龙冬梅哀伤,也替郑雨山难过。

郑雨山扔掉手中的火把,枯草被点着了,呼呼燃烧起来。他脱下自己身上的外衣,盖在了龙冬梅残破的尸体上,然后抱着她的尸体,哭嚎起来。

又一个闪电张牙舞爪地划破黑暗的天空,闪电过后,雷声隆隆。

不一会儿,天上落下了密集的雨点。

雨越下越大,最后变成了瓢泼大雨。

大雨把火浇灭了。

雨水冲刷着枯草丛中的血迹,也冲刷着郑雨山脸上横流的泪水,却无法冲刷掉无边无际的哀伤。

## 11

这个清晨对于唐镇人来说,是喜悦的。尽管他们还是饥肠辘辘,还是兴高采烈地走出家门,享受着盼望了几个月的珍贵雨水。唐镇的小街,一片欢腾,据说,解放的时候,也没有如此欢腾。有人甚至拿出了锣鼓,使劲地敲打。这么多蒙面人在雨中狂欢的情景,真是十分罕见。

郑雨山脸色苍白,眼睛红肿,浑身湿漉漉的。他背着龙冬梅的尸身,默默地走进了唐镇。满脸肃杀的游武强跟在他身后,手中还拿着那根防身用的扁担。在回来的路上,游武强要替郑雨山背龙冬梅的尸体,郑雨山没有让他背,并且对他说:"这是我和冬梅的事情,和你没有关系。"一路上,郑雨山摔了几跤,跌破了膝盖皮……饥寒交迫，他也没有放下龙冬梅的尸体，咬着牙把她背回了唐镇。游武强被他感动了，心里说，郑雨山，别看你像个文弱书生，可你是一条汉子。

疯狂的人们起初并没有理会郑雨山他们。

他们在小街上穿过疯狂的人群，默默地来到了棺材店。

其实，有很多日子，棺材店没有卖出棺材了，那些死人的家人，连饭都吃不上，哪有钱去买棺材，只能用个破席子，把尸体裹了，抬上山，挖个坑，埋了。游武强打开棺材店的门，一股木头和油漆混杂的气味扑面而来。

郑雨山说："挑副最好的上过漆的棺木。"

游武强说："我心里有数。"

郑雨山说："那我在家里等你的棺木。"

游武强说："好的，放心吧，一会儿我就和人抬过来。"

郑雨山把龙冬梅的尸体背回了家。他卸下了一块门板，放在厅堂的地上，然后把龙冬梅的尸体平放在上面。此时，郑雨山没有了眼泪，也不号叫，只是默默地擦干净龙冬梅残破的尸体，用一种香料填满她被掏空的肚子，然后给她穿上干净的衣服。他刚刚给龙冬梅换完衣服，游武强就和几个青壮汉子抬着一副沉重的上好棺材，来到了他家。

郑雨山把游武强叫过来，说："武强，你去帮我办一件事。"

游武强说："有甚么事情，你就尽管吩咐吧。"

郑雨山说："你能不能去给我把三癞子请来，让他给冬梅画张像，留个念想。"

游武强说："没有问题，等着。"

游武强来到小街上，狂热的人都散了，再狂热也顶不住肚子饿呀。雨还在下，透出秋日的寒气。游武强来到小食店门口，拍了拍门，大声说："三癞子，开门！"三癞子把门开了条缝，说："游武

146

强，我都把画店让给你了，你还来做甚么，是不是想把这个房子也谋去？"游武强说："谁要你这个破房子，赶快给老子滚出来，否则老子把你这个房子拆了。"三癞子说："那你说到底甚么事？"游武强说："带上你画像的家伙，跟我走，别啰唆。"

一提到画像，三癞子就牙关打战，说："武强，你饶了我吧，我已经不会画像了。"

游武强说："你骗鬼哪，你是不是担心画了像不给钱？我告诉你，一分钱也不会少你的，快跟我走。"

三癞子哭丧着脸说："我真的画不了了，不骗你的。"

游武强一脚踢开了门，把他提了出来，说："你要是不跟老子走，老子扭断你的脖子。"

这时，胡二嫂举着砍柴刀要出来帮丈夫，游武强瞪了她一眼说："你敢过来，先拧断你的脖子。"胡二嫂吓得一哆嗦，手上的砍柴刀落在了地上，求饶道："武强，你放了他吧，我们可没有得罪你。"游武强说："我只是来请他去画像，你们这是怎么了，好像我要杀了他。"三癞子说："我真的画不了像了呀。"游武强说："别啰唆，去画了再说。"

三癞子说："你看，我画像的东西都留在画店楼上的床底下了，我怎么画呀？"

游武强说："走，我带你去拿。"

三癞子在画店阁楼的床下掏出了一个很旧的皮箱，从皮箱里拿出了画笔和纸墨，就和游武强去了郑雨山家。到了郑雨山家，三癞子才知道龙冬梅死了。三癞子也有些感伤，说："龙医生好人哪，好人哪。"郑雨山说："求你了，给冬梅画好点。"三癞子说："雨山，实在对不住，我真的不会画了哪。"游武强踢了他一脚，说："画也得画，不画也得画，由不得你了。"

三癞子没有办法，只好铺开纸，拿起画笔。

他刚刚拿起画笔，全身筛糠般颤抖，像中了邪魔。

他喊叫道："痛，痛，痛死我啦——"

接着，他拿画笔的右手手腕马上就红肿起来，画笔在他的激烈颤抖中掉落在地。怪异的是，画笔掉在地上后，三癞子就停止了颤抖，红肿的手腕也渐渐消退，然后正常。三癞子惊出了一头冷汗。在场的人都看呆了，搞不清楚这是怎么回事。三癞子哀声说："龙医生，实在对不住了，本该给你好好画张像的，可是我真的不能画了呀。"说完，他就往外跑。郑雨山叫住了他："三癞子，请留步。"

三癞子停住脚步，转回身，说："雨山，你还有甚么吩咐？"

郑雨山说："既然你画不了画像了，也就罢了，像不画了。可是，我还有件事情求你。"

三癞子说："雨山，你就直说吧，只要我能够做到的，绝不含糊。"

郑雨山说："唐镇人都知道，你是最好的挖坑人，我想请你给冬梅挖个墓穴。"

三癞子面露难色："我已经好几年没有挖坑了。"

游武强瞪了他一眼："如果你连挖坑都不会了，那你也活不久了。"

三癞子说："唉，那好吧，我答应去给龙医生挖坑，我回去换身衣服吧，你看我穿着长衫，怎么挖呀。"

郑雨山说："好吧，你换好衣服就回来，吃完饭我们就上山。"

三癞子眼睛一亮："有饭吃？"

郑雨山点了点头。

三癞子满脸笑容，说："好，好，我马上就回来。"

郑雨山是个有头脑的人，初夏时，唐镇开始干旱，他就料到了秋后会有饥荒，所以就留了一手，多留了几斗米藏起来，以防万一。现在，果然闹了饥荒，就是现在下雨了，因为今年田地没有收成,饥荒还会继续下去。郑雨山藏有粮食的事情,连龙冬梅都不知道,他是准备等实在过不下去了,再把那些粮食拿出来的。没有料到,他心爱的人就这么离开了苦难的人世,他也没有甚么好保留的了。

郑雨山想好了,好好地让帮忙埋葬龙冬梅的乡亲吃顿白米饭,埋好她后,他把粮食拿出来,熬几大锅稠稠的白米粥,送到大宅去,也让那些可怜的麻风病人美美地吃上一顿,就是饿死病死,也没有白来人间走一遭。因为,龙冬梅是为了他们的饥饿才去区上的,如果她不去,就不会死。

三癞子出门后,郑雨山就把米拿了出来,对游武强说:"武强,生火做饭。"游武强答应了一声,就去厨房生火了。那几个帮忙的青壮年兴奋极了,他们有多长时间没有吃上香喷喷的白米饭了呀,在等待的过程中,他们吞咽着口水。三癞子很快就回来了,穿了一身破烂的衣服,还把老婆胡二嫂也带来了,大家心里都明白,胡二嫂是为了那碗饭才来的,好在知道的人不多,如果消息传出去,全镇人都会涌进郑雨山的家。脸黄肌瘦的胡二嫂进屋后就直奔厨房,对郑雨山说:"雨山,我来帮你做饭吧,你出去歇着。"郑雨山说:"不要紧,我可以的。"胡二嫂不由分说地把他推了出去:"我来,我来,这是妇人家做的事情。"郑雨山出去后,坐在灶膛口烧火的游武强冷冷地说:"真不要脸。"胡二嫂说:"要脸有甚么用,饿死事大。"

游武强无语,站起身出去了。

胡二嫂在厨房里面做饭,郑雨山他们在厅堂里把龙冬梅装进棺材。把龙冬梅安放在棺材里,郑雨山把她穿过的遗物都放进了棺材,只留下了她用的药箱。游武强说:"是不是应该把她的遗物留给她的亲人?"郑雨山说:"她告诉过我,亲人都在战争时期死光了,现在,我就是她的亲人。"

郑雨山默默地看着棺材里的龙冬梅。

过了会儿,他喃喃地说:"天下没有不散的筵席,冬梅,你安心去吧。我以后来了,会去找你的,也许不用太长时间,我们就会相见。"说完,他就吩咐游武强他们盖上棺材板。棺材板盖上的一刹那,郑雨山才真正觉得,他和龙冬梅已经生死两隔,永不再见。他没有流泪,只是哀伤,哀伤到无能为力。

## 12

雨一直下了七天,降雨量还很足,唐溪又有了水流,田野上有了些许湿漉漉的生气。饥荒还在继续,麻风病还在流行。政府还是拨了些救济粮到唐镇,那也是杯水车薪,无济于事。饿死病死的人,还是不断抬出唐镇,唐镇四周的山上,新添了许多黄土裸露的坟包,死鬼鸟在苍凉的山野凄惨鸣叫。

李秋兰无疑是唐镇最悲哀的女人。

每天天一亮,她就会来到五公岭挖野菜。唐镇四处山野的野菜都被挖光了,只有五公岭还有,因为这是令唐镇人心生恐惧的地方,很久以来,这里都是乱葬岗,也是杀人场,就是在阳光灿烂的白天,这里也阴气逼人,仿佛有许多凄厉的孤魂野鬼出没。李秋兰知道,自己的父亲就是被抓到这里枪毙的。为了渡过难关,李秋兰管不了那么多了,第一个来到荒凉的五公岭寻找野菜。果然,在那草丛里,还可以找到一些可以食用的野菜。当她把满满的一竹篮野菜带回唐镇时,就被某些饥饿的眼睛盯上了,有人问她:"秋兰,你这野菜是在哪里采的呀?"

李秋兰实话实说:"在五公岭采的。"

问话的人用狐疑的目光审视着她:"真的?"

李秋兰说:"真的。"

在饥饿和死亡面前，神鬼的可怕有时就会被忽略。李秋兰第二天一大早来到五公岭时，就发现了另外一些人，他们也斗胆来这里，在草丛和荒坟之间穿梭，寻找着那可以救命的野菜。李秋兰没有说什么，谁都要活，况且，这里也不是她独霸的领地，谁都可以来。

这天早晨，李秋兰拖着疲惫不堪的身体，来到了五公岭。

其实，这里的野菜已经很难寻觅了。

只要有人出没过的地方，所有能吃的东西就会一扫而光，饥饿的人就像蝗虫一样。

即使这样，细心的李秋兰还是在某个角落找到几棵新长出的马齿苋。李秋兰心里一阵狂喜，她蹲下来，正要用小铲子把其中一棵马齿苋挖起来，突然扑过来一个妇人，和她争抢起来。李秋兰说了句："你这个人怎么能这样？"那妇人一把推开了她，骂道："烂狗嫌，老娘就这样了，怎么样！"李秋兰气得发抖，扑过去和她抢了起来。两个女人就扭在了一起，那妇人厉害，抓住她的头发，把她的脸按在地上，嘴巴里骂着不干不净的话……最后，那妇人得胜，走了。

李秋兰坐在草丛中，流下了泪水。

这个早晨，李秋兰一无所获。

她回到家里，躲在厨房里抽泣。

戴梅珍听到她的抽泣声，来到了厨房，发现她头发蓬乱，灰头土脸，就说："秋兰，谁欺负你了？我去找他拼命。"

李秋兰擦了擦眼睛，说："没有人欺负我，没有人欺负我。"

她是不想把事情惹大，自己是地主的女儿，丈夫又是个没用的人，婆婆也老了，还饿得皮包骨头，出去和人吵架，肯定是吃亏的，还不如息事宁人。

戴梅珍叹了口气，说："秋兰，难为你了，都怪我儿子那畜生没有用呀。"

李秋兰说:"婆婆,你去厅堂里等着吧,昨天还剩下一点野菜,我煮给你们吃。"

戴梅珍惨淡地说:"你们吃吧,我这把老骨头,留着也没有甚么用,饿死拉倒了。我活着,也是给你们添麻烦。"

说着,她走出了厨房。

很快地,她煮好了野菜汤,往野菜汤里放了点盐巴,就盛了三碗。她端了一碗送到坐在厅堂里的戴梅珍手中。闻着野菜汤冒出的热气,戴梅珍说:"好香呀,好香呀,秋兰,老天开眼呀,让春发娶到了你。否则,我们早就饿死了。"

这时,她们听到王春发在房间里喊叫:"饿呀,饿死我了,饿死我了——"

戴梅珍说:"不要理他,他还能喊出来,证明他还没有饿到要死的程度。让他喊去,不要给他吃。"

李秋兰没有理会婆婆的气话,焦急地来到厨房,端起一碗野菜汤,匆匆地走进卧房。王春发闻到野菜的味道,从床上坐起来,衣服也来不及穿,赤身裸体地从李秋兰手里抢过那碗野菜汤,狼吞虎咽。很快地,他喝光了那碗野菜汤,还用舌头把碗底舔得干干净净。他把空碗递还给李秋兰,说:"还有吗?"李秋兰点了点头。王春发说:"站着干甚么,还不赶快去给我端来?"李秋兰默默地走出去。不一会儿,她端着那碗本来留给自己吃的野菜汤,回到了卧房。王春发又很快地吃完那碗野菜汤,照样舔得干干净净。他把碗递给她,心安理得地躺在床上。

李秋兰端着空碗正要走出房间,王春发说:"不要出去了,把门关上。"

李秋兰十分听话,把门关紧。

她知道王春发要干甚么。

李秋兰把碗放在桌子上,脱光了衣服,爬上了床,朝着王春发那张小床的方向半躺着,叉开双腿,闭上了眼睛。不一会儿,她就听到了王春发的号叫。王春发是在看着她的身体和私处手淫,她已经习惯了这个变态花痴。王春生的叫声很响,厅堂里的戴梅珍也听到了。她站在门外,骂道:"畜生,你怎么不死呀,你自己不好好活,为甚么还要折磨别人?"他根本就不会理会母亲,此时,他被欲望之火烧坏了脑袋。李秋兰就那样叉着双腿,心在流血,男人的叫声让她绝望。几乎每天,她都要这样叉开双腿,而且每天都要重复很多次,王春发不厌其烦的手淫,让她对性事充满了厌恶。她弄不明白,王春发可以忍受她做的饭,就是忍受不了亲近她的身体,而他对她的身体又是那么地迷恋,看着她的身体,他很快就会到达高潮。李秋兰觉得自己生来就是被这个花痴羞辱的,有时,她真想杀了他,在他忘乎所以地手淫时,用一把剪刀插进他的心脏,但是,她没有这样做,因为,她觉得这个男人比自己更加可怜。

　　完事后,王春发像条死狗一样瘫在床上。

　　李秋兰这才穿上衣服,走出了卧房。

　　她不知道这样的日子还能够过多久。

## 13

　　这天,区里来了个干部,陪着一个拿着相机的中年男人。

　　他们来到了郑马水家里。原来这个干部陪的是省报的一个记者,来采访麻风病人的生活情况。区干部把郑马水叫到一边,说:"郑马水,闹饥荒你也不见瘦呀?"郑马水说:"那是野菜吃多了,浮肿。"区干部说:"骗鬼,我们每个月下拨给麻风病人的粮食,你都自己吃了吧?"郑马水说:"冤枉呀,你们那一点点粮食,够他们吃几顿的。我为了他们都操尽了心,你还这样说我,没天理呀。"

区干部说:"好了,别叫苦了,你赶快去安排一下。"郑马水说:"安排甚么?"

区干部凑近他的耳朵,悄悄地说了些什么。

他说完后,郑马水说:"那我去了。"

区干部说:"快点,快点。"

郑马水的老婆端了两碗水,给区干部和记者喝。他们都戴着口罩,郑马水老婆笑了笑说:"我们家干净的,放心喝吧。"区干部说:"你忙你的去吧,我们坐会儿。"记者取掉口罩,端起碗,喝了口水。区干部朝他挤眉弄眼,记者笑笑:"没那么严重吧。"区干部看郑马水的老婆进了房间,才低声说:"还是小心为好,要是染上了麻风病,那可就倒了大霉了。"记者听了他这话,神色有点慌张,赶紧把口罩戴上,再也没碰那碗水。区干部说:"你要不是带着任务来,我们是不主张你进入疫区的,一会儿等郑马水回来,带我们去拍完照片,你就赶快走吧,情况我在路上都和你说了。"记者说:"嗯,嗯。"区干部说:"对待这些麻风病人,我们县里区里可是相当重视的。"记者说:"听说有个女医生长期蹲点在这里?"区干部眼神有点慌乱,他想了想说:"是有这么一个女医生,她叫龙冬梅。"

记者有点兴奋:"她人呢,一会儿能否采访她?如果能够拍到一张她和麻风病人的合影,那就太好了。"

区干部叹了口气说:"唉,这可是个好同志呀,可惜牺牲了,现在区里正在给她报烈士呢。"

记者睁大了眼睛:"啊,怎么牺牲的?快说说——"

区干部说:"为了麻风病人,她希望能够从草药中找出一条救治之路,眼看就要成功了,可是,就在前几天,她在上山采草药时,不幸摔下了悬崖……多好的一个同志呀。"

记者说:"真的可惜,我想采访一下熟悉她的唐镇人,这可是个好素材呀。"

区干部说:"算了,回区上,我给你看她的材料,我们准备好上报材料的,里面有很多她的事迹。"

记者没有说话,疑惑地看着他的眼睛。

区干部心里明白,不能让记者知道真相。区里上上下下已经统一好了口径,就说龙冬梅是上山采草药摔死的。其实真相是,那天下午,龙冬梅气冲冲地来到区里,找到了区长,告诉他麻风病人都快饿死了,要区长想点办法,多配点粮食下来。区长发了火说:"现在全县都在闹饥荒,哪有多余的粮食,我们都勒紧裤带,饿着肚子工作,你要我们去哪里拿出更多的粮食?"龙冬梅也很生气,大声说:"你总不能让他们都饿死吧,本来他们得病就够可怜了的,你总该有点革命的人道主义精神吧!"区长瞪着眼珠子说:"我们怎么没有革命人道主义精神了,哎,要放在旧社会,他们早就死了,我们把他们集中在一起,给他们吃给他们喝,免费给他们治疗,这不是革命的人道主义精神是什么?龙冬梅同志,你给我说清楚!"龙冬梅无语了,忍着将要流下来的眼泪,默默地走出了区长办公室。天已经黄昏,饥肠辘辘的龙冬梅本来想在李屋村住个晚上,天亮了再回唐镇,但心里堵得慌,就连夜踏上了回唐镇的山路。走到那个山坳时,她实在走不动了,饥寒交迫,就坐在路边的草丛休息,结果,从黑暗中窜出了一只饿急了的豺狗……

记者来唐镇前,区长就交代区干部,不要让记者和唐镇人有交流,去看看就赶快离开。区干部等了好长时间,郑马水才回来。区干部焦急地说:"事情办妥了吗?"郑马水说:"妥了,走吧。"

郑马水带着区干部和记者,来到了大宅。

大宅的院子明显打扫过,虽然还是充满了恶臭,看上去还算干净。院子里看不到一个麻风病人。记者有些诧异:"怎么不见人影?"郑马水眼珠子转了转,说:"都在房间里休息吧,天凉,今天阴天,没有阳光,他们在屋里会舒服些,如果出太阳,他们有的会到院子里晒太阳,镇上健康的人也不歧视他们,他们白天可以在镇子里走动。"

记者在院子里拍着照片。

区干部说:"时候不早了,下午还要赶回区里,还有二三十里山路呢。郑马水,赶快带我们去看麻风病人吧。"

郑马水说:"好,好。"

郑马水把他们带进了前厅右边的一个厢房里。厢房里摆放着四张单人床,每张单人床上躺着一个麻风病人,房间收拾得十分整洁,麻风病人的衣服也穿得齐整,就是他们头脸上鼓起的包块,和变形的五官,还是让人看了心生恐惧。区干部站在门口,没有进去,郑马水把记者带进房,给他介绍着什么。当然,记者听到的都是好话。记者问一个麻风病人,在这里生活怎么样。麻风病人说:"好,很好,政府对我们太好了,要是在旧社会,哪有人管我们。"记者不停地拍照,不停地问些问题。有的问题麻风病人答不上,郑马水就替他回答。比如说,记者问,在这里怎么治病。郑马水就抢着说:"我们采取中西医结合的办法治疗,取得了很好的效果。"

区干部在外面说:"快点,太晚回去了不好,山路难走呀。"

这时,一个人端了一木盆的米粥进来,说:"开饭了,开饭了。"

记者说:"你们生活不错吧,现在闹饥荒还有米粥吃,看来当地政府真的很重视你们。"

那个麻风病人说:"是呀,是呀,政府太好了,我们吃得好穿得暖,过着幸福的新生活。"

记者让这个麻风病人打了碗粥,要他端着那粥碗拍张照。麻风病人十分配合,拍照时,脸上还挤出难看而又古怪的笑容。记者拍完照片说,好,好,感谢你们。麻风病人的目光都落在那盛满米粥的木盆上,内心充满了某种欲望。

区干部说:"好了吧,我们可以走了。"

记者被他催得没有办法，只好说："走吧，走吧。"

郑马水领着他们走出大宅后，大宅里就炸了锅，许多麻风病人闻到了粥香，涌进了那个厢房，争抢粥吃。人多粥少，不一会儿，厢房就挤满了人，抢夺的过程中，相互厮打起来，那盆米粥被打翻在地，被他们踩踏成了脏污的泥浆。一个麻风病人倒在了地上，他用手扒拉着地上的泥浆，拼命往嘴巴里塞。麻风病人们在他身上踩踏，活活把他给踩死了。没有人顾及这个麻风病人的死，还是有些人倒在地上，抢那泥浆吃。他们身上的脓血飞溅，惨不忍睹。外面的麻风病人挤不进去，都在号叫，一片混乱。突然有个人喊叫了一声："有人被踩死了！"麻风病人还是没有停止厮打，继续抢夺地上的泥浆，那泥浆也充满了麻风病人的脓血，他们抢到泥浆，不顾一切地往嘴巴里塞。

……

记者离开唐镇时，根本就不知道他走后，大宅里发生了什么事情。

郑马水把他们送出了唐镇。

他们走出了一段路，区干部对记者说："记者同志，你慢慢先往前走，我忘了一件事情和郑马水交代。"记者点了点头。

区干部折回来。

在破落的土地庙外面的老樟树下，区干部对郑马水说："过几天，会从外面调拨一批粮食过来，到时我和区长反映反映你们的困难，争取多给点救济粮，还有，给麻风病人的专用粮，你要落实到麻风病人的身上，要是县上下来调查，发现不是那么回事，可不好交代。区长特地让我告诉你，一定要做好这项工作。"

郑马水说："我心中有数，心中有数，你让区长放心。"

区干部说："这可不是开玩笑的，你一定要记住。"

郑马水说："我记住了，记住了。"

看着他们远去的背影，郑马水眼中掠过一丝莫测的神色。

## 14

唐镇还是有人感染上麻风病的病毒。

张少冰的大儿子张开规在饥荒开始不久，就死了，因为吃苦楝树的果实苦楝子中毒而亡。那段时间，十四岁的张开规总是来到唐溪边，站在一棵苦楝树下，呆呆地望着树上干枯的苦楝子。那是个阳光灿烂的正午，刚刚喝完一碗野菜汤的张开规，还是觉得饥饿难忍，他就来到了河边的苦楝树下，看着树上的苦楝子，想入非非。他的弟弟张开矩跟在他身后。

张开矩说："哥哥，你说，苦楝子为什么和枣子那么像呀？"

说完，他还用力地吞了口唾沫。

张开规说："是很像枣子。"

张开矩说："要是能像枣子那样可以吃就好了。"

张开规不说话了，继续凝视树上的苦楝子。那一串一串的苦楝子在阳光下，闪耀着迷人的光泽。

这时，在河滩上寻找野菜的李秋兰走了过来。

李秋兰说："你们回家去吧，晒太阳也会让肚子更饿的。"

他们都没有理会李秋兰。

李秋兰看了看他们，又看了看树上的苦楝子，似乎明白了什么，就说："开规，开矩，告诉你们，苦楝子不能吃的，吃了会死人的。"

他们还是没有理会李秋兰。

李秋兰叹了口气，走了，不一会儿就消失在灿烂的阳光之中，像梦幻一样。

张开规突然说："李秋兰的爹是地主，听说害了很多人，才被抓去枪毙的。她为什么不让我们吃苦楝子？是不是要让我们饿死？"

张开矩说："她说得没有错，爹和武强叔叔也这样说的，苦楝子不能吃。"

张开规说："可是，可是，他们没有说吃了会死呀。"

张开矩说："要是能吃，还能留到今天？早就被人摘光了。"

张开规说："可能是因为李秋兰造谣，大家才不敢吃。为什么我们在这里，李秋兰要跑过来说吃苦楝子会死？她是不是等大家都饿得差不多了，再把苦楝子摘回家吃？"

张开矩说："我不晓得，我看她不像是坏人。"

张开规说："我看她就是坏人，原来王春发不打人的，自从和她结婚后，老是用石头砸麻风病人，都是李秋兰让他干的。"

张开矩说："不可能吧。"

一阵风吹过来，把他们的头发吹乱了。

张开规的肚子咕咕叫，好像在不停地说："我要吃，我要吃——"

不远处的一棵枯掉的老乌柏树张牙舞爪的树枝上停着好多死鬼鸟，它们不时发出凄厉的叫声。张开矩听到死鬼鸟的叫声，心里十分害怕，传说死鬼鸟会把人的灵魂带走，被带走灵魂的人很快就会死去。死鬼鸟是索命小鬼的化身。张开矩哆嗦着说："哥哥，我们回家吧。"

张开规说："等等。"

张开矩说："哥哥，你到底想干甚么？"

张开规说："如果我证明苦楝子能吃，是不是我们就不会饿死了？"

张开矩点了点头。

张开规说："那今天的事情，你回去不要告诉爹和姆妈，也不要告诉武强叔叔，好吗？"

159

张开矩点了点头。

张开规说:"你发誓。"

张开矩说:"我发誓,如果我把今天的事情告诉他们,我就变成一块石头。"

张开规说:"好吧。"

说完,张开规爬上了树。苦楝树摇晃起来。张开矩喊叫道:"哥哥,你当心,不要掉下来了。"张开规在树上说:"放心吧,我爬树是老手了。"树还是乱晃,张开矩还是十分担心哥哥的安全,生怕他摔下来,摔死了,或者摔断了手脚。张开规的双脚站在一根树枝上,一只手攀住另外一根树枝,另外一只手把一串苦楝子摘下来,扔到地上。不一会儿工夫,他扔下来十几串苦楝子。

张开矩提心吊胆,说:"哥哥,差不多了,快下来吧。"

张开规这次听从了弟弟的话,从树上爬了下来。回到地上,张开规拍了拍手,笑了笑说:"我说没事吧,你瞎担心,也不看看我是谁,每次我和镇上的孩子们比赛爬树,我都是第一名。"

张开矩望着神气的哥哥,说:"爬树你厉害,我还是担心。"

张开规说:"担心甚么?"

张开矩说:"担心你吃苦楝子会有问题。"

张开规说:"死不了的,最多肚子痛。"

张开矩说:"你怎么知道?"

张开规说:"我想是这样的,如果苦楝子是毒药,那些自杀的人怎么不吃苦楝子?"

张开矩想了想,哥哥说的也有道理。他说:"哥哥,那你不要吃太多。"

张开规说:"好吧。"

他们把苦楝子放成一堆,然后面对那堆苦楝子坐了下来。镇子里传来凄惨的哭喊声,他们都知道,又有人死了。张开矩眼神惶恐，说："哥哥，我怕。"张开规扯下蒙脸布，笑了笑说："弟弟，有甚好怕的，等我成功，很多人就有救了，就不会死了，你看看，我们这地方有多少苦楝树呀。"说着，他就拿起一串苦楝子，捏了一颗，扔进嘴巴里。他嚼了几口，嘴巴就不动了，从他脸上的表情可以看得出来，苦楝子并非他想象中的好吃。张开矩说："哥哥，是不是很苦呀，我看还是别吃了。"皱着眉头的张开规没有听他的话，继续嚼起来，嚼得差不多了，就把苦楝子的核吐了出来。他张开嘴巴，往外呵着气，好像是吃了辣椒一般。张开矩咂了咂嘴，说："哥哥，辣吗？"张开规说："辣甚么辣，味道还不错咧。"张开矩用舌头舔了舔嘴唇说："我也吃一个吧。"说着伸手去拿地上的苦楝子。张开规一把拍开他的手，瞪着眼睛说："你现在不能吃！"张开矩说："为甚么呀？"张开规说："让你不要吃就不要吃，哪那么多话。"他又把一颗苦楝子扔进了嘴巴里，皱着眉头，不停地嚼着……张开规一连吃下了四串苦楝子，然后说："弟弟，我吃得好饱。"

张开矩的眼睛直勾勾地看着他，没有说话。

张开规的背靠在树上，无力的样子，眼神也十分疲惫，肚子鼓起来，微微张着嘴，有微黄的黏液从他的嘴角流下来。

张开矩感觉到了不对，不知所措。

张开规有气无力地说："弟弟，你等会儿，等到太阳落山，如果我没有事情，苦楝子就可以食用的，我吃得好饱，好舒服——"

张开矩的眼泪流下来："哥哥，你骗人，你根本就不舒服，你很难受。你要是舒服，早站起来跳来跳去了，每次吃饱饭，你都喜欢跳来跳去。"

张开规说："弟弟，听我的话，看着我，等到太阳落山——"

张开矩点了点头，擦了擦眼睛，默默地注视哥哥。他提心吊胆，不知道会发生什么事情。他只有等待，等待奇迹的出现。

太阳还高高地挂在西面的天空，张开规就开始了撕心裂肺的喊叫。

他满头大汗,双手抱着肚子,喊着:"痛呀,痛死我啦,痛死我啦——"

张开矩见状,知道大事不好,也大哭起来。

张开规倒了下去,在地上乱滚起来,滚得浑身都是泥沙,面目全非。张开矩不知道怎么帮助哥哥,在痛苦焦急之中,想到了父亲张少冰。他说:"哥哥,你坚持住呀,我去叫爹来。"说完就往镇子里狂奔而去,边奔跑边喊叫:"救命呀,救命呀——"

张开矩跑到棺材店门口,朝里面喊叫道:"爹,哥哥不行了,哥哥不行了——"

张少冰和游武强神色仓皇地走出来。

张少冰说:"怎么啦?怎么啦?"

张开矩见到父亲,就痛哭起来,反而什么话也说不出来了。

游武强说:"开矩,别哭,好好说,发生甚么事情了?"

张少冰也说:"快说,到底发生甚么事情了?"

张开矩哽咽地说:"哥哥,哥哥要死了——"

游武强说:"他在哪里?"

张开矩什么也不说了,朝镇子外狂奔而去。张少冰和游武强跟在张开矩后面,奔跑起来。张开矩没命地跑着,竟然把两个大人甩在身后几丈远。

等他们赶到现场,张开规已经七窍流血,奄奄一息了。

张开矩扑在哥哥身上,喊叫道:"哥哥,哥哥——"

张开规气若游丝,断断续续地说完了他短暂人生中的最后一句话:"弟……弟……苦……苦……楝……子……子……是……是……不……不……能……能……吃……吃……的……会……会……断……断……肠……"

张开矩大声喊叫:"哥哥,哥哥——"

张少冰抱起儿子的尸体,什么也没有说,泪水横流。

游武强也流下了泪水。

成群的死鬼鸟从乌桕树上飞起,怪叫着在他们的头顶盘旋。

哀伤从四面八方奔涌而来,太阳也暗淡下来,大地是一张死灰的脸。

……

祸不单行,张少冰的小儿子张开矩竟然染上了麻风病。刚开始时,这个十二岁的孩子突然十分嗜睡。他就是在白昼,也会做梦。在梦中,他呼喊着:"哥哥,哥哥——"冷汗浸透了他的衣衫。醒来后,他萎靡不振,目光黯淡。游水妹认为是因为张开规的死,让他受到了刺激。她会在儿子噩梦醒来后,端上一碗温热的水,让他喝下。眼圈发黑的张开矩喝完那碗温水,又倒头便睡。游水妹心酸,抚摸着儿子的脸,什么话也说不出来。

那个晚上,也就是龙冬梅死后第八天的晚上,张少冰回到家里,听到了游水妹的惊叫:"怎么会这样,怎么会这样?"

游水妹的声音是从儿子的卧房里传来的。

张少冰冲进了儿子的房间。

游水妹站在儿子的床边,浑身乱颤,泪水飞舞,惊声叫着:"怎么会这样,怎么会这样——"

张开矩平躺在床上,赤裸着身子,眼睛紧闭,不时地用手指抠着鼻孔,他的鼻孔又红又肿。他的脸上、手臂内侧、肚皮上、大腿内侧等地方长满了淡红色的斑块。张少冰也呆了,他想到了麻风病,可是,儿子怎么会得这种病,唐镇还没有发生过孩子得麻风病的先例。张少冰平定了一下自己的情绪,对游水妹说:"别急,别急,也许就是出点皮疹,没有甚么大问题的,我去找武强,你先给他衣服穿起来,不要让他着凉了。"

游水妹说:"嗯,嗯。"

张少冰来到画店门口，使劲地敲门。

游武强在阁楼上大声骂道："干他老母，谁呀，半夜三更敲甚么门！"

张少冰焦急地说："武强，是我呀，快开门。"

游武强快步走下楼，开了门："少冰，又发生甚么事情了？"

张少冰说："开矩又出事了。"

游武强"啊"了一声，二话不说，就和张少冰走了。

三癞子和胡二嫂还没有睡，胡二嫂总是说肚子饿。他们听到了街上张少冰他们的动静。三癞子说："又出甚么事情了？"胡二嫂没好气地说："别多管闲事。"三癞子说："好吧，不管那么多，困觉吧，困觉吧。"胡二嫂说："饿得睡不着。"

## 15

郑雨山把家里藏的粮食煮给麻风病人吃完后，穿戴整齐，躺在眠床上，头枕着龙冬梅的药箱，等待死亡。在埋葬龙冬梅时，他对游武强说："哪天我死了，你把我和冬梅埋在一起。"游武强说："好吧，不过，你得给老子好好活着。"郑雨山在眠床上躺了五天五夜，有时沉睡，有时清醒，有时混沌。沉睡时他没有梦，肉体在黑暗中穿行，希望抵达另外一个世界。清醒时，他渴望睡去，而且睡去后就永远不要醒来，那将是最幸福的事情，因为他相信在黑暗的尽头可以和心爱的人相遇。混沌状态让他痛苦，脑海里总是交织着一些凌乱的画面：龙冬梅的微笑……龙冬梅死时的惨状……他会在混沌时痛心疾首，悔恨自己当初没有跟在龙冬梅后面，和她一起去区里。

五天五夜，他感觉不到饥饿，也感觉不到口渴，他觉得自己是个没有灵魂的木头人，觉得自己的灵魂已经飘向了远方的远方。

这个夜晚，他又进入了睡眠状态。

狂暴的砸门声和沙哑的吼叫声把他吵醒。

他醒过来后，也无动于衷，对那震耳欲聋的声音置之不理。

郑雨山的脸上浮现出一种古怪的微笑。

最后，他家的门被撞倒。游武强冲了进来，他的手上举着火把，身后跟着抱着儿子的张少冰和哭泣的游水妹。

游武强骂骂咧咧，寻找着郑雨山，最后，在卧房里看到了安详微笑着躺在床上的他。游武强看到了脸色苍白，明显消瘦了许多的郑雨山，平静了些，说："郑雨山，你是在等死吗？"

郑雨山不说话。

游武强说："我理解你的心情，当初，沈文绣死后，我也像你一样，躺在森林里等死。后来我想明白了，死很容易，活着很难。真正喜欢你的人，并不希望你死去，因为只有她喜欢的人活着，她才能被人念想。起来吧，好好活着。"

郑雨山还是无动于衷。

游武强见他对自己的话没有反应，怒气又涌上了脑门。

他一把拎起了郑雨山，愤怒地说："你怎么能为了一个死去的女人，放弃你的一切？有多少人等着你挽救他们的生命，解除他们的痛苦。"

郑雨山长长地叹了口气，说："你要我怎么样？"

游武强说："我还真以为你死了呢，快，去看看开矩到底得了甚么病。"

郑雨山说："他在哪里？"

游武强说："就在你家的厅堂里。"

郑雨山下了床，因为身体太虚了，两腿发软，倒在地上。游武强把他拉起来，扶着他慢慢地走出了卧房，来到了厅堂。龙冬梅教会了郑雨山很多诊断麻风病的方法。郑雨山给张开矩仔细检查了一遍，叹了口气说："麻风病早期的症状。"

张少冰说："你说的是真的？"

郑雨山说："真的，十分明显。"

游水妹号啕大哭。

张少冰凄惨地说："他还是个孩子，不能就这样让麻风病毁了他，雨山，你有没有办法救救他？"

郑雨山无奈地摇了摇头。

张少冰说："雨山，你一定要想办法救孩子，我给你下跪了。"

说完，他扑倒在地，双膝下跪在郑雨山面前。

游水妹也扑倒在地，跪在郑雨山面前。

郑雨山颤抖地说："惭愧哪，惭愧！你们快起来吧，我真的没有办法。"

游武强把他们拉了起来，说："跪也没有用，你们想想，要是雨山有办法，大宅里的人早就好了。我看，还是我把开矩带走吧，留在唐镇，难免把他送到大宅里去，让他和那些人在一起，吓也把他吓死了，我把他带走，最少还有一线希望，最起码可以让他过得舒服些。"

张少冰说："你要把他带到哪里？"

游武强说："去甚么地方你们不要问，我也不会告诉你们，只要你们夫妻俩信得过我，我会给你们一个交代。"

郑雨山说："你能够把他带出去吗，听说在唐镇外围有甚么人把守，很难出去的。"

游武强说："那也要试一试，不试怎么知道能不能出去。"

张少冰说："兄弟，我相信你，你还是把他带走吧。"

游水妹也说："把他带走吧。"

游武强说："好，事不宜迟，连夜就走。对了，雨山，有句话我放在这里，关于张开矩得麻风病的事情，就我们几个知道，都要把这事烂在肚子里!"

郑雨山点了点头。

游武强拍了拍郑雨山的肩膀,说:"雨山,无论如何都要活下去!"

郑雨山无语。

这天晚上,游武强用一条背带,把张开矩绑在背上,背着他连夜逃出了唐镇。他没有点火把,只是从张少冰家里拿了把斧子,匆匆上路。他没有往东面走,而是往西走,唐镇西面,是莽莽苍苍的大山。张少冰夫妻俩把游武强送过了镇西的小木桥,看着游武强背着张开矩消失在黑暗之中。

## 16

游武强背着张开矩离开唐镇的第二天,区里给唐镇送来了救济粮,其中一部分是专门给麻风病人的,这部分粮食由郑马水管理。救济粮虽然少,分到粮食的人们还是感觉到了些许希望。大部分人家把救济粮藏起来,还是去四处采野菜,剥可以食用的树皮等充饥,因为等到明年春天的收成,还有漫长的时光。

分完救济粮的那天,郑马水带着一些人来到镇东头土地庙里,他对着大伙说:"有的人,总是晚上偷偷地来求土地爷,以为土地爷会给他饭吃,现在大家明白了吧,土地爷不可能帮我们的,只有毛主席才是我们的大救星。大家说,土地爷留着有甚么用?"

接着,郑马水就带头把土地公公和土地娘娘的泥塑捣毁了。

有人还提议,把土地庙外的那棵老樟树也砍了。

这棵老樟树不知道有几百上千年了,据说是第一个来唐镇开山的人种下的。让人奇怪的是,干旱了那么久,许多树木也枯干了,老樟树却还是郁郁葱葱,枝繁叶茂。但是,那些对土地心存敬畏的人,也没有觉得奇怪,在他们心目中,古樟是土地菩萨的化身。

郑马水内心已经膨胀到了极致,他已经把自己当成唐镇的土地爷了。

听了那人的建议,他大手一挥:"砍,砍!"

他自己肯定不会动手,对提建议的人说:"你砍吧。"

那人叫李火金,也许他生下来五行缺火又缺金,才给他起了这样一个名字。他本来随口一说,没有想到郑马水指令他砍。李火金内心惶恐,又不敢反抗郑马水,站在那里不知所措。郑马水吩咐一个人回去拿斧头。那人就匆匆走了。过了好大一会儿,他拿着斧头匆匆回来。郑马水拿过斧头,递给李火金,说:"去砍吧。"

李火金接过斧头,双手微微发抖。

郑马水冷笑一声,说:"怕了?"

李火金的脊背冰凉,额头上也冒出了冷汗,吞吞吐吐地说:"不、不怕。"

郑马水笑了,说:"那就快动手吧。"

那些看热闹的人也笑了:"快动手吧。"

听说要砍古樟树,很多人闻风而来,他们远远地站着围观,尽管很多人心里都不赞成砍树,可是没有一个人敢站出来制止。

太阳被一朵巨大的乌云遮住了。

大地阴暗下来。

李火金壮着胆子走近了古樟树。郑马水见他要砍树了,往稍远处站了站。古樟的根部隆起,树干要三四个人才能抱得过来。他一个人要砍掉这棵古樟,需要多长时间,需要多少气力,对于饥肠辘辘的他,绝非容易之事。最重要的是,砍这棵一直被视为神树的古樟,会有什么后果?

郑马水大声说:"砍呀——"

李火金豁出去了,走近前,站在隆起的树根上,举起了斧头。

所有围观的人寂静下来,睁大眼睛。

第一斧砍在了古樟上,砍出了一道口子。

李火金停顿了一下,又砍下了第二斧,有了第二道口子。

此时,第一道口子上流出了暗红色的汁液,像血,围观者心惊肉跳,仿佛听到了古樟树的哀叫。

李火金咬着牙,又砍下了第三斧,这一斧砍在了第一道口子和第二道口子的中间,破碎的树皮飞溅起来,其中一块树皮飞进了李火金的眼睛。他惨叫了一声,眼睛里的血奔涌而出,他想扔掉斧头,可是,斧头把像是长在了他手掌中的皮肉里,怎么甩也甩不掉了。而且,他的手根本就不听大脑的指挥,继续挥起了斧头,砍了下去,这一斧没有砍到树干,而是砍在了他自己的小腿上。

围观者惊叫起来。

李火金惨叫着,倒了下去,眼睛里流出的血染红了他的脸和脖子,浸透了衣衫。他的小腿也裂开了一个大口子,血飞溅出来。李火金像着了魔一样,坐起来,用斧头拼命地砍着自己的双腿,顿时,血肉横飞。他竟然剁下了自己的双腿,最后,用斧头对准自己的脑门,使劲砍了下去……李火金倒在树根上,血把他的身体浸透,四处横流。他的身体抽搐了几下,就再也无法动弹了。

围观的人们惊叫着,四散而逃。

只有郑马水呆呆地站立,面无表情。

……

这个晚上,月光如银。

这是个凄清的深秋的夜晚。三癞子出了门,胡二嫂在里面关上门,说:"如果有吃的,偷偷给我带点回来。"三癞子低声说:"放心吧,好好在家等着。"自从埋葬龙冬梅后,三癞子又干起了老本行,给死人挖坑,他挖的坑方方正正,而且又深,能够让人闻到坑里散发出来的泥土湿气。三癞子现在给死人挖坑,不要钱,因为有钱也买不到粮食，他只要吃的，什么都可以，能够有东西填填肚子，就很满足了。

李火金是三癞子挖坑埋掉的。

郑马水没有让李火金的尸体留在古樟树下，而是叫了几个胆大的人，把他抬上山埋了。埋完李火金，三癞子对郑马水说："我饿得连路也走不动了，你也叫人挖个坑把我埋了吧。"郑马水说："埋你还不容易，埋完你，胡二嫂怎么办？"三癞子说："那你总得给点吃的吧，这样对胡二嫂也有个交代。"

郑马水低声说："晚上到我家来吧，对了，把王春发也给我叫来。"

三癞子会心地笑了，可是不明白为什么要叫上王春发那个花痴。他问道："叫王春发做甚？"

郑马水说："到时你就晓得了。"

月光下，唐镇一片死寂。

三癞子蹑手蹑脚地来到王春发的家门口，敲响了门。不一会儿，他听到了细碎的脚步声。门开了，三癞子看到了李秋兰，李秋兰身上有股热烘烘的女人味。三癞子吞了口唾沫，心想，王春发真他娘的好福气，拣了个宝。有了胡二嫂后，三癞子才尝到女人的滋味，就是胡二嫂那样干瘪的半老徐娘，都能够让他回味无穷，何况是像李秋兰这样的年轻漂亮女子。李秋兰说："三癞子，你有甚事？"

三癞子说："我找王春发，你赶快叫他出来吧。"

李秋兰说："等等。"

说完她回屋去了。过会儿，她又走出来说："他在睡觉，问你找他有甚么事。"

三癞子说："我找他有个鸟事，是郑马水要找他，你快去告诉他。"

李秋兰又回屋去了。又过了会儿，她重新出现在他面前，说："他问，郑委员找他甚么事？"

　　三癞子有点火，他径直走进去，来到他们的卧房。三癞子十分惊讶，他们竟然分床睡。他一把拉开盖在王春发身上的破被子，发现王春发赤身裸体，一只手还握着那玩意，脸一下滚烫起来。他说："王春发，快穿上衣服，跟我走，郑委员让我来叫你的。快点，我在门口等你。"王春发说："他叫我去干甚？"三癞子顺口说："叫你去吃肉。"说完，三癞子就走出了他的卧房，王春发卧房里浓郁的精液的腥臊味，他实在受不了。一听说吃肉，王春发马上就从床上跳起来，迅速穿好衣服，走出了家门。

　　受到刺激的三癞子脸上还滚烫滚烫的，看王春发出来，就踢了他一脚。

　　王春发说："你发癫了，踢我做甚么？"

　　三癞子没有说话，朝郑马水家走去，王春发跟在他后面。

　　他们蒙着脸，一高一矮在唐镇穿街走巷，真像是黑白无常。

　　来到郑马水家里，三癞子发现还有两三个人，他们都是郑马水的死党，平时跟在郑马水身后人五人六的。郑马水让他们围着圆桌坐下来，说："你们都是我信得过的人，把你们找来，有个事情和你们商量。"

　　三癞子有点得意，仿佛自己一下子成了唐镇的上流人物，抬起头，注视着郑马水，一本正经地说："郑委员，有甚什么吩咐，你就尽管说吧。"

　　王春发是个没心没肺的人，他不像三癞子有颗向上之心，他看着每个人面前摆着的碗筷，嘟哝道："郑委员，不是说叫我来吃肉的吗？肉呢，肉呢？"

　　郑马水笑了笑，说："春发，说实在的，肉没有，猪都死光了，哪里的肉？不过，饭倒是给你们准备了，让你们吃个饱。先让你们吃饱饭，再说事情吧。"

王春发揉了揉眼睛说："好，好，有白米饭吃，也是难得的事情。"

三癞子说："就晓得吃。"

王春发说："不吃饿死你！"

郑马水说："你们别吵了，我去把饭端出来。"

三癞子说："我去吧，我去吧。"

他站起来，屁颠屁颠地朝厨房走去。来到厨房，他闻到了米饭的香味，口水顺着嘴角流了下来，赶紧用袖子擦了擦，对正把锅里的白米饭盛到木盆里的郑马水老婆说："好香呀，好香呀。"

郑马水老婆盛完饭，笑了笑说："端出去吧。"

三癞子端着那盆香喷喷的白米饭，走到一个角落，把木盆放在地上，伸出手，抓了一把白米饭，放进裤兜里，滚烫的白米饭烫得他龇牙咧嘴。他要偷点饭回去给老婆胡二嫂吃。想了想，又抓了一把白米饭塞进裤兜里，然后慌张地把粘在手上的饭粒吃进嘴里，这才端着木盆走到厅堂。

这些人见到白米饭，就像看见了自己的命，抢着往自己的碗里盛。

郑马水说："抢甚么呀，就这么大点出息，还想跟着我干大事。"

他的话根本就起不了任何作用，抢到饭的人就开始狼吞虎咽，眼睛却还盯着木盆里的饭……很快地，那木盆里的饭就见了底。

吃完饭，郑马水老婆就把木盆和碗筷收拾下去了。

吃饱了饭的他们，眼睛放光。只有王春发在揉着眼睛，他的眼睛一天天地坏下去，因为过度的手淫。也只有他，吃饱饭后，根本就不关心郑马水要谈什么事情，一心想回家，看着老婆李秋兰的裸体手淫，今夜吃了那么多，手淫到天亮也应该还有精力。

郑马水开了口："今天把你们叫来，有要紧的事情和你们商量。

你们想想，唐镇现在为甚么死气沉沉？"

三癞子说："因为饥荒。"

郑马水说："三癞子只说对了其中一小部分，最重要的还不完全是饥荒，而是麻风病。如果没有麻风病，唐镇怎么会落到这个地步？麻风病害死人了。"

他们都点头称是。

说到麻风病，王春发满肚子怨气："我恨死那些麻风病了，要不是麻风病，我也不会守着漂亮老婆自摸，干他老母，这日子甚么时候是个头呀。"

郑马水听了他的话，眼珠子转了转："你没有和李秋兰同房？"

王春发说："好久没有了。"

他们都笑了。

三癞子说："怪不得你卧房里放两张床，原来是这样，你这不是让李秋兰守活寡吗？"

王春发说："那有甚办法，要是她有病，传给我怎么办，那我连自摸的机会也没有了。"

三癞子说："你怎么怀疑自己老婆呀？"

王春发说："我亲眼见她咬过臭虫，医生不是说过，臭虫会传染麻风病吗？"

郑马水的嘴角挂着一丝冷笑，说："好了好了，不要谈春发的那点破事了，他爱怎么样就怎么样，和我们没有关系。有一点，我要说，春发仇视麻风病人是对的，我也仇视他们，希望他们赶快死光，那样唐镇就太平了，我们就可以过上舒心的日子了，现在这种情况，把我们和麻风病人隔离在这里，就是想到外面去要饭也无法出去，难见天日呀。春发，也因为你仇视麻风病人，我才让你来的，我们应该站在一起，想办法消灭麻风病人，争取让唐镇早日太平。"

三癞子说:"郑委员,你直说了吧,要我们怎么干?"

郑马水环视了一圈他们古怪的脸,低声说:"我有个主意……"

## 17

郑马水接到区里通知,才知道游武强逃离了唐镇麻风病疫区。区里的通知并没有说游武强逃走了,而是说有人冲出几十里以外的警戒线,让郑马水查一下,是谁冲出去的,是不是麻风病人,如果是麻风病人,后果就比较严重。郑马水想到,游武强没有来领救济粮,而且他还想找游武强帮他做事的,也没有找到。他以为游武强是故意不理他,没想到他会离开唐镇。他把情况向区里汇报了,区里知道不是麻风病人,也就没有下文了。郑马水不知道,游武强把得了麻风病的张开矩带走了。郑马水考虑,游武强不在唐镇也好,要是他不和自己站在同一阵线,也许会起到搅局的作用。他正按部就班地实施和三癞子他们商定的计划。

## 18

月光如水,天在降霜,天地间,寒冷肃杀。

三条黑影来到了大宅门口。其中一个人打开了大门的锁,他们就窜了进去。不久,他们抬出来一个装着人的麻袋,放在了大门外准备好的板车上。然后,他们锁上门,拉着板车朝镇西头走去。

他们来到了五公岭。

郑马水和三癞子已经在那里候着了,还有王春发。

见他们拖着板车到来,郑马水对王春发说:"去,望风,如果有人来,装声鸟叫。"

王春发就跑下了山坡,躲在一片枯草丛中。

郑马水说:"你们出来时,没有人发现?"

其中一人说:"放心吧,郑委员。"

郑马水说:"这就好,这就好。"

三癞子往挖好的深坑里倒下了一畚箕石灰,说:"把人放下去吧。"

郑马水说:"放吧。"

两个人从板车上抬起麻袋,扔进了深坑。

那麻袋里的人知道了怎么回事,不停地挣扎,嘴巴里发出含混不清的声音。三癞子又把一畚箕的石灰倒了下去,石灰覆盖在麻袋上面。麻袋不停地扭动。郑马水朝深坑里递话:"你挣扎也没有用,早死早超生,就算是替唐镇人积德吧。"

说完,他挥了挥手。

他们就拿起铁锹,往深坑里填土。

麻袋里的麻风病人不停地挣扎,绝望地哀号。

土渐渐地埋没了麻袋,埋土的人也气喘吁吁。

突然,麻袋里的麻风病人挣脱了麻袋,直直地在坑里站起来,号叫道:"你们丧尽天良哪——"

郑马水赶紧找了块大石头,朝麻风病人狠狠地砸下去。

麻风病人倒在坑里,浑身抽搐。

郑马水说:"快,用石砸。"

他们纷纷从四周找到石头,砸到坑里。

不一会儿,麻风病人就再也动不了了。

他们继续埋土,直到把坑填满。

埋完人后,郑马水说:"你们以后要把麻袋扎紧点,不要再让人从麻袋里钻出来,太可怕了,要是麻风病人爬上来咬我们一口,被埋的就是我们自己了。为了我们多活几年,你们活儿一定要做好一点。明白了吗!"

那些人都说:"郑委员说得对,活儿要做好一点。"

王春发躲在草丛里,嘟哝了声:"憋死了。"然后就掏出裆下的那截东西,用手紧紧地握着,撸了起来。他不敢叫出声来,怕被郑马水发现,把他也活埋了。

## 19

三癞子每天下午就独自一人,溜出唐镇,独自来到五公岭,在那里挖坑。奇怪的是,他挖坟坑时,手腕什么事情都没有,他自己都觉得不可思议。此时的他,已经不是那个穿长衫的画师了,也不是当画师前的三癞子了。从前的三癞子,卑微,有点善良,没有欲望;当画师时的三癞子,觉得自己变成了唐镇的上等人,但是不会作恶;现在的三癞子,为了从麻风病人嘴巴里抢走一份口粮,变成了罪恶的帮凶。

每次活埋一个麻风病人,郑马水就拿出一个麻风病人的口粮分给他们。

这使他们在邪恶的道路上狂奔。

一天不埋人,他们就像热锅上的蚂蚁。

就连花痴王春发,要是一天不在五公岭的草丛里手淫,就会觉得烦躁不安。

刚刚开始时,他们每天活埋一个麻风病人,过了几天,觉得不过瘾,一不做二不休,干脆一天埋掉两个麻风病人。

他们先是在夜晚干那罪恶勾当,没有多久,他们竟然在白昼干那伤天害理的事情。

起初,他们在夜里走进大宅,叫出一个麻风病人,告诉他,要带他到另外一个地方去治疗,当那麻风病人走到院子里时,就用麻袋把他装起来,扔到门口的板车上,拉到五公岭活埋。

后来，换成白天了，有人走进大宅，带走两个麻风病人，直接把他们带到五公岭，用铁锹把他们打晕，然后推到深坑里埋掉。有的麻风病人会问："为什么每次就带一两个人去别处治病呀？"他们就会说："那里医生少，忙不过来，只能一两个人先治。"也有麻风病人问："为什么他们去了后就不回来了呀？"他们眼睛里就会出现邪恶的笑意，说："如果说，你的病通过治疗，好转了，你还想回到这个鬼地方来吗？"麻风病人听了这话，非但觉得有道理，还充满了希望，抢着要先去治病。他们就会这样说："别急，别急，放心吧，你们都有份的，我们不会放弃你们中的任何一个人。"

麻风病人们都盼望早日被他们带走。

让人更加惊骇的事情发生了。

有一个叫丘林林的老人，老伴饿死了，讨不上老婆的痴呆儿子得了麻风病。丘老头心疼儿子，怕他到大宅里遭罪，就隐瞒了真相，把儿子藏在无谷可装的空谷仓里。有一天，丘老头出去挑水，回家发现痴呆儿子不见了。

痴呆人麻风病已经到了晚期，整个人都变了形，额头上鼓起的包块溃烂，流着脓血，脸和鼻子以及嘴唇还有下巴，都长满了包块，都溃烂了，流着脓血。这天中午，他发现谷仓门没有上锁，就爬了出去，颤巍巍地走出了家门。他一瘸一拐地在唐镇穿街走巷，没有人知道他就是丘老头的儿子，人们都以为他是大宅里的麻风病人出来走动，躲避着他。他闻到了米饭的香味，便一路找循着香味来到了郑马水的家门口。郑马水的家门紧闭，那时，三癞子他们花了一个上午的时间，埋掉了两个麻风病人，正在郑马水家吃饭。痴呆人饥肠辘辘，闻着米饭香，心里焦急，他也不会考虑什么问题，也没有把自己当麻风病人，就敲起门来。

郑马水一听到激烈的敲门声，心里有鬼，惶恐不安，马上让他们端着饭碗躲到房间里去，要是区里来人，发现他们还有饭吃，一定会追究什么的。更重要的是，如果区里知道了活埋麻风病人的事情后，后果不堪设想。

他们藏好后，郑马水才故作镇静地打开了大门。

门一开，痴呆人就扑进屋，在屋里寻找着什么。

郑马水看到是个麻风病人，顿时气急败坏，大声呵斥："滚出去，滚出去——"

痴呆人嘴角流着黄色的黏液，朝他笑了笑说："我要吃饭，我要吃饭。"

郑马水被他挤成一团的笑脸恶心得胃部翻江倒海，他气坏了，连声叫道："三癞子，你们出来——"

他们从房间里蜂拥而出。

郑马水指着浑然无知的痴呆人说："赶快用麻袋把这脏东西装起来，送到五公岭埋了。"

他们利索地把痴呆人装进了麻袋，扔到门口的板车上，推到了五公岭。

正午的唐镇，冷冷清清的，没有人看到他们拉着板车走出唐镇。

正午的五公岭，阳光也变得阴郁，枯草荒芜，鬼气逼人。

五公岭的一个低洼处，挖好了好几个深坑，那是三癞子的杰作。

他们把装着痴呆人的麻袋扔进一个深坑时，痴呆人在麻袋里说："这是甚么地方呀，好黑，爹，我怕。"

这口气，不像是大宅里的麻风病人，他们中常去大宅的一个人听出了端倪。他对郑马水说："我好像没有见过这个麻风病人。"

郑马水说："我也觉得奇怪，这个人好像大脑有病。"

三癞子突然说："他说话的样子好像是丘林林的儿子，那个大傻瓜。"

王春发也说："好像是的。"

郑马水对着深坑说："你告诉我，你是谁，我给你白米饭吃。"

痴呆人说："爹，我要吃白米饭，我要吃白米饭，你不要再把我关在谷仓里了，我很怕黑的——"

郑马水说："我不是你爹，只要你告诉我，你是谁，我就带你去找你爹，让他不要把你关在谷仓里了，还让你爹烧饭给你吃。"

痴呆人说："你骗人，你骗人。"

郑马水说："我不骗你，真的不骗你，只要你说你是谁，我马上带你去找你爹，你肯定可以吃上香喷喷的白米饭的。"

痴呆人说："你真傻，连我爹叫丘林林都不晓得。"

他说完，还嘻嘻笑将起来。

他的笑声让在场的人心里发寒。

郑马水说："这个死老头，儿子得了麻风病也不汇报，还把他藏在谷仓里，要不是他自己跑出来，全镇人都会被他害死，三癞子，你去把丘林林找来。"三癞子说："找他来干甚么？"郑马水说："叫你去找就去找，哪么么多屁话。"三癞子只好匆匆而去。

三癞子走后，郑马水吩咐王春发去望风。

然后对其他三个人说："把这个傻子埋了吧。"

痴呆人还在坑里说："你这个人说话不算数的，怎么不带我去找我爹，我要吃白米饭。"

郑马水骂了声："到地狱里去吃吧！"

直到把坑填平，他们仿佛还听到痴呆人说："我要吃白米饭，我要吃白米饭——"

……

三癞子还没有进入唐镇，就看到了惊慌失措的丘林林从镇子里跑出来。他看见三癞子，赶紧跑到他面前，说："三癞子，你看见我儿子了吗？"三癞子想，我要去找你，你自己却送上门来了。三癞子正愁怎么才能把他骗上五公岭，马上就说："啊，你儿子呀，刚才我在五公岭还看到他了，他在草丛里捉蝴蝶呢。要不要我带你去?"因为不见了儿子,丘老头也忘了儿子是麻风病人,他说:"好心的三癞子,你快带我去吧。"三癞子表面上十分热情地给他领路,心里却说:"等你到了地方,那傻瓜已经被埋掉了。"

他们刚刚踏上五公岭,就听到了低沉的喘息。

他们看到王春发躺在草丛里自摸。

三癞子说:"王春发,小心老鹰把你的鸡巴叼走了。"

王春发正起劲着呢,根本就无视三癞子。

丘老头说:"不要理这个花痴,赶快带我去找儿子。"

三癞子把丘老头领到了那个低洼地,发现他们真的把痴呆人埋了。

丘老头十分诧异,郑马水他们怎么也在这里,而且根本就没有儿子的踪影。他问三癞子:"我儿子呢?我儿子呢?"

三癞子说:"你问郑委员吧。"

丘老头看到郑马水的眼睛里充满了杀气,又看了看他们跟前那个新坟包,突然记起自己的儿子是个麻风病人,而且似乎明白了什么。他喃喃地说:"你们把我儿子怎么了?把我儿子怎么了?"

郑马水没有掩饰什么,直截了当地说:"我们把你儿子埋了。"

丘老头瞪着郑马水说:"你说甚么?"

郑马水说:"我们把你的麻风病儿子埋了。"

丘老头哀号了一声,朝郑马水扑了过去,嘴巴里吐出愤怒的话语:"你这个杀人犯,杀人犯,我和你拼了这条老命——"

郑马水躲闪开来,丘老头用力过猛,一个趔趄,扑倒在草丛里。

郑马水说:"干你老母,你好大胆,竟然把得麻风病的儿子藏在家里。"

丘老头爬起来,吐出嘴巴里的枯草,骂道:"杀人犯,杀人犯——"

郑马水冷冷地说:"把这个老东西埋了吧,他和傻瓜儿子在一起那么长时间，说不定他已经染上麻风病了，要不把他埋掉，说不定会传染多少人。不能留他了，快把他埋了吧，埋了吧——"

那几个人就把丘老头扔进了深坑。

丘老头扑倒在深坑里，他们就开始往深坑里填土。丘老头爬起来，抬起头，阳光晃着他昏花的老眼，纷纷落下的泥土迷住了他的双眼，他拼命地用手挡着落下的泥土，边说："你们不得好死呀，不得好死呀——"

泥土快埋到他胸口时，他的声音微弱起来："求求你们，把我和儿子埋在一起，求求你们，把我和儿子埋在一起……他、他可怜哪，让我到黄泉路上也能陪着他，照顾他，他可怜哪……求求你们，把我和儿子埋在一起……"

泥土淹没了他的头，他再也喊不出来了。

他高高举起的双手，瘦骨嶙峋，长满了老人斑，那手还在抽搐。

泥土很快就填满了深坑，阳光下，仿佛还有两只瘦骨嶙峋长满老人斑的手，枯枝般从新鲜的黄土中伸出，在无声无息地呐喊，在哀求："把我和儿子埋在一起吧，把我和儿子埋在一起吧——"

还有另外一种声音："我要吃白米饭，我要吃白米饭——"

这对悲惨而又苦难的父子的喊叫声交织在一起，成了那个悲情而又邪恶年代的绝唱。

## 20

那个深秋某日的午后，阳光炫目，五公岭上，郑马水他们在埋人。

王春发依旧在草丛里望风。

他把一根草茎叼在嘴上，百无聊赖地望着远处的唐镇和通向唐镇的道路，一个人都没有，他嘟哝道："郑马水是个神经病，人都快死光了，谁会来五公岭，我像个傻瓜一样守在这里，有个屁用。"

他面朝天空，四仰八叉地躺在草丛里。

一丝风都没有，阳光有些暖意，王春发觉得惬意。

不一会儿，他脑海里就浮现出李秋兰的奶子，然后是屁股，再然后是私处……他裤裆里的那截古怪玩意渐渐地坚挺起来，于是，他迫不及待地解开裤带，让那古怪玩意暴露在阳光之中，伸出了手，紧紧地握住……他闭上眼睛，喘息如牛，他想喊叫，终究没有喊出来，他的确怕郑马水他们把他也活埋了，他们想活埋一个人像喝口凉水那么容易。

可他最后还是喊出来了，不是因为自摸的快感，而是因为恐惧。

自摸完后，他把满是精液的手放在枯草上擦了擦，提上了裤子。

系好裤带后，他才睁开了眼睛。

那时他觉得口干舌燥，每次自摸完，都会口干舌燥。他想去埋人的现场，那里有三癞子带来的装在竹筒里的清水。可是，他睁开眼后，发现自己什么也看不见了。阳光，枯草，远处的山峦……一切都看不见了，他的眼前黑漆漆一片。

王春发使劲地揉了揉眼睛，努力地睁大眼睛，眼珠子突兀出来，还是什么也看不见。

想起了郑雨山对他说过的一句话："你肾虚得非常厉害，精血亏空，不好好调养身体，迟早瞎了眼睛。"

王春发的额头冒出了冷汗。

他的眼睛瞎了，真的瞎了。

他感到从未有过的恐惧，终于大吼起来："我眼睛瞎了，我眼睛瞎了——"

郑马水他们刚刚埋好人，就听到了王春发的吼叫。

他们来到王春发的面前。

王春发的双手伸出来，摸到了郑马水的衣服，他警觉地说："你是谁？"

郑马水说："干你老母，你连老子都看不见了？"

王春发焦虑地说："看不见了，甚么也看不见了，我完了，完了——"

三癞子说："王春发，你不会是装的吧，是不是不想干了？"

王春发的话里充满了哭音："我怎么可能是装的呢，怎么可能呢；我怎么可能不干了呢，不干了我吃甚？我舍不得这碗饭呀，舍不得呀——"

郑马水说："看样子不像装的，他的眼睛真的瞎了。"

三癞子说："那怎么办？他眼睛瞎了，就成废人了，没有用处了。"

郑马水盯着王春发，思考状。

郑马水的手下瓮声瓮气地说："留着他也没甚用，干脆把他也埋了，省得日后他把事情说出去。"

三癞子说："这样不太好吧。"

王春发听到有人说要把他埋了，吓得浑身颤抖，牙关打战："不，不，不要埋我，不要埋我，我甚么都不会说的，甚么都不会说的。郑委员，你不能埋我，不能埋我呀，我还有老母——"

郑马水冷冷地说："天下人都晓得你是个不孝子，你还谈甚么老母？"

王春发跪了下来，抱住郑马水的腿，泪流满面，号叫道："郑委员，你不能埋我，我甚么也不会说，不能埋我呀，饶了我一条狗命吧——"

郑马水叹了口去说："算了，不埋你了，好歹你和我们干了一场，不能卸磨杀驴，老子不是那种无情无义的人，起来吧，你跪我作甚，老子又不是土地菩萨。"

王春发听完郑马水的话，松开了抱住他大腿的手，在地上不停

183

地磕头:"郑委员,你就是土地菩萨,就是土地菩萨——"

郑马水对那三个手下说:"把他送回家吧。"

说完,郑马水背着手,朝唐镇方向走去。

三癞子跟在他后面。

……

王春发的眼睛瞎了。戴梅珍好像十分高兴,说些风凉话:"王春发,你也有今天,现世报了吧,我看你以后还怎么折腾。"戴梅珍的冷言冷语刀子般剐着王春发的心,他躺在眠床上,恨得咬牙切齿,又什么话也说不出来。他想,这样下去,还不如让郑马水把自己活埋了。

李秋兰对戴梅珍说:"婆婆,你不能这样说,无论如何,他也是你儿子。"

戴梅珍说:"就算我没有生过这个儿子,他还是人吗?我们被他折磨得还不够吗?"

李秋兰无语,出门去了。

她去找郑雨山。

李秋兰把郑雨山领到了家里。郑雨山给王春发把了脉,开了几服草药。他对王春发说:"你要安心休养,暂时不要有房事,不能劳神,吃完这几服药,再看看。"王春发不吭气,就是眼睛瞎了,他还是继续自摸,仿佛这就是他的全部人生。李秋兰把郑雨山送出家门,说:"郑郎中,你看春发的眼睛能好吗?"郑雨山说:"我也不能打包票,治治再说吧。"李秋兰心里特别不好受。

过了几天,王春发开始莫名其妙地发火。

他不是怒骂戴梅珍,就是朝李秋兰耍赖。

戴梅珍还是用风言风语刺激他。

李秋兰还是忍辱负重。

这天晚上,李秋兰端了一碗野菜汤来到王春发床前。王春发睁着什么也看不见的眼睛，死鱼般躺在眠床上。李秋兰说："春发，起来吃点东西吧。"王春发说："不想吃。"李秋兰："不吃会饿坏身体的，赶紧起来吃吧。"王春发怪笑了一声，说："身体，身体，嘿嘿，我的身体早就坏了，坏透了，我现在是生不如死呀。"

李秋兰心想："我才是生不如死呀。"

她说："快起来吃吧，郑郎中说了，你只要安心休养，坚持吃药，会好起来的。"

王春发说："他说过我的眼睛还能够看得见东西？"

李秋兰为了安慰他，只好说："会看得见的，只要你听我的话。"

王春发坐起，说："那我要吃饭了，我要吃饭了。"

李秋兰说："我喂你吧。"

王春发说："你真以为我是个废人？别人说我是废人，连你也认为我是废人？"

李秋兰说："没有，我没有认为你是废人。"

王春发说："那你还说要喂我。"

李秋兰知道他的脾气古怪，只能顺着他来，说："好吧，不喂你了，你自己吃吧。"

王春发接过那碗野菜汤，喝了一口。

刚刚喝进去，他就把那口野菜汤喷了出来。

李秋兰说："别急，别急，慢慢吃。"

王春发突然大吼一声："我要吃米饭——"

然后他把那装着野菜汤的碗朝李秋兰砸了过来。李秋兰躲闪不及，碗砸在了她额头上，顿时血流了出来。碗落在地上，碎了。李秋兰用手捂住了额头，浑身发抖。王春发还在吼叫："我要吃米饭，我要吃米饭——"李秋兰强忍住内心的悲愤，说："家里没有米了，都吃光了，你要我到哪里去给你弄米饭？"

王春发说："你、你去找郑马水，他家有米饭，快去，快去——"

李秋兰说:"我怎么能去他家讨饭?"

王春发疯狂地说:"我让你去你就去,还不赶快去,去晚了就没有了。今天晚上我要吃不到米饭,你就去死,就去死——"

李秋兰默默地走出了卧房。

戴梅珍在门口听着他们说话。李秋兰出来,戴梅珍发现她额头上流着血,心疼地说:"赶快,赶快止血。"她去拿来了一种叫金狗子毛的草药,敷在了她的额头上,然后用布条包扎上。戴梅珍说:"他不是人哪,怎么下得了手,我前生前世造了孽了呀,生了这么一个畜生。"

李秋兰哽咽着说:"婆婆,没事的,没事的,他眼睛不好,心烦。"

戴梅珍说:"到哪里去找这样的好媳妇呀,就是这样了,还替他说话。"

这时,王春发在房里吼:"烂狗嫲,还不快去郑马水家要饭,去晚了就吃光了,狗屎都没有了,我今天晚上要吃不到米饭,你就去死,去死——"

戴梅珍说:"不要理他,不要理他,让他自己去死,我们再也不要理他了,就让他死了吧,死了干净。"

李秋兰什么也没有说,拿了一个碗,出了家门。

她真的来到了郑马水的家门口。

她也真实地在郑马水的家门口闻到了米香。

站在郑马水家门口,李秋兰迟疑了会儿,伸出手敲门。郑马水在里面说:"谁呀?"李秋兰说:"郑委员,是我,李秋兰。"郑马水一听到李秋兰的声音,赶快开了门,把她迎了进去。郑马水把门关上,说:"秋兰,你怎么来了?"李秋兰看到厅堂里,他们一家老小在吃饭。她说:"郑委员,你行行好,给我一点饭吧。"郑马水说:"你看,现在困难时期,谁家有米呀,我们把救济粮省下来,晚上好不容易熬了点米粥,你就来了。"李秋兰哀求道:"郑委员,你就给点米粥吧,王春发要是吃不上饭,他会要我的命的。"郑马水说:"他敢,我活埋了他。"李秋兰说:"他的确很可怜。"

这时,郑马水看到了她额头上的伤,说:"是他打的?"

李秋兰点了点头。

郑马水吸了口气,说:"哎哟,这个浑蛋,还真下得了手哇,这么漂亮的老婆也舍得打,我看他真的不想活了。"

李秋兰说:"郑委员,你行行好。"

郑马水说:"唉,看你这样,我也不好拒绝了,碗给我吧,我去给你舀点粥。"

李秋兰把碗递给他说:"郑委员,你真是大好人哪。"

郑马水说:"我不是甚么好人,我是心疼你,明白吗?"

李秋兰无语。

过了会儿,郑马水端着半碗米粥,来到李秋兰面前,说:"就剩这些了,你自己吃点吧,留一口给那浑蛋就好了。对了,出去时,小心点,别让人看见了。"

李秋兰点了点头。

郑马水把她送出了门。

李秋兰刚刚走出几步,郑马水就叫住了她。李秋兰停住了脚步。郑马水跑过去,在她耳边悄悄地说了些什么。李秋兰说:"这——"郑马水又在她耳边说了些什么。李秋兰低下头,走了。郑马水笑了笑,说:"一朵鲜花插在牛粪上,可惜哪!不过,嘿嘿——"

## 21

夜深人静。

一个黑影鬼魅般来到了王春发的家门口。此人伸出手,轻轻地推了一下门,门是虚掩的。他心里一阵窃喜,轻手轻脚地把门推开一条缝,他的身体挤了进去。然后,他又轻轻把门关上,闩上门闩。他摸到了王春发的卧房门口,推了一下,也发现门是虚掩的。他蹑手蹑脚地进了房,听到了王春发的呼噜声。他轻声说:"秋兰,秋兰,我来了——"

李秋兰咳嗽了声,从咳嗽声中,可以感觉到她十分紧张。

咳嗽声是种指示,李秋兰在告诉那人自己所处的位置。

那人朝李秋兰床上摸去,钻进了她的被窝。

李秋兰急促地说:"郑委员,不行,不行——"

郑马水低声说:"别装了,不行你给老子留甚么门。放心吧,只要你跟了我,米饭有你吃的,也不会让春发他们饿着。来吧,来吧,我早就对你……"

郑马水在黑暗中脱衣服,脱完衣服,他就抱住了李秋兰温软的身体。

李秋兰默默地流着泪,任他疯狂蹂躏。

郑马水气喘如牛。

李秋兰哽咽着说:"你小声点,小声点,求求你了——"

郑马水说:"怕甚么,就是让春发听到,又能怎么样,他敢啰唆,老子把他活埋了,放着这么好的女人不用,还老自摸,都把自己摸瞎了,活该!"

李秋兰不说话了。

王春发醒了,准确地说,是被郑马水粗鲁的声音吵醒了。

他说:"秋兰,你在干什么?"

李秋兰心里哀叫道:"完了。"

郑马水说:"王春发,给老子闭嘴,不老实的话,活埋了你。"

王春发明白了什么,不敢吭气了。

郑马水的声音越来越大。

王春发在另外一张床上也叫唤起来。

郑马水说:"王春发,你给老子闭嘴。"

王春发说:"我忍不住了,忍不住了——"

郑马水说:"没用的东西!"

……

郑马水摸摸索索走到大门边,正要开门离开,突然,黑暗的厅堂里传来一阵大笑,郑马水心里一抖,怔在那里。缓过神来,他知道这是戴梅珍的笑声,心里恶骂道:"老不死的!"然后打开门,扬长而去。

戴梅珍笑得上气不接下气,撕心裂肺地说:"鬼哇,都是鬼哇——"

李秋兰哭出了声。

戴梅珍还在说:"鬼哇,都是鬼哇——"

说着,她一头朝厅堂里的柱子上撞了过去。

李秋兰听到沉重的撞击声,就再也听不到戴梅珍的声音了。她心里悲哀地惨叫了声:"完了——"

李秋兰点着油灯,走出房间,看到戴梅珍躺在血泊之中,已经断了气。

她手中的玻璃油灯落在地上,碎了。

早晨,有人看到李秋兰的尸体挂在河边的那棵老乌桕树上。许多死鬼鸟在黑乎乎的枝丫上悲声鸣叫。淡淡的晨雾漫过来,又漫过去,无边无际的哀伤在清晨凄冷的风中弥漫……

## 22

冬季来临的时候,大宅里的麻风病人减少了一半。还是有麻风病人不断地被活埋,也有正常人不断地饿死。就在这个时候,游武强又出现在了唐镇。没有人知道他去了哪里,只知道他挑回来了两箩筐叫雷公藤的草药。

他是在一个寒风瑟瑟的夜晚悄悄回到唐镇的。

他从西面的山路走来,穿过山下那片田野,快靠近唐溪上的小木桥时,身后传来了声音,仿佛有人在喊他的名字。按唐镇人的说法,走夜路最好不要回头,特别觉得有人叫唤你名字的时候。游武强是个走惯夜路,胆大包天之人。他回过头,喝了声:"谁——"没有人回答他,只有一阵寒风扑面而来。他朝地上吐了口唾沫,骂了声:"干他老母。"就在这时,耳边飘过来一个声音:"武强,我们冤呀——"游武强说:"你是谁?你躲在哪里?给老子出来。"

黑暗中,声音又随风飘过来:"我是丘林林哪,我在五公岭——"

游武强心里一惊,他走前,还碰到过丘林林那老头的,怎么跑五公岭了,难道他也饿死了?他心里明白,丘林林已经不是活人了。

他朝五公岭方向望去,黑漆漆一片,什么也看不到。

他只是感觉到,五公岭方向有许多魂魄在游荡,在凄惨地喊叫、呜咽。

他沙哑着嗓子说:"丘林林,你还在吗?"

又一阵风刮过来,却再听不到丘林林的声音了。游武强想,如果丘林林死了,一定死得蹊跷,他要弄个明白。于是,他朝五公岭方向大声说:"丘林林,你放心吧,你要是有仇,我给你报仇;你要是有冤,我给你报冤——"

进入唐镇后,他没有回家,而是直接挑着东西来到了郑雨山家。

郑雨山打开家门,看到游武强,十分吃惊:"武强,你、你怎么回来了?"

游武强笑了笑,说:"回来了,哈哈,我还担心你会不会死了呢。"

郑雨山说:"我死不了,缓过来了。快进屋吧,外面冷。"

游武强进了屋,把那两箩筐雷公藤放在了厅堂里。

郑雨山说:"你弄那么多雷公藤回来干甚么?"

游武强说:"先别问那么多,先给我弄点水喝吧,渴死了。"

郑雨山给他倒了杯热水,递给他。游武强喝了口,说:"烫,不过瘾,还是给我弄碗凉水吧。"郑雨山说:"这么冷的天,喝凉水,坏肚子。"游武强说:"没那么多讲究,快去吧。"郑雨山到厨房,在水缸里舀了一碗凉水,拿出来递给他。他接过那碗水,一口气喝完,说:"过瘾,过瘾。"郑雨山看着他,感慨地说:"你走后,镇上有人说,你被警戒线上的民兵打死了,让人听了心里很不是滋味。"

游武强笑了笑说:"能打死我的人还在他娘的肚子里转筋呢,现在还没有人能够打死我。"

郑雨山说:"开矩怎么样了?"

游武强说:"正要和你说这个事情呢,他很好,你放心吧。"

郑雨山的眼睛里透出亮光:"难道找到治疗麻风病人的方法了?"

游武强点了点头,指着箩筐里的雷公藤说:"就是这东西,对麻风病有效果,所以,我才回来。"

郑雨山惊讶地说:"真的?"

游武强说:"真的!"

郑雨山突然哽咽起来,泪流满面。

他喃喃地说:"冬梅,你要活着,该有多高兴哪——"

## 23

三癞子照旧一大早起来,穿过冷冷清清的小街,朝镇西头走去。他不知道游武强回到了唐镇。他来到五公岭，找到了那个偏僻之地，此地挖好了好几个深坑。三癞子还是继续挖坑。三癞子真是挖坑的老手，约莫一个时辰，他就挖好了一个坑。挖好这个坑后，三癞子就坐在草丛里休息。他望了望东边天际的太阳，自言自语道："他们怎么还没来？"

过了好大一会儿，三癞子看到了郑马水。

郑马水走近前，对三癞子说："听说游武强回来了，你晓得吗？"

三癞子说："我不晓得，他回不回来，和我有甚么关系。"

郑马水说："我怕他坏了我们的事情，今天做完这两个人，我们停段时间吧。"

三癞子说："你是区里干部，怕他做甚，他要是敢和你作对，把他也活埋了。"

郑马水说："还是要小心点，上头要是知道我们干这样的事情，会抓我们去枪毙的。"

三癞子轻描淡写地说："没那么严重吧，我们可是在为唐镇做好事。"

郑马水不耐烦地挥了挥手，说："好了好了，别啰唆，我说了算，做完今天这两个人，明天开始先停停，等我做好游武强那小子的工作再说。"

三癞子说："他们怎么还不来？"

郑马水说："等等吧，应该很快就来了，我让他们小心点，不要被游武强发现了，现在我还真有点怕这个家伙。"

三癞子说："其实我也怕他。"

郑马水说："如果他能够和我们站在一条线上，那做起事情来，就方便多了。"

三癞子说："你待他不薄，还把画店给他住，他心里不晓得有多感激你呢，你好好拉拢拉拢他，他会下水的。"

郑马水嘴巴里呵出口凉气，说："试试吧，不过，在没有说服他之前，我们还是要小心，小心驶得万年船呀。"

又过了一袋烟工夫，他们看到四个人走上了五公岭。

前面两人是郑马水的心腹，后面两个是麻风病人。

两个心腹把麻风病人带到了郑马水面前，麻风病人看到了那些挖好的深坑，和深坑旁边装满石灰的畚箕，仿佛明白了什么，面面相觑。

郑马水笑了笑说："把你们请来，是为了你们好。"

麻风病人看着他，他们看不清郑马水的脸，只能看到他眼睛里透出的邪恶。

郑马水又说："你们看看，坑里有甚么，你们不是想要治好病吗，坑里有你们需要的东西。"

两个麻风病人怀疑，迟迟不迈开脚。

三癞子说："你们是外地人吧，不晓得我们郑委员的菩萨心肠。他真的为你们好，给你们挖好了治病的坑，坑里有你们需要的东西，过去看看就晓得了。"

郑马水笑出了声："你们怀疑我甚么，以为我要活埋你们吗？也不看看是谁领导的天下，我能干那样伤天害理的事情吗？"

两个麻风病人这才走到了深坑前面。

他们看到深坑里什么也没有，就知道上当了。

郑马水说："你们还等甚么，还不赶快动手。"

一个心腹操起铁锹，朝一个麻风病人头上劈过去，这个麻风病人还没有叫出声来，就跌落到深坑里。

另外一个心腹也抄起铁锹，朝另外一个麻风病人的头上劈了下去，这个麻风病人也跌落深坑。

他们怪笑着，开始填土。

两个麻风病人挣扎着要往上爬，却怎么也爬不上来，泥土渐渐地埋没他们，他们绝望的号叫无济于事。

他们"吭哧""吭哧"填土时，又有一个人跑过来，这个人是郑马水三个心腹中的一个。他走到郑马水面前说："郑委员，没事，游武强一直待在家里，没有出门，也没有发现我们。"郑马水说："这样就好，快去帮他们埋人，埋完了回去，我给你们吃白米饭。"

他们很快就把两个麻风病人活埋了。

……

他们的身影消失在唐镇后，一个麻风病人从枯草丛中站起来。他颤抖着走到那个新坟包面前，瑟瑟发抖，喃喃地说："这就是治病，这就是治病——"这个麻风病人也希望能够早日治好自己的病，看郑马水的心腹把那两个麻风病人带走后，就一路躲躲闪闪跟着上了五公岭，埋伏在草丛里，看着发生的一切。他十分庆幸自己没有被他们发现，也没有在此之前被他们带走，否则，自己就在泥土底下长眠了。惊魂未定的他，跌跌撞撞地走下了五公岭，朝唐镇方向走去。

## 24

游武强要去探寻丘林林的死因。

他找了些平常和丘林林比较亲近的人，问情况。那些人都不知道丘林林父子到哪里去了。这让游武强十分纳闷，两个大活人平白无故消失了，竟然没有人知晓。这里面一定有什么玄机。

他来到了丘林林的家门口，铁将军把门。

游武强想，丘林林的家门是谁锁的？如果是丘林林自己锁的，那么证明他们没有死在家里，如果是别人锁的，那就难说了。要是他们父子饿死在家里，是不会有人在外面锁门的，也许他们到附近的山上找野菜去了，死在了山上？

游武强心里有许多疑问。

他决定进丘林林家里看看，看是否能发现什么蛛丝马迹。

游武强撬开了门锁。

他走进丘林林的家，一股腐烂的霉臭味扑面而来。

游武强皱了皱眉头。

丘林林家徒四壁，像个坟墓。

游武强什么线索也没有找到，就离开了。

他刚刚走出丘林林的家门，就听到小街上传来嘈杂的声音。发生什么事情了，唐镇很长时间没有如此喧闹了。游武强怀着强烈的好奇心，朝小街上奔跑过去。

游武强站在街上，惊呆了。

他看到了暴怒的麻风病人蜂拥而来。

他们抬着粪桶，把粪桶里的屎尿泼在小镇人家的家门上，那是他们自己的粪便。

麻风病人们怒吼着，那本来就丑陋的样子变得更加狰狞。

游武强不清楚发生了什么事情。

有家人的门开了一条缝，有个人探出头想看个究竟，不料被麻风病人冲进去，拖到了街上。麻风病人们纷纷朝他头脸上吐唾沫，那些带着脓血的唾沫覆盖了他的头脸，他疯狂地挣扎，绝望地号叫。

一个麻风病人扑上去，死死抱住他，在他的脖子上咬了一口。

麻风病人们纷纷效仿咬人的麻风病人，上去咬那个健康人。

面对疯狂的麻风病人，那个健康人浑身抽搐，倒在地上，昏死过去。麻风病人从他的身体上踩过去，他们号叫着，朝游武强涌过来。

唐镇所有人家都紧闭家门，再不敢打开家门，不敢出门制止麻风病人的疯狂行动。

游武强看到的是一群怪兽，失去了理智的癫狂怪兽。

如果被他们抓住，后果不堪设想。

没有等到他们扑过来，游武强转身就跑。

麻风病人都在喊："抓住他，抓住他——"

游武强跑得飞快，远远地把他们甩在了身后。他来到了郑雨山家门口，使劲敲门："雨山，快开门，快开门。"

郑雨山打开门，说："怎么啦，怎么啦？"

游武强冲进去，赶快把门关上，上气不接下气地说："不好了，那些麻风病人疯了，他们、他们——"

郑雨山说："发生甚么事情了？"

游武强说："麻风病人造反了，在街上往人家门上泼粪，抓住人乱咬，那个被咬的人不晓得死了没有。"

郑雨山说："啊，怎么会这样？"

游武强说："我也不晓得。"

郑雨山说："我出去看看。"

游武强抱住他："你千万不能出去，我看他们真的疯了，没有理智了，你出去送死呀。"

这时，麻风病人已经涌到了郑雨山的家门口。郑雨山听到麻风病人的喧嚣，也闻到了粪便的恶臭。奇怪的是，麻风病人没有往郑雨山的门上泼粪，郑雨山左邻右舍都不能幸免。游武强说："千万不能出去，我们上房顶去看看。"他们把梯子架在天井上，先后爬上了房顶。他们趴在房顶上，可以清楚地看到街上发生的一切，也可以听到麻风病人的号叫。

麻风病人们走到了胡二嫂小食店的门口。

麻风病人们拼命地砸门，叫嚣："三癞子，你这个杀人犯，滚出来，滚出来——"

胡二嫂吓得瘫倒在地上，不知所措。

麻风病人砸完门，见里面没有动静，就开始往胡二嫂的家门上泼粪。奇臭无比的粪便顺着门缝流了进去，胡二嫂惊声呼叫："救命呀，救命呀——"

麻风病人说："你们要我们的命，我们也要你们的命，你们不把我们当人，我们也不把你们当人。赶快让三癞子滚出来——"

胡二嫂战战兢兢地说："三癞子，他、他不在家。"

麻风病人说："告诉我们，他在哪里，我们要找他算账，以命还命，以牙还牙。"

胡二嫂巴不得这些麻风病人赶快离开，就说："他、他在郑马水家。"

麻风病人吼叫道："走，我们到郑马水家里去，郑马水也是杀人凶手，找他们一块算账去——"

他们呼啸着，朝郑马水家涌去。

郑雨山心惊肉跳，喃喃地说："乱了，乱了——"

游武强说："不能这样继续下去了，我们要想办法呀。"

郑雨山说："可是，可是我们不晓得发生了甚么事情。"

……

麻风病人堵在郑马水家门口。他们在那里叫骂着，往郑马水家门上大桶大桶地倒粪便，还有的麻风病人往他的屋顶扔石头。屋里不断传来女人和孩子惊恐的尖叫声。郑马水和三癞子以及那三个心腹都在屋里，他们刚刚吃完午饭，正在聊天，没有想到疯狂的麻风病人把他们堵在了屋里。郑马水比较沉得住气，他让家里的女人和孩子躲到一个厢房里去，自己和三癞子他们商量对策。三癞子如热锅上的蚂蚁，惊恐万状，不停地说："完了，完了，一定是让他们晓得了。"那三个心腹也面面相觑，内心十分恐惧。郑马水说："你们别慌，别慌，事情发生了，总得想办法解决。"三癞子说："那你赶快拿主意呀，他们要是冲进来，那就完了。"

麻风病人在门外号叫："郑马水，你们滚出来，滚出来——"

郑马水他们还听到了沉重的撞门声。

郑马水对三个心腹说："你们赶快把院子里的那几根木头顶在大门上，一定要顶住，我来想办法。"

三个心腹赶紧去抬木头顶门了。

三癞子说："郑委员，你赶快想办法呀。"

其实，郑马水也有些慌乱了，脸部肌肉不时地抽搐。

郑马水说："没有办法，只能到区里去求救了。"

三癞子说："我们出都出不去，让谁去？"

郑马水说："你不是跑得比狗还快吗，你去吧。"

三癞子说："你就饶了我吧，我怎么出你家的门哪？"

郑马水说："你赶快从后门走。"

郑马水把三癞子带到了后门，说："你赶快到区里去，找区长，就说麻风病人暴乱了，快去呀。"

郑马水打开门，一桶粪便就浇了进来，浇了他一身，散发出恶臭。他赶紧把门抵上，说："看来真的完了。"

三癞子躲着他，说："怎么办，怎么办？"

郑马水气急败坏地说："干他老母，早知如此，应该把他们一下子就全部埋掉。"

郑马水脱掉了身上的衣服，让三癞子到厨房里提了桶水出来，洗去身上的粪便，然后进房间里换上了干净的衣服。这时，一个人站在天井上面的屋顶上说："郑马水，你到底做了甚么龌龊事，惹怒了他们？"郑马水抬头一看，发现是游武强。他仿佛抓住了一根救命稻草，颤声说："武强兄弟，赶快救我。"游武强说："我怎么救你？"郑马水说："你赶快去李屋村，找区长，就说唐镇的麻风病人暴乱了，让他派民兵来镇压。"游武强冷笑了一声说："他们是暴乱吗？"郑马水说："你看他们这阵势，不是暴乱是甚么？"游武强说："你和我说实在话，为什么他们说你们是杀人犯？"郑马水的脸一阵红一阵白，不知道说什么好了。游武强说："快说呀——"郑马水说："武强兄弟，你说我对你如何？"游武强说："还不错。"郑马水说："那你就救救我们吧，等麻风病人冲进来，我们一家老小就完了。"游武强冷冷地说："你还没有回答我的问题呢。"郑马水说："老子豁出去了，明白告诉你吧，是我要把麻风病人埋掉的，我埋掉他们，是为了全镇的人民能够过上正常的日子，你看看现在的唐镇，都成人间地狱了。"游武强叹了口气，说："恶有恶报呀！"说完，他就消失在郑马水家的屋顶上。

三癞子说："游武强会去区里搬救兵吗？"

郑马水说："谁晓得，听天由命了。"

三癞子说："这可如何是好。"

……

谁也没有想到，郑雨山会出现在麻风病人中间。让人惊讶的是，麻风病人看到这个文弱的年轻郎中，竟然没有动粗，而且给他让路，和他保持着一定的距离。郑雨山今天没有戴口罩，让麻风病人们看到了他脸上的微笑。他站在麻风病人中间，说："你们这是为甚么？唐镇被你们搞得乌烟瘴气，你们对得起死去的龙医生吗？"

他的话在麻风病人中引起了一阵骚动，他们七嘴八舌地说话。

有人说："这个问题要问郑马水，他做的是断子绝孙的事情。"

有人说："你和龙医生都是真心为我们的，我们心里有数，可是他郑马水，骗我们说带人去治病，其实是带人去活埋，要不是被发现，我们都会被他活埋。"

有人说："郑马水丧尽天良呀，扣我们的口粮不说，还要活埋我们。"

有人说："郑郎中，你评评理，他郑马水是不是应该被千刀万剐！"

"……"

郑雨山做了个让大家平静下来的手势，大声说："大家静静，听我说两句好不好？"

麻风病人们寂静下来。

郑雨山说："郑马水的事情，会有人管的，大家放心，游武强已经去区里告状了。你们这样闹，非但解决不了问题，还会激起民愤，如果唐镇人都豁出去了，联合起来把你们捉去活埋，我看你们一个也跑不掉，正如你们说的，你们不让我们活，我们也不会让你们活。能够活着，是最不容易的事情。你们听我的吧，都回大宅里去，等游武强带人来了，郑马水也完了，相信总有收拾他们的人。"

有个麻风病人说："我们不回去，等政府的人来捉走郑马水他们了，我们再回去，我们现在要回去，郑马水他们逃跑了怎么办，血债要用血来偿，不能就这样让郑马水他们逃跑了，我们要在这里守着。"

麻风病人们都说："不能让郑马水他们跑了，我们要守在这里。"

郑雨山说："守在这里可以，可你们千万不要再闹事了，好吗？"

麻风病人说："好，我们就在这里守着，不闹事了。"

## 25

枪毙郑马水的那天，天空飘起了雪花。这是该年冬天的第一场雪。雪花从清晨开始飘落，到了晌午，唐镇就变成了一个白色的世界。刑场依然设在五公岭。在唐溪的河滩上开完宣判大会，五花大绑的郑马水就被押往刑场，和他一起枪毙的还有那三个心腹。他们被押往刑场时，后面跟了很多人，也有那些麻风病人，他们和蒙着脸的正常人分开走。到了刑场，麻风病人站在一角，同样和正常人保持着距离。

郑马水的目光在人群中搜寻。

那么多的蒙脸人,不知道哪个是他要寻找的人。

他脸色苍白,嘴巴里塞着一块破布,说不出话来,看他的样子,有什么话要说。

监督行刑的区武装部长来到他的面前,说:"你有话要说?"

郑马水使劲地点了点头。

武装部长伸出手,扯下了塞在郑马水嘴巴里的破布:"有什么话,你就说吧。"

郑马水说:"多谢,多谢。"

只因平时,他和武装部长私交不错,武装部长才让他死前能够说些话,郑马水那三个心腹就没有如此待遇,其实他们早吓得面如土色,大小便失禁,哪有什么话说。郑马水在人群中无法分辨出自己要找的人,于是就大声说:"培森,你站出来,我晓得你一定会来的。"郑培森是他15岁的大儿子,他果然在人群之中,只是躲在了后面,偷偷地看着父亲。郑培森听到了父亲的话,可他没有胆量站出来。

武装部长说:"你确定你儿子在场?"

郑马水说:"他一定在场,我晓得他的品性,他会来给我送行的。"

武装部长大声说:"郑培森,你要是在场,就站出来,你爹要和你说话。如果你想和你爹说上最后一番话,你就赶快出来,过了这个村就没有那个店了。"

郑培森终于走到了父亲的身边。

郑马水笑了,说:"儿子,不枉我抚养你一场。"

郑培森哽咽着,什么话也说不出来,两眼泪汪汪的,生离死别的痛苦折磨着这个少年的心。

郑马水说:"时候不多了,儿子,我就和你说几句话吧。第一,以后无论如何，也不要当干部，我们贫穷出身，当了干部容易犯大错误；第二，我死后，你还是拣起我杀猪的老本行，杀猪是讨生活，不是杀人，没有危险；第三，你要记住你爹我是怎么死的，在任何时候都不能利欲熏心；第四，也是最要紧的一点，做人要堂堂正正，靠自己的力气吃饭，就是饿死，也不能干伤天害理的事情，你爹是现世报，活该枪毙！儿子，我说的话你记住了？"

郑培森流着泪说："爹，记住了。"

郑马水对他说："儿子，你走远点，开枪时，你把脸背过去。"

郑培森点了点头，转身走了。

武装部长说："郑马水，你还有话说吗？"

郑马水笑了笑说："无话可说了，我也该上路了。"

武装部长让他张开嘴巴，把那破布塞回了他的嘴巴。

武装部长走到行刑队旁边，对他们说，开始吧。

一阵枪响，站成一排的郑马水等四人扑倒在雪地上，血在雪地上蔓延开去。纷纷扬扬的大雪落在他们的尸体上，无声无息。

……

枪毙郑马水的时候，另外一个和活埋麻风病人有关的人也死了，他就是瞎掉了眼睛的王春发。王春发和三癞子没有被枪毙，被判了十年徒刑，因为唐镇是封闭的麻风病疫区，没有把他们送到外面去服刑，而是关在唐镇的一间黑屋里。

三癞子万念俱灰，坐在黑屋的一角，默默无语。

王春发却在那里手淫。

从早上到晌午，手淫了几十次。

最后，枪声从五公岭方向传来时，他射出了人生的最后一点精液，精尽人亡。三癞子记得他最后的一声号叫，痛快淋漓而又撕心裂肺。

……

枪毙郑马水时，有两个人没有去刑场观看杀人。

他们就是游武强和郑雨山。

他们在熬药，希望雷公藤的汤汁能够解救那些痛苦哀伤的麻风病人出苦海，也希望唐镇有个美好的明天……

# 卷三
## 夏天的浮云

### 1

宋淼看完那本不知道谁写的手稿,天已经亮了。在阅读的过程中,好几次要窒息,他很难想象唐镇发生过那样的事情。可是,现实的残酷印证了许多东西。他一直希望能够在手稿中看到关于祖父宋柯的故事,却从头到尾没有被提起过,这让他有些遗憾,也让他对比手稿中更远的那个年代充满了想象。

窗外,刮了一夜的风停了。

宋淼长长地呼出一口气,拉开窗帘,他看到了如洗的蓝天;推开窗,清新的空气扑面而来,他不敢相信,如此美好的清晨,还会有什么罪恶在唐镇发生。

## 2

  刘西林一大早起来，还是擦枪。他喜欢"五四"手枪，手感好，沉甸甸的，有分量，能够激发他的力量，此枪射程远，最佳射击距离是五十米，但在五百米内仍然有杀伤力。在他看来，"五四"手枪最大的优点就是具有强大的杀伤力，这是男人用的手枪。

  这个清晨，刘西林不像以往那样心静神定，而是忐忑不安。

  在擦枪的过程中，他脑海里总是浮现出那条大黄狗以及被白麻布裹着的尸体。

  擦完枪，他就出了门。

  肚子已经发出了最强烈的抗议，再不去吃点东西，就对不起自己的肚子了。

  走在镇街上，看到那废墟中仅存的一幢老屋，刘西林内心充满了哀伤。他看到郑文浩的儿子郑佳敏独坐在阁楼的窗户上，冷漠地看着他。刘西林说："佳敏，快下去，别掉下来了。"

  郑佳敏没有搭理他，面无表情。

  刘西林觉得这个孩子内心有种强烈的憎恨，从他冷漠的眼神中可以看得出来。

  刘西林像他这么大时，内心充满的是感激，而不是仇恨。他不由自主地想起了童年时的一件事情。那件事情和郑佳敏的父亲郑文浩有关。童年时，镇上的小学在镇西头，也就是现在拆迁安置房的位置。刘西林上一年级时，总是有些坏孩子合起伙来欺负他。有一次，放学后，几个坏孩子把他的脸按在一堆狗屎上，然后站在一旁，肆无忌惮地大笑。刘西林爬起来，满脸的狗屎。他默默地来到唐溪边，用清水洗干净脸，面对还围着他嘲笑的孩子们，笑了笑。这些，都被刚刚打柴回来的郑文浩看在眼里，他放下肩上的担子，走过来。他抓住一个嘲笑刘西林的孩子，拖到那堆狗屎跟前，一脚将他绊倒在地，将他的脸也按在了狗屎上。其他孩子见状，都惊叫着跑了。那个满脸狗屎的孩子也从地上爬起来，仓皇而逃。郑文浩朝他们的背影说："你们再欺负刘西林，我见你们一次打一次。"那个被郑文浩按在狗屎上的孩子就是李飞跃。镇上的孩子，大都害怕郑文浩，因为他的力气大，脾气倔，敢作敢当。他父亲郑培森没有让他上学，而是让他杀猪。郑文浩走到刘西林面前，说："西林，你没事吧？"刘西林说："没事。"郑文浩说："他们这样欺负你，你为甚么不反抗？"刘西林说："算了，我的命都是镇上的人给的，这点委屈不算甚么，只要他们开心，让我做甚么都可以。"郑文浩说："不行！以后有甚么事情告诉我，我给你出头，我不怕，甚么也不怕。"在很多寂寞的时光里，刘西林会和郑文浩在一起玩。郑文浩会带他下河摸鱼，上山采野果，到野地里捉蛇……那是他们的童年。

刘西林叹了口气。

他没有办法帮助郑文浩，没有办法阻止那些人拆郑文浩的房子，就像没有办法阻止他们拆游武强的房子一样，内心充满了愧疚和不安。

刘西林看到了游缺佬，他正在把理发店的门打开。

刘西林朝他笑笑："早哇，游大伯。"

游缺佬眼神慌乱，没有理他，开完门就回店里去了。

刘西林觉得奇怪，游缺佬最近对他总是躲躲闪闪，好像有什么事情不想让他知道。

他没再说什么，朝镇东头走去。

来到刘家小食店，吴文丽笑着招呼他："刘所长，来啦，里面坐。"

今早的食客不算多，小食店里有许多空位。虽然雨过天晴，小食店里的水泥地面还是湿漉漉的。刘西林发现那个异乡的年轻人也在吃东西，便对他产生了好奇。他坐在宋淼对面，朝宋淼笑了笑。宋淼没有理他。刘西林说："这里的东西好吃吧？"宋淼冷冷地说："还可以吧。"刘西林说："你好像在唐镇住了不少日子了吧？是来唐镇做生意吧？"宋淼说："唐镇有什么生意可做？"刘西林清楚他抵触心理很强，笑了笑："随便问问，别介意。"宋淼说："你上回不是让我要小心点吗，怎么客气起来了？"刘西林说："我意思是让你出门在外，不要那么冲，没有别的意思。"宋淼冷笑了一声，没再说话，继续吃他的东西。

吴文丽端上一碗芋子饺，笑着说："刘所长，吃吧。"

刘西林说："谢谢。"

宋淼吃完早点，付了钱，就离开了小食店。

吴文丽笑着说："你和他说甚么？"

刘西林说："没甚么，就想和他说说话，这个年轻人很神气的。"

吴文丽说："大地方的人都这样吧。"

刘西林说："也许。"

吴文丽说："不过，这个后生还是不错的。"

刘西林说："怎么不错？"

吴文丽说："他夸我做的东西好吃，说要是到上海开店，生意会很好的。还说，如果相信他，他会帮我的。"

刘西林笑了笑："他在泡你吧？"

吴文丽脸红了："泡甚么呀，我都快成老太婆了。"

刘西林说："如果天下的老太婆都像你这样，就没有人去找相好的了。对了，刘洪伟呢？"

吴文丽："让他多睡会儿吧，昨天夜里他们闹得太晚，累呀。"

刘西林："这些酒囊饭袋。"

吴文丽说："惹不起他们哪。"

刘西林说："迟早会有那么一天的。"

……

刘西林吃完早点，来到了镇卫生院。走进吴四娣的病房，看到王秃子在给她喂稀饭。他们见刘西林进来，都不理他。刘西林把一袋水果放在床头柜上，说："婶婶，好些了吗？"吴四娣吞下一口饭，闭上了眼睛，她的脸色苍白。王秃子说："你走吧，我们不需要你假情假意的关心。"

刘西林站在那里，不知道说什么好。

王秃子说："求你了，快走吧，如果你想让四娣活下去，就赶快走吧，我们真不要你的关心。"

刘西林无奈，只好走出了病房。

吴四娣睁开了眼："那白眼狼走了？"

王秃子说："走了。"

吴四娣的目光落在床头柜的那袋水果上，说："秃子，把这东西还给他。"

王秃子拿起那袋水果追了出去，发现刘西林不见了踪影。

他提着水果回到病房里。

吴四娣说："你怎么没有还他？"

王秃子说："他已经走了。"

吴四娣说："扔了，看着它心里不舒服。"

王秃子说："还是留着吧，扔了可惜。"

吴四娣愤怒地说："房子被他们拆了都不可惜，可惜这几个烂水果，扔了！"

王秃子无奈，只好推开窗门，把那袋水果扔了出去。

## 3

宋淼来到叶湛家门口，叫道："叶湛，叶湛——"

叶湛走出来，说："先进屋坐会儿吧，我还没有吃早饭呢。"

宋淼说："好吧。"

街边，有两个中年妇女在窃窃私语。

"那后生哥是叶湛的对象吧？"

"不晓得。"

"听说叶湛在县城里上中学时就谈恋爱，有两个男同学为了她争风吃醋，打了起来，有个人还被打残了呢。"

"我可没有听说过，只听说，叶湛在上大学后，换了好几个男朋友了，你看她，长得就一副骚样，会勾搭男人。"

"别说了，别说了，被她听到不好。"

不一会儿，这俩中年妇女就散了。

叶湛背着双肩背包走出了家门，宋淼跟在后面。不一会儿，他们并排走在了一起。路过理发店时，游缺佬走出店门，朝叶湛打了个招呼："阿湛，去哪里呀？"叶湛说："我们去黑森林，找武强伯伯去。"

游缺佬说："哦，哦，你们要小心哪。"

叶湛说："放心吧。"

游缺佬回到理发店，坐在靠椅上喘了几口粗气，神色十分慌张。

叶湛和宋淼来到了车站，在小卖店里买了面包饼干等干粮，还有几瓶矿泉水。叶湛要付账，宋淼抢着付了，他说："你是帮我，怎么能够让你付钱。"叶湛笑笑："好吧，随便你，等回来了，我请你吃地道的土菜。"宋淼说："好吧。"

黑森林离唐镇有几十里的山路，换在从前，要走上一整天，好在现在有开往邻县的班车经过那里，这样他们就不用徒步了。过路班车停在车站外面，他们上车后，关上车门就朝西开去。这是一条县级公路，开出唐镇后，就是坑坑洼洼的柏油路了。叶湛的心情不错，她说:"我在唐镇长大,老听说黑森林多么神秘,可就是没有去过,今天我倒要看看黑森林的真面目了,开心哪。"宋淼说:"你为什么要骗你妈妈说到城里去玩呢？"叶湛笑了笑:"要不骗她,她肯定不会让我们去的。"宋淼说:"要是你爸爸妈妈知道你和我去黑森林,会怎么样呢？"叶湛说:"我不晓得,到时再想办法对付吧。"

宋淼没有叶湛那么开心,相反的,他有一丝忧郁。

他望着车窗外不停掠过的山色,内心里五味杂陈。他想象中的黑森林是灰色的,好像他在夜里看的手稿里面的故事一样灰色,甚至哀伤。叶湛不清楚他内心的想法,说:"宋淼,我想问你一个问题,可以吗？"宋淼说:"可以。"叶湛笑嘻嘻地说:"你有女朋友吗？"宋淼摇了摇头。叶湛说:"为什么呀？"宋淼说:"没有人爱我。"叶湛咯咯地笑出了声,宋淼觉得自己的耳朵发烫。

车越往山的深处,路就越来越不好走了。

## 4

张洪飞的父亲张开矩觉得自己快要死了。很长时间了,他躺在眠床上,足不出户,吃喝拉撒睡都在床上,他没有病,就是羞于出去见人,就是躺在床上,也觉得唐镇人都在往他脸上吐唾沫。

大清早,他就听到儿子在卧房外的天井边上呕吐。

张洪飞在旅馆里吐了一夜,回到家里继续吐。吐出的是乌黑的黏糊糊的秽物,奇臭无比。他母亲王桂香在厨房里听到呕吐的声音,连忙走出来,说:"洪飞,你怎么了,怎么了？"张洪飞是个忤逆之子,瞪着血红的眼睛朝她吼道:"滚开,老东西,关你甚事！"

张开矩听到他的话,破口大骂:"你这个天打五雷轰的狗东西,该滚的是你,你给老子滚出去,我们没有你这个儿子——"

张洪飞说:"老东西,你不是要死了吗,怎么还不死呀？"

张开矩说:"老子会死的,但不是现在,我要看你不得好死了才死。"

张洪飞又呕吐起来。

张开矩狂笑起来:"哈哈哈哈,狗东西,你看看,报应来了吧,吐死你——"

王桂香跑进卧房,说:"老头子,你就少说两句好不好。"

张开矩说:"都是你,把这个狗东西惯坏了。你看他还是人吗?当年要不是武强叔,我早就得麻风病死了,他倒好,不知恩图报,还助纣为虐。痛心哪,痛心哪!"

说完,一阵剧烈咳嗽。

王桂香叹了口气。

她坐在床头,伸出手去抚摸他胸膛。

张洪飞脸色铁青,吐完后,走进自己的卧房,倒头便睡。

张开矩说:"武强叔还没有回来吗?"

王桂香说:"没有。"

张开矩说:"我看不妙呀。"

王桂香说:"你别担心了,他会回来的,他不一直这样吗,离开一段时间后,自然就回来了。"

张开矩说:"我看还是去找找他,否则我死后都没脸去见父亲。"

王桂香说:"你晓得他在哪里?"

张开矩说:"我晓得,自从离开那里,我就一直没有去过。多年来,我一直保守着这个秘密,从未和任何人说起,包括你。我记得那地方,打死我也忘不了那地方。去给我弄点吃的吧,吃饱了,我就去。我要把武强叔找回来。我实在受不了了,找回他后,我就去死,你不要拦我。"

王桂香说:"好吧,你要死,我和你一块儿去。我先去给你弄吃的,等着呀。"

张开矩说:"去吧,去吧。"

王桂香出门后,张开矩长长地叹了一口气,闭上了双眼。

这些日子以来,他只要一闭上眼睛,就会想起几十年前的事情。

那年,他得麻风病后,游武强连夜背着他走出了唐镇,一直往西奔去。年少的张开矩趴在游武强宽阔的背上,感觉到了温暖,也闻到了游武强的汗臭。张开矩不知道游武强会把他带到哪里去,也不知道自己有没有救。游武强在黑暗中健步如飞,张开矩在游武强背上睡着了。不知过了多久,张开矩被枪声惊醒了。游武强对他说:"开矩,别怕,枪子追不上我们的。"游武强冲出了隔离区的警戒线,冲进了一片密林。张开矩累了,又趴在游武强的背上沉睡过去。张开矩醒过来时,闻到了一股松香的味道,睁开眼,发现自己在一个洞穴里,躺在一块铺着枯叶的大石头上,离他几步远的地方燃烧着一堆篝火,松木干柴烧得噼啪作响。游武强不见了。张开矩害怕了,惊坐起来,左顾右盼。洞穴四周阴森森的,张开矩毛骨悚然。他想,是不是游武强把自己扔在这里就不管了?张开矩从石头上跳下来,站在篝火旁,大声哭喊起来:"武强叔,武强叔,你不能扔下我不管呀——"不一会儿,他听到了脚步声。他以为是游武强来了,喊叫道:"武强叔,武强叔——"出现在他视线中的不是游武强,而是一个穿着黑粗布衣裳的瞎眼女子。如果不是眼瞎,这是一个漂亮的女人。她的两只眼睛,就像两个黑洞,没有眼珠子。张开矩惊惶地说:"你、你是谁?"瞎眼女人笑笑:"开矩,别怕,我不是坏人,是你武强叔把你送到我这里来的。"张开矩眼神里充满了狐疑:"你说的是真的?"瞎眼女人走近前,说:"真的。"张开矩说:"那我武强叔呢?"瞎眼女人说:"你身体这么虚弱,他去弄点补身体的东西给你吃。"张开矩说:"你不会骗我吧?"瞎眼女人说:"我为甚么要骗你？他已经出去好久了，应该快回来了，刚才我在洞外等他，听到你喊叫才进来的。"张开矩听了她的话，心里稍微安定了些。就在这时，他看到游武强提着一只野兔兴冲冲地走了进来，边走边说："这年头，饿死人，连野兽也不见了，好不容易弄了只野兔，还是皮包骨头的，干他老母。"张开矩见到游武强，兴奋地喊了声："武强叔——"游武强说："你怎么不多睡会儿，雨山说了，你得这样的病，要多休息的。"瞎眼女人笑了笑说："武强，他以为你把他扔在这里不管了，吓死他了。"游武强对张开矩说："我怎么可能扔下你不管呢，我管，我要管到底。你先躺会儿吧，等我把野兔肉烤熟了，唤你起来吃。"张开矩说："我睡不着了。"游武强笑了笑说："那就看我烤野兔吧。"张开矩也笑了："好。"游武强看了看瞎眼女人，又看了看张开矩，说："开矩，你还不晓得这个瞎女人是谁吧。"张开矩摇了摇头。游武强说："你以后就叫她玉珠姑姑吧，你的小命从此以后就掌握在她手里了。"张开矩惊恐地瞥了瞎眼女人一眼，游武强哈哈大笑起来。瞎眼女人给火堆里添了块干柴，微笑着说："武强，你不要再吓孩子了，快弄你的野兔吧。"游武强把野兔弄干净后，就架在火堆上烤了起来，山洞里渐渐地充满了烤肉的香味，张开矩馋得直吞口水……

对于张开矩来说，那是他生命中最难忘的一段时光。

现在，儿子做的那些没天没地的事情，让他蒙羞，让他的良心受到无尽的折磨。他穿好衣服，走出了卧房的门，走到天井边，看到了儿子吐出的那些秽物，眼睛里闪过一丝慌乱和恐惧。他喃喃地说："狗东西，你完了，你的报应来了。"

他走进厨房，对正在炒菜的老伴说："不要炒甚么菜了，随便弄点东西垫饱肚子就可以了。"

王桂香说："知道你要赶远路，要吃好，也要吃饱。"

张开矩说："桂香，这么多年，好在有你哇。"

王桂香说:"你今天怎么啦,说这没有用的话。"

张开矩说:"我走后,你就到女儿那里去住吧,不要待在家里了,你不能在这个家里待下去了。"

王桂香说:"我不去,死也要死在家里。我走了,洪飞怎么办?"

张开矩说:"你听我的没错,去女儿那里吧,吃完饭我给她打个电话。那个狗东西是要遭报应了,你还管他作甚么,你想多活两年,就走吧。"

王桂香说:"再怎么样,他也是我儿子,我不走。"

张开矩说:"随便你吧,反正我把话放在这里了,你爱听不听。"

……

吃完饭,张开矩就走出家门,往唐镇西面走去。

阳光照在他身上,他也感觉寒冷,纵使是盛夏,张开矩也觉得天寒地冻。

## 5

李飞跃像是被抽掉了筋,浑身无力,头痛欲裂。他躺在床上,怎么也想不明白为什么会这样。夜里发生的事情让他惊惧,从来没有那样呕吐过的,现在房间里还存留着浓郁的腥臭味,老婆一大早就带着孩子走了,把他一个人扔在家里。胡琴琴看来是真的动怒了,不能忍受了。李飞跃想,干他老母,等老子赚到足够的钱后,就离开这个鬼地方,到厦门或者更好的地方去享受,再也不回来了,你们爱怎么样就怎么样,这年头,什么都是假的,钱才是真的,有钱就有一切。

房间里的臭味让他难以忍受。

可是身体瘫软,根本就不想起床。

难闻的臭味使他想起童年的那一幕:郑文浩把他的头按在黏糊

糊的狗屎上……他满脸糊满了狗屎跑回家里，三癞子佝偻着背说："飞跃，你这是怎么了？"李飞跃哭着说："郑文浩欺负我，郑文浩欺负我！"三癞子已经是个没有任何脾气的人，他平淡地说："去洗干净吧，欺负就欺负了，没有关系的。"李飞跃说："爹，你怎么这么没用，儿子被人欺负了也不敢出头。"三癞子说："出甚么头呀，我就是挖墓坑的命，好好地挖墓坑，还会被判十年徒刑。我去给你端盆水来，洗干净算了，以后离欺负你的人远点，惹不起总躲得起吧。"说着，他去端了盆清水，让儿子洗脸。李飞跃边洗脸边落泪，三癞子看在眼里，痛在心里。他服完刑后，胡二嫂怀上了李飞跃，三癞子本以为自己此生无后了的，胡二嫂的怀孕让他欣喜若狂，有了孩子，他们的家算是完整了，于是百般呵护她。人算不如天算，岂料，胡二嫂临盆时难产，儿子活了，她却大出血而亡。三癞子认为，这就是命。他还是靠给死人挖墓坑，把儿子拉扯大，镇子里总有人死去，他也永远不会失业，只要还有气力，就可以赚到钱粮，就可以把儿子抚养大。三癞子对儿子说："飞跃，你要记住，要出人头地，光有一把气力没有用，光有大把的钱也没有用，当小干部也没有用，一定要当大干部，一定要心黑手辣。记住了，飞跃，只有当了大干部，你才能耀武扬威，才不会任人宰割。"李飞跃记住了父亲的话，一直以来，都在实践着父亲的教诲。

他咬了咬牙，自言自语："干他老母，郑文浩，你的房子老子拆定了。"

突然，他的手机铃声响了。

接通了电话，他说："有甚么事，赶快说。"

电话里传来了低微的声音："李镇长，向你报告一件事情。"

李飞跃不耐烦地说："说吧，说吧，别成天像个贼似的。"

那人说："叶流传的女儿和那个外乡后生去黑森林了。"

李飞跃："啊——他们去干什么？"

那人说:"说是去找游武强。"

李飞跃说:"我晓得了。"

说完就关上了手机。

他忍着头痛,起了床,随便洗漱完,就出了家门。

坐在办公室里,李飞跃心里忐忑不安。

李飞跃给张洪飞打电话,他的手机总是无人接听。他把王菊仙叫到了办公室。王菊仙脸色苍白,一副病恹恹的样子。她推开门就说:"昨天晚上吃的甚么鬼东西呀,吐了一个晚上,吐的东西黑乎乎的,又腥又臭,不晓得是不是被人下了药。"李飞跃说:"你也吐了,我还以为就我一个人吐呢。"王菊仙说:"赵副镇长也一样,吐得不行,刚才碰见还说。他去卫生院了,说去查查,是不是我们也去查查,要是有甚么问题,得赶快处理。"李飞跃说:"现在手头上有要紧事,下午吧,下午我带你去城里查。"

王菊仙说:"有甚么要紧事呀,身体才最要紧。"

李飞跃说:"很重要的事情,你帮我跑一趟,去把张洪飞给我找来。"

王菊仙说:"你看我现在这个样子,浑身轻飘飘的,一点力气都没有,怎么去?"

李飞跃说:"那你打个电话给李效能,让他去找。"

王菊仙懒洋洋地说:"好吧。"

……

张洪飞被折磨得像鬼一样,脸色铁青,眼睛充血,眼圈发黑。他是受折磨最厉害的一个,也是吃穿山甲最多的一个。他有气无力地坐在李飞跃的对面,说:"李镇长,你找我有甚事?"

李飞跃说:"你他娘的,我们昨天晚上吃了穿山甲,都快吐死了,你那穿山甲是从哪里弄来的,给我说实话。"

张洪飞说:"是我没收来的,我看到一个瞎眼老太婆在镇政府门口卖穿山甲，就把穿山甲没收了。这个老太婆的胆子也太大了，偷偷卖就算了，还跑到镇政府门口卖，你说是不是无法无天？"

李飞跃说："你晓得这个瞎眼老太婆是谁吗？"

张洪飞说："不晓得，以前也没有见过，不是镇上的人，可能是哪个山村里来的。"

李飞跃说："我觉得这里面有问题。"

张洪飞说："有甚么问题？"

李飞跃说："你他娘的就是花岗岩脑袋，也不好好想想，她为什么要把穿山甲拿到镇政府门口来卖。对了，你没收她的穿山甲时，她反抗没有？"

张洪飞摇了摇头。

李飞跃说："这就对了，她是故意让你没收她的穿山甲的。看来，穿山甲真可能有毒。"

张洪飞睁大眼睛："有毒？"

李飞跃点了点头："有毒，刻不容缓，现在就得去县医院检查。"

张洪飞说："也带我去吧。"

李飞跃说："废话，我能看着你死吗？快，叫上王菊仙，赶快走。"

张洪飞站起来，正要往外走。

李飞跃说："对了，还有一件要紧事，我差点忘了，你赶快让李效能，骑摩托车去黑森林，看看那里的情况。"

张洪飞说："甚么情况？"

李飞跃压低了声音说："蠢猪，你让他去看看……让他发现甚么问题赶快报告。"

张洪飞说："好，好，我马上打电话给他，让他去。"

李飞跃说："让他小心点，千万不要让人发现，否则我们都前功尽弃了。"

217

张洪飞点了点头:"放心吧,李镇长。"

李飞跃说:"快去打电话吧,找个偏僻的地方打,不要被任何人听见。我在院子里的车上等你。"

张洪飞点点头说:"好,好。"

李飞跃看着他离开的背影,若有所思。

## 6

雨后的阳光更加惨烈,无情炙烤大地,地上的湿气被阳光蒸发,空气变得更加闷热,令人窒息。班车停在了一个山坳里,售票员说:"黑森林到了,那两位到黑森林下车的赶紧下吧。"

宋淼和叶湛下了车。

班车的车门"咣当"一声关上,然后开走,扬起一溜风尘。

班车开走后,山坳沉静下来。

宋淼和叶湛站那里,看了看四周,这里有点荒无人烟的味道,路两边都是茂密的原始森林。宋淼说:"哪边是黑森林呢?"

叶湛说:"我没有来过,也不晓得呀,黑森林应该有个入口的。"

宋淼指了指右边,说:"你看,那里有条路。"

右边的马路旁,有一棵古松,古松底下的确有一条通向森林的小道。而马路的左边根本就没有路,长满了野草和荆棘,无法进入。叶湛说:"看来这条小路就是黑森林的入口了。"

宋淼有点担心:"我们进去后会不会迷路?要是出不来了怎么办?"

叶湛说:"放心吧,我记性好,况且,我们有手机呀,实在没有办法就打电话求救。"

宋淼擦了擦额头上的汗水,点了点头。

他们沿着那条小路进入了森林。

森林里面倒是阴凉了不少,舒服多了。

叶湛说:"哇,我以前没来,真是笨死了,看来大人的话不能听的,他们老说黑森林里有凶险,你看看,这里有多漂亮,如此漂亮的地方会有甚么凶险哪。怪不得游武强喜欢这里,敢情他是经常来这里度假呀,哇,哈哈——"

宋淼被她的情绪感染,脸上也露出了笑容:"这地方真美,要在上海周边,早就被开发成旅游度假的地方了。"

叶湛说:"还真不能开发,开发了就没有味道了,只要被开发过的地方都破坏得差不多了。我就不喜欢闹哄哄的地方,就像唐镇赶圩一样。这样多好,清爽自然,花香鸟语,真是世外桃源,多来这里走走,心情都会好许多。"

宋淼说:"你说的也有道理。"

宋淼心里有事,无心欣赏此地风光,担忧地说:"我们在哪里可以找到游武强?"

叶湛听了他的话,才想起此行的目的,觉得宋淼的担忧也是有道理的,她说:"是呀,这片森林那么大,他会在哪里落脚呢?"

到黑森林里来,宋淼觉得有些盲目,可是不来的话,又找不到游武强,找不到游武强,就找不到埋葬祖父宋柯的地方,就不能带回祖父的遗骨。现在,那个皮箱和皮箱里的皮夹子以及祖母的照片,似乎可以证明宋柯就是他的祖父,现在,最重要的是祖父的遗骨,如果找到祖父的遗骨,他就可以回上海去继承遗产了。

叶湛说:"我们边走边喊吧,也许这样能够把他喊出来,他要听到我们的喊声,一定会出来的。"

宋淼也想不出更好的办法,点了点头说:"好吧。叶湛,我给你背包吧。"

叶湛说:"不用,这点东西不重的。"

就在这时,宋淼看到一棵松树上,有条花斑大蛇缠在树枝上,朝着他吐着芯子,还发出"咝咝"的声音。

宋淼惊叫起来。

他差点晕倒,站在那里瑟瑟发抖。

走在前面的叶湛回过头,说:"宋淼,你怎么啦?"

宋淼战战兢兢地指了指树上,说:"蛇,蛇——"

叶湛看了看那蛇,笑了:"别怕别怕,我以为你怎么了呢,不就是一条蛇吗。小时候,我还和我爷爷在河滩上的草丛里抓蛇呢。走吧,它不会咬你的。"

宋淼说:"真的没事?"

叶湛说:"没事,放心吧,很多蛇是不会主动攻击人的。"

宋淼说:"要是碰到会主动攻击人的蛇呢?"

叶湛说:"有我在呢,你怕甚么。快走吧。"

宋淼这才放开了脚步。

他觉得叶湛这个女孩子不简单,连蛇都不怕,还敢抓蛇。他内心还是十分惊恐,看来这黑森林里,真的有让人恐怖的元素,他想,会不会有比蛇更加让人恐惧的东西出现?如果有,他们怎么应付?

叶湛边走边喊叫:"游武强,游武强——"

宋淼也喊叫起来:"游武强,游武强——"

森林里回荡着他们的叫声。

# 7

李飞跃他们来到了县城。王菊仙说:"要不要给郑老板打个电话,问问他是不是和我们一样?"李飞跃说:"好吧,你打吧。"王菊仙就拨通了郑怀玉的手机。打完电话,王菊仙说:"他也不行了,正在医院里挂瓶呢,他让我们到医院去见面。"于是,李飞跃就让司机把车直接往中医院开去。

医院看病的人多，这年头，什么病都有，医院总是门庭若市，看病的人排起了长长的队，如果要住院的话，更加困难，如果得了急病，住不上院，耗也耗死了。医生是个好差事，不但工资高，灰色收入也非常可怕。好在郑怀玉是中医院的老板，看病可以优先。

他们直接来到了病房。

郑怀玉半死不活地躺在病床上，手上插着输液的针。

一个护士坐在他面前，守着他。

李飞跃心想，挂吊瓶还有漂亮护士陪着，架子大呀，县委书记也没有这样的待遇吧，他对父亲三癞子的教诲产生了动摇。其实，动摇早就产生了，有钱才是大爷，看看现在的郑怀玉，连县里的头头脑脑都和他称兄道弟，还不是看他口袋里有花不完的钞票。

郑怀玉说："你们坐吧，坐吧。"

李飞跃笑着说："真不好意思，请你吃顿饭还吃出这么大的事情。"

郑怀玉虚弱地说："不怪你们，不怪你们，你们也是好心，那么好的东西，哪能不吃呀。"

李飞跃说："都怪张洪飞，把来路不明的东西给我们吃，结果吃出问题来了。张洪飞，你小子还不过来给郑总赔罪！"

张洪飞其实自己还十分难受，肚子痛得要命，好像有什么东西在肠子里钻来钻去。无奈，他只好忍着痛，强装出笑脸，说："郑总，对不起，对不起！你大人不记小人过，就原谅我这一回吧。"

郑怀玉笑笑："哪里话，赔甚么罪呀，我们都是一家人，不要说两家话。况且，你们不也一样难受，赶快看病，赶快看病。"

李飞跃说："你检查过了，没有甚么大问题吧？"

郑怀玉说："没甚问题，就是昨天夜里，车坏在半路上，今天早上才搭叶流传的车回到城里。在夜里受了风寒，有点发烧。都查过了，没有发现食物中毒什么的。"

李飞跃说:"这样就好,这样就好。"

郑怀玉又说:"张洪飞,你以后对人家叶流传好点,不要老是欺负他,我看他人还是不错的,早上搭他的车回来,他对我还是很客气的。"

张洪飞说:"好,好,我心里有数了。"

郑怀玉对那个护士说:"你带李镇长他们去找院长,就说我说的,赶紧安排医生给他们检查。"

护士说:"好的,郑总。"

护士就带着他们走了。

他们走后,郑怀玉想起夜里发生的事情,心有余悸。他想,不能再这样拖下去了,得赶紧把郑文浩的房子拆掉,拆完后,他就不想亲自往唐镇跑了,以后的事情让手下去做就可以了。那地方真邪,尽管他在那里长大,还是有点怕了。而且,就是拆郑文浩的房子,他也不想去了,拆迁队他会安排,具体事情还是让李飞跃去办吧。

郑怀玉给李飞跃发了个手机消息,让他检查完后单独到病房里来,有要事相商。

……

李飞跃他们检查完后,什么问题也没有发现。

他们觉得奇怪。

李飞跃吩咐张洪飞,要想办法找到那个瞎眼老太婆。然后,李飞跃让他们在车上等他,他有事情找郑怀玉。

# 8

刘西林觉得要找妻子赵颖好好谈谈。他得知李飞跃他们进城了,估计今天不会发生拆迁的事情,向马建交代了一下工作,就开车回城了。一路上,他在想一个问题,为什么赵颖敢拿他们的钱,而且拿得理直气壮?他要回去说服赵颖,哪怕是把房子抵押贷款也要把钱还给他们,否则,他没有办法在这个地方待下去了。他的眼前总是浮现出游武强苍老而愤怒的脸以及那用白麻布裹着的尸体。

回到家里,已经是正午时分。

这个点,赵颖该回家了。

走之前,他没有给赵颖打电话,告诉她他要回家,上楼时,他还在想,赵颖会不会去她父母家,因为她上班时,女儿都放在他们那里。不管怎么样,还是先回家看看再说。他还想好了,自己姿态要高些,尽量和颜悦色地和她好好谈,说服她想办法把钱还给他们,因为这钱有毒,有可能会让他们家破人亡。如果她还是固执己见,那么他只好和她分道扬镳,这日子再这样过下去也毫无意义了,尽管对女儿会造成伤害。

来到家门口,刘西林掏出钥匙开门。

可是怎么也打不开,因为里面反锁了。

他没想什么,知道赵颖在家里,就按响门铃。他按了几次门铃,里面还是没有动静。难道她不在家?不在家为什么把门反锁了?刘西林心生疑窦。他又按了几次门铃,还是没有反应。这就奇怪了,刘西林想,会不会她不知道是他回来了,以为是陌生人,故意不开门的?于是,他边按门铃边叫:"赵颖,开门!赵颖,开门——"

这时,他听到了里面的响动。

他听到有人慌慌张张地在屋里走动。

他突然想到了什么,心里特别不是滋味。

过了一会儿,门开了。

赵颖虽然穿好了衣服,可是头发还是乱的,脸色绯红。她慌乱地说:"你、你回来怎么不打一声招呼?"刘西林冷笑了一声,说:

"我放个屁也要向你汇报吗？请问，屋里还有别人吗？"赵颖说："我们一个办公室的小钟和我在一起研究一篇稿子。"刘西林说："搞到家里来了呀，好哇，好！"他知道，小钟比她小好几岁，现在一定在里面吓得发抖了。刘西林走进去，看到小钟坐在客厅的沙发上瑟瑟发抖，脸色苍白。刘西林咬着牙，掏出了枪，走到小钟面前，用枪顶着小钟的脑门说："你信不信，我一枪打死你？"小钟吓得魂飞魄散，讷讷地说："是、是颖姐叫、叫我来、来的——"刘西林说："还颖姐呢，她叫你吃屎你也要去吃吗？"小钟再说不出话来了，牙关打战。

赵颖也吓坏了。

她知道老实人要使起性子来，是什么事情都做得出来的，而丈夫就是这样的老实人。赵颖说："西林，西林，我错了，你、你就原谅我这一次吧，求求你了——"说着，她两腿一瘫，跪了下来。

刘西林冷笑了一声，收起了枪，说："赵颖，你跪着干甚么？你好歹也是个局长的女儿，好歹也见过点世面，跪甚么？要敢做敢当，站起来吧，以后别再朝人跪下了，那样不光丢你自己的脸，还丢你爹的脸！"

赵颖的泪水流淌下来。

刘西林基本上没有见她在自己面前流过泪。

他叹了口气，说："我们到此为止吧，你们继续搞。"

说完，他就离开了这个被称作家的地方。

离开家门的一刹那，他突然觉得自己解脱了。

他摸了摸腰间的枪，想，是不是可以做点什么事情了。

9

闷热。李飞跃独自来到了郑文浩家门口。理发店里，游缺佬在给一个老头理发，目光却不时往郑文浩家门口瞟。老头在镜子里发现了他的神情，说："缺佬，你看甚呀，不要把我脸刮破了。"游缺佬轻描淡写地说："放心吧，我闭着眼睛刮也不会把你脸刮破。"老头说："你又长高了。对了，你在看甚呢？"游缺佬说："李飞跃在郑文浩家门口，不晓得在做甚么。"老头说："还不是想让他搬家，拆房子吧，还能做甚么。"

郑文浩在家里磨杀猪刀。

李飞跃在门外说："文浩，我们好好谈谈，怎么样？"

郑文浩边磨刀边说："有甚么好谈的，有种你就来拆。"

李飞跃说："都乡里乡亲的，有甚么话好说，你看我就一个人来找你，都没有带任何人来，我是有诚意的。"

郑文浩说："别往自己脸上贴金了，你要有诚意，母猪都会上树。"

就在这时，郑佳敏站在门上方的阁楼上，掏出小鸡鸡，往李飞跃头上撒了泡尿。

大晴天的，下起雨来了？李飞跃一抬头，郑佳敏剩余的尿液撒在了他的脸上。李飞跃慌乱地用手抹了把脸，气急败坏地骂道："没教养的小王八蛋！"

郑文浩提着杀猪刀打开了门，怒目而视："你骂谁？"

李飞跃说："管好你的儿子吧，小心被人扔到山上喂豺狗。"

郑佳敏说："让你拆我们家的房子。"

李飞跃悻悻而去，嘴巴里说着不干不净的话。

郑文浩朝他的背影说："老子就是不搬，你给再多钱也不搬！"

李飞跃头也不回地说："我们拆定了，你不要敬酒不吃吃罚酒！"

郑文浩说："那你们就来拆吧，我不是游武强，也不是王秃子！"

……

李飞跃还没有走到镇政府门口，手机就响了。是张洪飞打来的电话，张洪飞说："李镇长，不好了，不好了。"李飞跃说："怎么了，快说。"张洪飞说："出问题了，出问题了……"李飞跃说："你别睡了，赶快到我办公室里来，快！"李飞跃合上手机，呆呆地站在那里，觉得天旋地转。好不容易缓过精神来，担心的事情又发生了，这可如何是好。

他没有到办公室里去，而是站在镇政府门口等张洪飞。

张洪飞从县城回来后，就在家睡觉，恢复一下元气，没想到李效能打电话来说出事了，他只好向李飞跃报告，现在又急匆匆地骑着摩托车赶过来。在满面肃杀的李飞跃面前停住了车，张洪飞说："李镇长，怎么办？"

李飞跃说："你到底是怎么搞的，这么大的事情，也不做得严密点。"

张洪飞说："我们做得很严密的呀，不可能被人发现的，怎么可能会不见了呢？"

李飞跃说："是不是叶湛和那个小子发现了，然后做了甚么手脚？"

张洪飞说："这不可能的呀。"

李飞跃说："这样吧，你再派几个人过去，配合李效能，先控制住叶湛和那小子，你带着其他保安队的人，配合拆迁队，拆掉郑文浩的房子，不能再拖了，越拖下去，问题越多！"

张洪飞说："好吧。"

## 10

他们累了，找了块树荫下的青草地，坐了下来。大半天过去了，他们嗓子都喊哑了，一无所获。叶湛把背包放在自己的面前，从里面拿出一瓶矿泉水，递给宋淼。宋淼接过矿泉水，拧开盖子，喝了口水。叶湛又递过来一块面包，宋淼说："你吃吧，我不饿。"叶湛说："我可饿了。"她边啃着面包，边往森林深处眺望，期盼游武强的突然出现。斑驳的阳光从树顶漏落，宛若一面面小镜子在晃来晃去。叶湛不像刚刚进入森林时那么兴奋了，神情有些疲惫，汗水把头发粘在额头上，脸色有些苍白。宋淼也觉得很累，腿肚子又胀又酸。他们不知道这森林有多大，也不知道走了多远。

宋淼说："我们还是回去吧。"

叶湛说："你想放弃？"

宋淼说："我怕晚了没有班车回去了。"

叶湛说："你看看现在几点了，早没有班车路过黑森林了。"

宋淼看了看表，都下午四点多了，出来时，他们在车站问过，下午三点半有辆班车路过黑森林到唐镇。宋淼有点急了："那、那怎么办？"

虽说有点疲惫，叶湛还是充满了希望："宋淼，要有信心，只要游武强在这片森林里，我们一定能够找到他的。"

宋淼说："那、那晚上怎么过？"

叶湛说："露宿呀，这有甚么，现在是夏天，晚上又不冷的，你想想，躺在森林的落叶上睡觉，还可以看到天上的星星，多么浪漫的事情。"

宋淼自然地想到了蛇。

如果睡觉时，有蛇爬过来缠住自己，该怎么办？他没有说出这个想法，只是觉得叶湛好像不是唐镇土生土长的女孩子，反而有点像那些喜欢背着包到处探秘的城市女孩。说实在话，宋淼不喜欢这样的生活，他还是喜欢没有任何风险的安稳生活，如果不是为了祖母的遗产，他连唐镇都不会来，怎么会选择在黑森林里过夜。

宋淼叹了口气。

叶湛说："你是男人呀，叹甚么气，不要那么没出息，好不好？"

宋淼说:"好吧,你想怎么样都可以,我陪你。"

叶湛咯咯笑起来,说:"这才像个男子汉。你晓得我爹昨晚在你走后怎么说你吗?"

宋淼摇了摇头,说:"说我什么?"

叶湛说:"我说了你可别生气。"

宋淼说:"我不会生气的,你说吧。"

叶湛说:"我爹说,他从来没有见过男人的脸像你这样白的,而且说话那么小声。还说,我要像你一样,他就会更喜欢我了,因为他老说我从小就像个男孩子。宋淼,你看我像男孩吗?"

宋淼被她说得脸红了,说:"还好吧。"

叶湛说:"时候不早了,我们继续找吧,天快黑了,我们再找个地方宿营。"

宋淼说:"好吧。"

他们往森林深处走去。叶湛又开始喊游武强的名字。宋淼没有喊。叶湛喊完几嗓子后,问他为什么不喊。宋淼说他现在听到游武强这三个字,心里就怪怪的,十分不舒服,能不能换种方式吸引游武强。叶湛说,能有什么好办法呢?宋淼说,你不是会唱很多山歌吗,就唱山歌好了。

叶湛想了想说:"好吧。"

接着,她就唱起了山歌:

穷人好比滚油煎,
病倒难寻刮痧钱。
锅头水滚有见米,
盘中粗菜无油盐。
担担生意系可怜,
肩头担烂骨担绵。

担得重来担不起，

担得轻来又无钱——

叶湛的歌声哀绵而又凄凉，宋淼听得浑身发冷，他说："叶湛，你能不能唱些欢快的歌，这山歌太凄惨了，听了不舒服。"叶湛笑了笑，说："好吧，我给你唱些情歌吧，不过，不是很欢快，但比刚才唱的苦情歌要好些。"

宋淼说："好吧，只要不是太悲就好。"

叶湛又唱了起来：

天上飘来一团云，

又像落雨又像晴。

十七十八有情妹，

又想恋郎又怕人——

歌声清亮婉转，在森林里飘荡。

突然，叶湛看到了一条小青蛇，在草丛中游过来。她停止了歌唱，目光被小青蛇吸引。宋淼也看到了那条小青蛇。他却没有害怕，反而聚精会神地凝视着它，眼睛里出现了迷离的色泽。他们都没有说话，惊讶地看着小青蛇，小青蛇游到他们跟前后，掉转头，竟然像只鸟一样飞了起来。他们像是被催眠了，默默地跟在小青蛇的后面。小青蛇把他们带到了森林僻静的一角。

小青蛇飞进树林里，不见了踪影。

宋淼和叶湛仿佛从梦中醒来，相互望着对方，用眼神询问对方："这是怎么回事？"他们都没有说话，因为他们看到了这样的情景：林中空地上，有个挖好的坑，坑旁边有堆黄土，黄土十分新鲜，应该是从坑里挖上来的土，那堆黄土上坐着一个黑衣老妇，老妇深陷的眼窝是两个黑洞。老妇在吹笛，笛声凄婉悠扬，让人神伤。

宋淼心里"咯噔"一声，这不就是那个瞎眼老太婆吗，她怎么在这个地方？

叶湛也看清了，她就是那个从五公岭消失的瞎眼老太婆。

他们站在那里，不敢吭气，也不敢靠近。

笛声停止了，瞎眼老太婆收起笛子，冷冷地对他们说："你们来了。"

宋淼心惊胆战。

叶湛壮着胆子说："你到底是谁？"

瞎眼老太婆说："我是谁不重要，重要的是，你们来了——"

她的声音冰冷，宋淼毛骨悚然，他感觉到大难临头，十分后悔和叶湛来到了黑森林。

## 11

李效能和另外三个保安坐在黑森林入口处的古松下抽烟。他们的摩托车停在山间公路的旁边，公路上很长时间也没有车辆通过。眼看太阳快落山了，他们也没有看见叶湛他们走出黑森林。李效能吩咐那三个保安进森林里找过叶湛和宋淼，他们进去找了好长时间也没有找到，其实他们根本就没敢走到森林深处去，找了个地方消磨掉了时间，就出来了。李效能给张洪飞打电话，说找不到人。张洪飞凶巴巴地说，找不到人别回唐镇，死在黑森林里好了。李效能哭丧着脸，只好和那三个保安守在这里，等待叶湛和宋淼的出现。

## 12

刘西林独自在县城里找了家小饭馆，美美地吃了只白斩鸡，还喝了两斤米酒，然后找了家洗脚店，按摩了一个钟的足底，才开着车回唐镇。在回唐镇的路上，手机不停地响着，他就是不接。

他谁的电话都不想接。

车开到半道时，觉得尿急。把车停在路边，撒尿。撒完尿，看到叶流传的车开过来。叶流传把车停下，从车窗探出头说："刘所长，车坏了吗？"刘西林笑了笑："你走吧，没事。"叶流传就把车开走了。刘西林回到车里，拿起手机，看了看。有二十多个未接电话。打电话的人有谢副局长、赵颖、岳父、李飞跃等等。谢副局长和李飞跃找他，也许是拆郑文浩房子之事，赵颖和岳父找他，事情不言而喻，他谁都不想搭理，心里想的是如何找到游武强。找到游武强，刘西林要像对待亲爹一样照顾他，直到他终老。

可是，他不知道到哪里去找游武强。

他长长地叹了口气。

这时，手机铃声又响了起来。

他看了看，是马建打来的。

刘西林还是不想接，把手机扔在一边，任凭它不停地响着。

太阳已经西斜了，他开动了车。车子沿着弯弯曲曲的山间公路，往唐镇方向驶去。刘西林心里估摸，到达唐镇，天也擦黑了。手机还是不停地响，他可以想象得到打电话给他的各色人的表情，谢副局长一定十分震怒，李飞跃脸上挂着冷笑，赵颖的脸是毫无血色的猪肚，岳父焦虑和装腔作势，马建焦急万分……刘西林觉得这些都没有什么意义了。

他的心里突然疼痛一下。

那是因为女儿刘小陶。

可是，和游武强比，刘小陶也变得不那么重要。她还在蜜罐里生活，就是没有他，她也可以快乐成长，至于父女之情，永远也不会改变。风烛残年的游武强，是个没有未来的人了，刘西林如果不承担起扶养的责任，他这一生都难以安宁，会背负着沉重的心理负担，不能自拔。

挡风玻璃上，总是出现游武强沧桑的老脸。

刘西林心如刀割。现在，大部分的唐镇人，都认为他是个白眼狼，背地里指着他的脊梁骨骂。而游武强从来没有责备过他，有人在背后骂他，游武强听到后，还训斥骂他的人。他知道，在游武强心里，他还是那个孤儿。

就是这条山道，几年前还是坑坑洼洼的沙土路。刘西林考上县一中后，每个月的月初，游武强都挑着镇上人们凑出的粮食和生活费，徒步从唐镇走到县城，把东西交到刘西林手中，然后又徒步走回唐镇，几年下来，游武强的草鞋都磨破了几十双，这几十里的沙土路，留下了多少催人泪下的记忆……想到这里，刘西林眼睛湿了。

游武强就是他的父亲哪！

比亲生父亲还亲的父亲！

可他竟然无以回报，还看着他的房子被拆无动于衷，狗屁都不敢放一个，他的良心真的是被狗吃了。他连狗都不如，大黄还知道替游武强看家，而他为游武强做了些什么？他又为唐镇百姓做了些什么？

不能再继续这样下去了，不能！

刘西林打开车上的收音机，传来一首悲伤而又苍凉的歌：

> 我赤身裸体，
> 站在夜里，

黑暗是我的衣裳。

地狱伸过来的手，

有一丝温暖。

我只能在黑夜和你交谈，

不要谈生死，

不要谈过去，

也不要谈未来。

只谈谈现在，

现在的黑暗对我们的伤害有多深，

还有你的心是否和我一样冰冷，

是否需要拯救灵魂……

## 13

瞎眼老太婆朝他们招了招手："你们过来吧。"

森林里传来几声死鬼鸟的叫声，宋淼浑身冒出了鸡皮疙瘩。叶湛缓缓地走过去。宋淼也移动了脚步。瞎眼老太婆有种神奇的威慑力，他们不敢不听她的话，瞎眼老太婆仿佛是黑森林的女王，主宰着这片领地。

他们走到瞎眼老太婆的跟前。

瞎眼老太婆说："你们是来找武强的吧？"

她说这话时，声音柔软起来，武强这两个字充满了深情。

叶湛说："是的。"

宋淼也点了点头。

瞎眼老太婆笑了笑，说："我虽然眼瞎，可是我还能够闻出味道。我从这个后生身上闻到了一个故人的味道。几十年了，都没有闻到这种味道了。那天在唐镇，我就闻出了这种味道，我以为故人还活着，想想，那是不可能的事情，故人几十年前就死了。我又想哪，怎么会有故人的味道呢，故人身上散发出来的是腥臭味，可我闻到的是被腥臭味掩盖的故人的味道，所以我料到，这个后生一定和故人有甚么关系。"

叶湛说："老婆婆，你的故人叫甚么名字？"

这也是宋淼想要问的问题，他不敢开口，叶湛抢先问了。

瞎眼老太婆叹了口气说："唉，要不是他，我师父也不会那么早死，这都是命。故人原来是唐镇的画师，他叫宋柯。"

叶湛说："对，对，宋柯就是宋淼的爷爷。"

宋淼没想到这个瞎眼老太婆竟然认识祖父，又惊又喜，她一定知道很多关于祖父的事情，说不定还知道祖父的尸骨埋在何处，心里的恐惧感减弱了许多，他轻声说："老婆婆，你知道我爷爷埋在哪里吗？"

瞎眼老太婆没有回答他这个问题，站起来，说："你们跟我走吧。"

他们跟在了她身后。

宋淼以为她是带他们去看祖父的坟墓，瞎眼老太婆却把他们带到了一个隐秘的山洞里。山洞里燃着一堆篝火，篝火上面有个架子，架子上面吊着一口铁锅，铁锅上的水在翻滚，冒着热气。山洞里飘浮着一股古怪的气味。那一块大石头上，放着被白麻布包裹的长条东西，看上去是包裹着一个人。尽管是夏天，尽管燃着一堆篝火，山洞里还是十分阴冷，仿佛是另外一个世界。瞎眼老太婆把他们领到那块大石头前，说："你们不是要找游武强吗？"

叶湛说："是的，我们的确要找到武强伯伯。"

瞎眼老太婆指了指那白麻布包裹的东西，说："喏，他就躺在那里，你们有甚么话，就和他说吧。"

叶湛倒抽了一口凉气，往后退了一步："啊——"

宋淼浑身瑟瑟发抖。

瞎眼老太婆突然凄惨地笑起来。

笑得他们毛骨悚然。

瞎眼老太婆走到用白麻布包裹的游武强尸体跟前，伸出瘦骨嶙峋的手，抚摸着游武强的头说："武强，你活着时，不要我，死了，就可以永远和我在一起了。你说得没错，我是个贱货，像我师父那样，为了宋柯那个臭男人，性命都可以不顾。我以为会死在你前面，因为你的命硬，我常想啊，如果我比你先死，你会来埋葬我，可我这一生就空等了，你死了不会和我埋在一起的。我多么羡慕师父呀，她可以和喜欢的人安葬在一起。现在好了，你比我先死，我就可以让你和我葬在一个坟墓里，再也不会分开了。"

叶湛和宋淼愣愣地站在那里，听着瞎眼老太婆的话，不知所措。

瞎眼老太太转过身，朝他们笑笑："你们坐吧，我给你们讲我和武强的事情，如果你们想听的话。我晓得，这位后生也很想听我讲他爷爷和我师父的故事。没有问题，我都讲给你们听。"

叶湛和宋淼坐在火堆旁的石头上，默默地注视着这个神秘的瞎眼老太婆。

瞎眼老太婆也坐在一块石头上，说："你们也很想晓得我的名字吧，到了这个时候，告诉你们也没有关系了，我叫上官玉珠……"

……穿一身白衣白裤的上官玉珠在五公岭挖开了宋柯的坟，打开了棺材，把装着凌初八骨灰的黑色陶罐放进棺材里。上官玉珠流着泪，重新埋上了土，筑起了坟墓。她跪在了坟前。她的呼吸突然急促起来，好像有个人用拳头猛擂她的胸部，她将要窒息。在这个黑夜里，上官玉珠的心疼痛极了。

凌初八曾经对她说："玉珠，你要好好活着，我知道自己罪孽深重,迟早会死于非命,我死后,你不要为我报仇,离开这个地方,把祖师爷留下来的蛊术传下去。你记住师父的话,千万不要和别人斗气斗狠,不要去害无辜的人,也不要对男人动情,我后悔已经来不及了,我收不住手了,谁让我喜欢上他了呢,他是那么的让人怜爱,无依无靠……"

她突然忘记了一切,包括凌初八的嘱咐。因为她听到了遥远的山地里传来的呼喊声,呼喊声是那么的微弱而凄惨。那是破空而来的呼救声,是从游武强嘴巴里发出的。上官玉珠的眼前突然浮现出这样的情景:游武强被吊在一棵树上,剥得精光,一个模糊的人,手里拿着游武强那把生锈的刺刀,一刀一刀地往游武强赤裸的身体上捅着,血从那肉洞洞里流出来,还带着泡沫。每捅一下,游武强就发出一声绝望的呼喊……上官玉珠的心刀割一般难过,眼睛里喷射出两道血红的光芒。她呼号了一声,朝山那边狂奔而去……上官玉珠觉得自己在飞,像鸟一样飞,在暗夜里飞。

她狂奔了整整一个晚上,终于在天蒙蒙亮的时候,到达了红峰嶂的森林里。上官玉珠闻到了血腥味。她的心狂奔乱跳。她警惕地靠近目标,透过树木的缝隙,发现游武强浑身赤裸,血肉模糊,被五花大绑地捆在一棵树上。上官玉珠心痛极了,看他面前没有人,四周也没有人,才摸索着走了过去。游武强身上几处刀伤,血已经凝固,上官玉珠想,他该不会死了吧?她把手指放在他的鼻子底下,发现还有游丝般的鼻息,心中顿时一阵狂喜。她企图解开紧紧绑在他身上的麻绳,可是,打的都是死结,她没有办法解开。她在不远处的草丛里找到了那把生锈的刺刀,她知道这是游武强随身带的东西。上官玉珠割断了捆住游武强的麻绳,背起他,带着那把刺刀,匆匆离开了红峰嶂森林。

游武强醒来时,发现自己躺在山洞里的石头上,身上盖着破旧的棉被,看到上官玉珠坐在身边,深情地凝视着自己。他沙哑着嗓子说："我，我怎么会在这里？"说着，要起来。他十分虚弱，根本就无法起来。上官玉珠说："你昏迷了三天三夜，终于醒过来了，好好躺着，不要乱动。"

游武强想起来了，自己去找害死叔叔游长水的土匪陈烂头报仇，却被陈烂头和那些麻风病人抓住，绑在了森林里的树上，他还记得陈烂头捅了自己几刀后，说："我不杀你，让森林里的豺狼虎豹把你吃了吧，看你是条汉子，过几日我再过来把你骨头埋了。你死了，要是还不服气，你变成鬼也可以来找我，我就住在红峰嶂的麻风村里，等着你的鬼魂来报仇。"昏迷过去后的事情就不知道了。

游武强说："贱货，你救我干甚！你就是救了我，我也不会和你好的！"

上官玉珠说："你对我好不好，我不在乎，真的不在乎，只要我对你好就可以了。"

游武强说："你还是下蛊让我死吧，我不要你对我好，你这样歹毒的蛊妇对我好是对我的侮辱。"

上官玉珠叹了口气，说："我不会让你死，也不会让别人杀你，你好好养伤吧，养好伤，你想到哪里就到哪里，我不会强留你。好了，不和你说了。我要去弄点补身体的东西给你吃，否则你就只能永远躺在这里了，仇也不要想报了。"

游武强闭上了眼睛，什么话也说不出来了。

经过上官玉珠两个多月的悉心照料，游武强从死亡线中挣扎着活了过来。在这两个多月里，游武强看到了她温存善良的另一面，对她的芥蒂也消除了许多。上官玉珠觉得只要自己赤诚对待他，是块冰也可以融化。可是，无论如何，游武强还是无法在感情上接纳她。上官玉珠真想在他身上下种让他情迷意乱的蛊，这样他就会对自己百依百顺，而且永远都不会离开她，思来想去，她还是没有这样做，这样对他身体伤害太大，而且也不是他的本意，没有多大意义。

游武强伤好后,并没有马上离开。

他每天很早起来,在离山洞不远的林中空地里练拳。他要让自己身体确实强壮之后,再去找陈烂头报仇。

有些夜晚,他也会突然失踪,第二天晌午才回来。

有个晚上,游武强走后,上官玉珠就跟在他的后面。

游武强摸黑走了好远的山路,来到五公岭的一座无碑的坟前,坐在地上,沉默。良久之后,他才站起来,沙哑着嗓子说:"文绣,你放心,我还会来看你的。"说完,就朝西面狂奔而去。上官玉珠听说过游武强和沈文绣的故事,游武强走后,她站在沈文绣的坟前,想想自己还不如一个死去的女人,心里无比的悲伤和苍凉。

上官玉珠还是希望有一天,他真心实意地喜欢自己,然后嫁给他。某个夜里,上官玉珠会梦见游武强娶她,她披红挂彩,坐着花轿,来到堂皇的张灯结彩的厅堂里,和游武强拜堂成亲……她醒过来还是黑夜,山洞里的篝火已经燃尽,听着另外一边游武强的呼噜声,她流下了眼泪,伤心地抽泣起来。

游武强的呼噜声停了下来,上官玉珠还在抽泣。

游武强蹑手蹑脚地来到她的跟前,无声无息地站立着。

过了一会儿,游武强说:"上官玉珠,你哭甚么?"

上官玉珠惊坐起来,说:"没甚么,没甚么。"

游武强说:"可是你在哭——"

上官玉珠说:"我哭干你甚事?"

游武强武断地说:"当然关我的事,你把我吵醒了,我睡得好好的,你凭甚么把我吵醒?"

上官玉珠叹了口气,说:"那对不住了。"

游武强说:"继续哭吧,反正已经把我吵醒了,没关系了。"

上官玉珠突然跳起来,扑在他身上,双手死死地扣住他的脖子，喃喃地说："武强，武强——"

游武强喘着气说："快放开，我快被你勒死了。"

上官玉珠哀求道："武强，你就要了我吧，武强——"

游武强使劲掰开她的手说："不要这样，不要这样。"

上官玉珠站在那里，一动不动，她哀怨地说："武强，我晓得你心里有人，可她死了呀，你总不能守着一个死人过一辈子吧？我们都还年轻，我可以伺候你，可以给你生儿育女，为了你，我甚么都可以做，你就要了我吧，武强——"

游武强冷冷地说："文绣她没死，没死——"

上官玉珠提高了声音说："她死了，死了——"

"啪"的一声，游武强在她脸上扇了一耳光。游武强咬着牙说："上官玉珠，我警告你，以后再提文绣，我杀了你！因为你不配提她，你是个甚么东西，你是个贱货，是个无恶不作的蛊女！你不要以为救了我，我就会感恩你，就会要你，你想错了。你随时可以把我的命拿走，我不需要你的恩赐。"

上官玉珠沉默了。

游武强就是如此对她，她还是不改初衷，还是对他一往情深。有时，她会想，是不是他给自己下了情蛊，让自己爱上他，然后千方百计地折磨自己。无论如何，她都认了，她在等待，等待冰河开化的那一天。

游武强终于要走了，仿佛他活在这个世界上就是为了报仇。走的那天早上，上官玉珠给他做了早饭，他没有吃。不知道为什么不吃。游武强只是和她说了一句话："千万不要出去害人，明白吗？"她点了点头，就目送他消失在森林深处。回到山洞里，她独自流泪。想到当时游武强被绑在树上的情景，上官玉珠心惊肉跳，十分担心游武强的安危。一整天，上官玉珠魂不守舍，到了晚上，实在忍受不住对游武强的担心，她连夜离开了黑森林，朝红峰嶂方向奔去。

上官玉珠在红峰嶂山地找了几天，都没有发现游武强的踪迹。

很意外地，她在森林里行走时，看到了一对夫妻模样的人在采雷公藤，她看到那男人挎着盒子枪，就想到了陈烂头。于是，她躲在草丛里，观察他们。如果他是陈烂头，那么游武强就一定会来找他，她也就可以找到游武强了。也许，游武强和她一样，正埋伏在某个隐蔽之处，寻找下手机会呢。

上官玉珠听他们说话证实了自己的判断。

男的说："春香，看来这雷公藤真的对治麻风病有效果呀。"

春香说："是呀，烂头，我想我们和孩子也应该喝点汤药，可以预防染上病。"

陈烂头说："应该没有必要吧，我们和他们在一个地方住了那么长时间，也没有染上嘛。"

春香说："不怕一万，只怕万一。"

陈烂头说："好吧，就听老婆大人的。"

春香说："烂头，反正这里的麻风病人知道雷公藤的作用了，我们还是离开这里吧，我不安心。"

陈烂头说："你是怕游武强回来报复？"

春香说："这是一方面，另外一方面，听说大军很快就要开始剿匪了，我们还是躲到别的地方，隐名埋姓，好好过日子吧。我晓得你心肠好，放不下这些麻风病人。现在他们的病都在好转，也可以料理自己的生活了，我们也该走了，走得远远的。"

陈烂头不说话了。

……

一连好几天，都没有动静，游武强没有来，大军也没有来，陈烂头也没有走。上官玉珠想，游武强是不是不想报仇，回唐镇去生活了。她决定去唐镇看看。白天，她是不敢进入唐镇的，因为唐镇人对红眼睛的陌生女人特别警惕，要是他们知道自己是蛊女，会把她烧死的。她在深夜潜入了唐镇。唐镇一片寂静，每家每户都家门紧闭，到哪里去找游武强？她在屎尿巷等待，等了很久才发现一个妇人到屎尿巷的茅厕里屙屎。她逮住了那妇人，问了游武强的情况，妇人告诉她，游武强根本就没在唐镇。上官玉珠这才匆匆离开了唐镇，回到了黑森林的隐秘山洞里。

那些日子，她一直提心吊胆，担心游武强的安危。

她经常站在洞口，向森林里眺望，希望听到脚步声传来，希望那个让她牵肠挂肚的男人出现在自己眼前，哪怕他天天臭骂她，毒打她，她也甘愿。她会想起师父凌初八的教诲，企图遗忘游武强，可是，她做不到。情是何物，她搞不清楚，但她相信，情是比蛊毒还厉害千万倍的东西，它看不见摸不着，却让人断肠。

上官玉珠成天寝食难安。

很快，她就瘦成了皮包骨。

最后连步子也迈不动了，躺在山洞里的石板上奄奄一息。

就在她觉得自己将要一命归西的时候，她听到了脚步声。上官玉珠以为自己是在梦中，脚步声从洞口传过来，一直逼近，到她跟前就中止了。上官玉珠不敢睁开眼睛，她害怕睁开眼睛什么也看不到，又是梦幻一场。问题是，她的确感觉到了游武强的存在，他身上的气味，那种男人特有的汗臭刺激着她敏感的嗅觉。当她真切地听到沙哑的声音响起，眼泪就情不自禁地涌出了眼眶。游武强说："玉珠，玉珠——"

不知哪来的力量，上官玉珠睁开眼睛，坐了起来，喘着粗气说："武强，武强，你、你终于来看我了——"

游武强说："我不是来看你的，我是因为报仇了，开心，找不到人报喜讯，就想到了你。我要告诉你，我亲手把陈烂头杀了。"

上官玉珠站起来，说："无论怎么样，你来了，我就欢喜。"

说完，她眼睛一黑，一头栽倒在地上。

游武强抱起她，把她放回石板上，给她盖好了被子。游武强给她弄了点水，喂进她嘴里，过了会儿，她就长长地呼出一口气，醒转过来。游武强说："你怎么变成这个样子？"上官玉珠说："想你想的。"游武强说："你是疯了吧，我有甚么好想的。"上官玉珠说："你不会理解的。"游武强说："我是理解不了。"上官玉珠说："那你就不要理解了。"说完，她挣扎着要给游武强弄饭，担心游武强饿了。游武强按住了她，说："让我给你做顿饭吧，算是报答你的救命之恩。"

那顿饭，上官玉珠吃得很香，她很久没有好好吃顿饭了。如果游武强不来，她也许就饿死了，某种意义上，游武强也救了她一条命。游武强看她狼吞虎咽的样子，嘴角露出了一丝笑意，这让上官玉珠温暖。上官玉珠以为游武强回心转意了，内心充满了渴望。岂料，在她吃完饭后，游武强说，他要走了，再也不会回来看她了。还告诉她，现在解放了，要她小心，千万别被人捉住了，像她这样邪恶的蛊女，抓住会被枪毙的。上官玉珠说："我发过誓，再不害人了。"是的，她现在只是把蛊毒放在树上，放一次，她就可以活一年，黑森林中有些枯掉的树，就是因为她放了蛊毒而死的。游武强说："我就是担心你走到外面去，被人追杀，然后产生报复心理害人。"上官玉珠无语了。

她留不住游武强。

游武强往黑森林外面走去，她一直跟在后面。游武强每次回头说："你赶快回去吧。"她就站在那里一动不动，眼睛里闪动着迷离的红光。当游武强快走出黑森林时，他又一次回过头，说："玉珠，回去吧，记住我的话，好自为之。"上官玉珠还是不说话，站在那里，眼睁睁地望着他。游武强叹了口气，决绝地转过身去，迈开了大步。

他听到上官玉珠在身后的喊叫:"游武强——"

游武强回过头。

上官玉珠手中多出了一根拇指粗细的树枝。只见她把树枝折断,然后把尖锐的那端对准了自己的眼睛,说:"游武强,你放心,我哪里也不会去的,就在黑森林里等你——"说着,她把树枝用力地插进了自己的眼睛。上官玉珠浑身战栗,她使劲地拔出了树枝,插进了另外一只眼睛,又使劲地把树枝从眼睛里拔出来。她木然地站在那里,双眼的鲜血奔涌而出,流成了两道血河……

叶湛和宋淼禁不住惊叫起来。

上官玉珠说:"他留下来了,陪护了我一段时间后,他还是离开了黑森林。就是我眼睛瞎了,也没有挽留住他的心。不过,从那以后,他每隔一段时间,就会到我这里来一次,不是来看我,而是怕我饿死,给我送来吃的东西。其实,我就是眼睛瞎了,也有本事养活自己,森林里那么多野物,怎么能饿死我?我就是不说,只要他来,我就满足了。这样,我们过了几十年,唉,也不容易呀。"

叶湛什么话也说不出来。

宋淼也什么话也说不出来。

他想,现在这个世界还有如此痴情的女人吗?

如果有,他怎么碰不到呢?

上官玉珠又说:"这么多年来,武强虽然从来没有碰过我的身体,我们也没有结婚,但是我心里早就把他当成自己的丈夫了。他有甚么事情,我都可以感觉到,我们的心早已经连在一起。有一次,他在家里劈柴,不小心劈伤了手,我能够感觉到他受伤流血,后来他来给我送粮食,证实了我的感觉是对的。每次他来,我都可以感觉到,我的心都会活蹦乱跳,直到看到他的人,才会平静下来。那天晚上,我感觉到他要来,就一直在等着他。可是,等着等着,我的心突然疼痛极了,他浑身是血出现在我面前,朝我喊:'玉珠，救我——'我明白，他出事了。我冲出了山洞，朝森林的另一头狂奔过去。等我赶到，已经太迟了，他已经死了，被人埋起来了。我用双手刨开了埋他的泥土，把他的尸体带回了山洞。我把他的身体擦得干干净净，然后用白麻布裹起来……"

## 14

傍晚时分，游缺佬来到了郑文浩家门口。他敲了敲门。郑文浩在里面粗声粗气地问："谁？"游缺佬说："是我。"郑文浩开了门，游缺佬走了进去。郑文浩说："坐，坐。"游缺佬找了凳子坐下来，看到钟华华在洗衣服，就说："你们家还没有做晚饭吧？"钟华华说："马上，洗完衣服就去，你今天怎么那么早就把店门关了，往常都要晚上九十点钟才关门。"郑文浩也说："是呀，怎么那么早关门，我还想去理个发呢。"

游缺佬笑笑："今天关门是早了点，可是有原因的。"

郑文浩也笑了笑，说："甚么原因，说来听听？"

游缺佬说："今天是我五十岁的生日，要不是我儿子打电话来提醒我，我都记不起了，多年来，我也没有过生日的习惯，可是儿子一定要我找几个合得来的人吃顿生日饭，钱由他出，就算是他的一片孝心。"

郑文浩说："还是你儿子懂事呀，你看我们家那小子，也不好好读书，成天不知道躲在楼上干什么，还老管我要钱，我卖猪肉赚几块钱容易吗！"

游缺佬说："我儿子小时候也那样，皮得不得了，长大懂事就好了。"

郑文浩说："佳敏也十来岁了，早该懂事了，我那个年龄，都一个人上山打柴，和我爹学杀猪了。"

游缺佬说："不能比，不能比，那是甚么年代，现在是甚么年代，电视上不是老讲，要与时俱进吗。"

说到电视，郑文浩就来气："干他老母！镇上停了我们那么长时间的电，电视机都生锈了。这些打靶鬼，恶呀！"

游缺佬说："莫生气，莫生气，没事到我家去看，就几步路嘛。"

钟华华说："缺佬，你今天不是五十大寿吗，我看就在我们家过好了，我去给你们弄几个菜，喝点酒吧。"

游缺佬笑了笑说："不用麻烦你们了，我都准备好了。我来的目的，就是请你们一家和我一起过生日，我让刘洪伟准备了一桌。你们也晓得，我在唐镇没有几个真正合得来的，也就你们家和王秃子还有游武强。游武强不知死到哪里去了，王秃子在医院照顾吴四娣，也就你们能够陪我过这个五十岁的生日了。我特地上门来请你们全家，不晓得你们能不能赏脸。"

郑文浩笑着说："哪里话，你游缺佬过生日，我们一定要去的！"

游缺佬说："华华，洗完了吗，洗完我们就走吧，估计刘洪伟那边也准备好了。"

钟华华说："马上，马上。"

游缺佬说："佳敏呢？"

郑文浩说："在楼上。"

游缺佬说："叫他下来吧。"

郑文浩大声喊叫："佳敏，快给老子滚下来——"郑佳敏说："干什么呀？"郑文浩说："吃饭去。"郑佳敏说："到哪里吃饭？"郑文浩说："刘家小食店。"郑佳敏说："我不去。"郑文浩说："为什么不去，你缺佬伯伯过生日呢。"郑佳敏说："我要守住我们家的房子。"游缺佬眼睛里闪过一丝慌乱，说："佳敏，快下来吧，今天不可能来拆房子的，你看一点动静都没有，我们吃饭的地方不远，如果有动静了可以听到的。"郑文浩有点生气:"佳敏,我告诉你,你再不给老子下来,我就揍死你!"郑佳敏说:"你打死我也不下来。"郑文浩冲上了楼,看郑敏佳坐在那里,看着不远处停放在废墟上的推土机,那推土机自从拆迁开始就一直停放在那里。郑文浩一把把他提起来,拖下了楼。

这时,钟华华也洗完衣服了。

郑佳敏无奈,只好跟大人们去了刘家小食店。

他们就在平常镇干部喝酒的楼上那个包间里吃饭。刘洪伟夫妇准备了一桌子菜,鸡鸭鱼肉全齐了,还炖了一盆甲鱼汤。吴文丽把甲鱼汤端上来时,笑着说:"你们真有口福哟,这甲鱼三斤多重,是从唐溪摸上来的野生甲鱼,肉美汤鲜。"

吴文丽还给他们开了瓶五粮液。

看着好酒好菜,郑文浩倒吸了口凉气说:"哇,这些酒菜,要花多少钱哪,缺佬,你给人剃一年的头,也换不来这顿饭的饭钱哪,你也太破费了嘛。"

游缺佬笑笑说:"没事,没事,儿子说了,钱由他掏。"

钟华华说:"远帆还没有毕业呢,哪来的钱呀?"

游缺佬说:"他现在已经在上班了,边读大学边上班,叫甚么来着——"

郑文浩说:"勤工俭学吧。"

游缺佬说:"对,对!不管甚么学了,儿子给钱,我们就吃,也该享享他的福了,苦了一辈子。吃吧,吃吧!"

他们就吃喝起来,聊一些家长里短的事情。

郑佳敏闷头吃东西,根本就不搭理他们。他吃得差不多了,就下楼去了。游缺佬说:"佳敏,你干甚么去呀?"郑佳敏说:"屙屎去。"游缺佬嘴角抽搐了一下,说:"屙完了赶紧回来吃呀。"郑佳敏没有回答他。郑文浩说:"你看这个没出息的狗东西,吃点东西就屙。来,缺佬,祝你生日快乐,干一杯。"游缺佬说:"喝!"他们这一来二去,喝了不少。钟华华提醒丈夫:"文浩,少喝酒,多吃菜,不要像王秃子那样,喝多了,房子被人拆了都不晓得。"郑文浩喝了酒,声音很大:"没事,今天高兴,好好陪缺佬喝几杯。我不是王秃子,他们敢来拆,我就敢用杀猪刀捅他们!"

过了约莫二十分钟,郑佳敏还没有回来,郑文浩舌头都喝大了,说话结巴:"缺、缺佬,我、我佩服你、你,靠、靠着一把、一把剃头推子,培、培养了,一、一个大、大学生,干、干——"

钟华华说:"文浩,你还是别喝了。"

郑文浩推了她一下,说:"别、别管我,老、老子很久,没、没这样痛快了。"

游缺佬说:"让他喝吧,没事,没事。"

郑佳敏没有回来,却有人冲进了小食店,跑上了楼,对郑文浩说:"你还不快回家,出事了——"

游缺佬慌了,说:"出甚么事了?"

那人说:"你们去看看就知道了。"

就在这时,他们听到"轰"的一声响。

钟华华说:"文浩,快走,他们在拆我们的房子了。"

游缺佬喃喃地说:"怎么会呢,怎么会呢——"

郑文浩虽然喝得有点多,但是头脑还算清醒,他说:"缺佬,对、对不住了,不、不能陪你,喝、喝了,老子要去杀人了——"

他跌跌撞撞地下了楼。

果然,李飞跃指挥拆迁队在拆郑文浩的房子了,那阵势和拆王秃子房子时一样,不同的是,张洪飞他们没有去撞门,离郑文浩家有一段距离。因为郑佳敏站在阁楼上,一手拿着一个啤酒瓶子,另外一只手拿着打火机。啤酒瓶里面塞满了什么东西,瓶口露出一根引线。郑佳敏叫道:"你们都给我滚开,不然我炸死你们——"

247

郑佳敏根本就没有去厕屎,而是偷偷回家了,那些人已经准备拆房了。

郑文浩疯狂地朝家门口扑过去,他要回家拿杀猪刀。

钟华华叫着儿子的名字,紧紧跟在丈夫后面。

李飞跃看到了郑文浩,他赶紧用对讲机叫道:"张洪飞,张洪飞,郑文浩过来了,他手上没有杀猪刀,赶快叫几个人把他摁住,给老子捆起来!把他老婆也摁住,要快,千万不能让他们进了家门。"

张洪飞捂着肚子,他的肠子里还是有什么东西在乱窜,他忍着肚子疼痛,指挥着十几个保安,把郑文浩团团围住。郑文浩酒劲上来了,不像王秃子睡得像死猪一样,而是变得十分狂暴。上去七八个人才把他摁倒在地,摁倒在地后,他还不停地挣扎叫骂。钟华华也被他们抓住了,反剪双手,动弹不得。

阁楼上的郑佳敏见到父母亲被制住,大声说:"放开我爹,放开我姆妈——"

没有人理会他。

他气坏了,点着了啤酒瓶口的引线,引线滋滋地冒着火花。

他把啤酒瓶子扔了下去,"轰"的一声,炸响了。围观的人群骚动起来,拆迁队的一个人的大腿被飞过来的玻璃碎片扎伤了,鲜血直流。拆迁队的人纷纷后退,推土机也在后退。那些保安把郑文浩捆绑起来,也往后面拖。钟华华大声说:"儿子,下来,儿子,下来,让他们拆吧——"她是担心儿子的安全,她不知道儿子怎么弄出了能爆炸的啤酒瓶。她哪知道,郑佳敏把和父亲要来的钱都买了二踢脚,从鞭炮里取出黑硝,拌上少量晒干的黄泥,放在啤酒瓶子里塞紧,插上引线,做成了炸瓶。

郑佳敏又拿起了一个啤酒瓶。

钟华华大喊:"儿子,儿子,你别管了呀,让他们拆吧——"

郑文浩怒吼道："儿子，炸死他们，炸死他们——"

从小食店赶过来的游缺佬躲在一个角落里，瑟瑟发抖，他喃喃地说："怎么会这样，怎么会这样——"

李飞跃赶紧让人把炸伤的拆迁队员送到卫生院去包扎。

他对派出所的马建说："该你们出马了，你看看，他们自制炸药，公然和政府对抗，你们看着办吧，他娘的，这个刘西林跑哪里去了，他这个所长想不想干了！"

马建跑过去，朝郑佳敏说："佳敏，快放下你手中的瓶子，赶快下来——"

郑佳敏倔强地说："让他们离开，放了我爹和我姆妈，我就听你的，不然，我连你也一起炸！"

马建还在说着什么。

郑佳敏死活不听他的，坚持自己的态度。

李飞跃眼睛里冒着火，他想到了郑佳敏朝他头脸上撒的那泡尿，一股无名火冲上了脑门，肚子里仿佛也有什么东西在乱窜，不像张洪飞那样让他疼痛，而是不断增加他的怒火，让他头脑发昏。

人们看到怒不可遏的李飞跃不顾自己的体面和斯文，跳上了推土机，把推土机司机推了下去，开着推土机，朝郑文浩家撞过去。郑佳敏又点燃了啤酒瓶口的引线，朝推土机扔了过去，啤酒瓶没有扔到推土机上，在推土机旁边爆炸了。李飞跃猛地刹住了推土机，一块玻璃碎片擦着李飞跃的头皮飞了过去，李飞跃更加愤怒了，体内的魔鬼在叫唤："撞死这个小兔崽子——"

他正要开动推土机。

一个人冲到了推土机前面，大声喝道："李飞跃，你给我下来！"

李飞跃定眼一看，原来是刘西林，他怒吼道："刘西林，给老子滚开！"

刘西林掏出了枪,说:"李飞跃,下来!"

李飞跃咬了咬牙,他无法控制体内的魔鬼,开动了推土机。

刘西林想,推土机要是撞倒了房子,郑佳敏危在旦夕,他不顾一切地朝天开了一枪。枪声使现场安静下来,也让李飞跃清醒过来。李飞跃又一次刹住了推土机。刘西林赶紧跳上了推土机,对李飞跃说:"下去!"李飞跃说:"你这样做,想过后果没有!"刘西林冷静地说:"你想过后果没有?"李飞跃牙咬得嘎嘎响:"你这个所长是不想干了!"刘西林说:"由不得你,快下去,放开郑文浩,赶快让所有人撤走!"

李飞跃说:"我要不呢?"

刘西林用枪指着他的脑门,说:"那你就试试。"

僵持了一会儿,李飞跃跳下了推土机,大喊:"撤,放人!"

刘西林吐出了胸中的一口闷气。

李飞跃对他说:"刘西林,等着瞧!"

刘西林报以蔑视的冷笑。

## 15

上官玉珠对宋淼说:"后生崽,你能让我摸你一下吗?"宋淼面露难色,不清楚她有何用意,尽管她向他们讲了许多事情,宋淼心里还是有种挥之不去的恐惧感。神秘的黑森林里神秘的上官玉珠,让他琢磨不透。叶湛也不清楚上官玉珠为什么要摸宋淼,可为什么不能满足这个可怜的人这个小小的愿望呢?她说:"宋淼,你就让他摸一下吧。"

宋淼无法拒绝,只好摘下眼镜,把脸凑近了上官玉珠。

上官玉珠伸出右手,在他的脸上轻轻地抚摸。

她的手又干又粗,手指上还有坚硬的老皮。上官玉珠的手在他的额头、脸颊、鼻子、嘴唇、下巴上游弋,每个地方都像被钝刀的刀锋划过,有些痛,有些痒。宋淼浑身发冷,哆嗦起来。

上官玉珠把手缩了回去,叹了口气,对宋淼说:"还真像那个画师,一样的小白脸,一样白嫩的皮肤。我不明白,师父为什么会喜欢他,说心里话,我不喜欢,我喜欢游武强,喜欢他粗糙的脸,喜欢他脸上的刀疤,那才是我心中的男人。也许你会问,我为什么要摸他。那天在五公岭,我去看师父了。她站在我面前,对我说,那个后生和宋柯长得很像哪,不信,你去摸摸他的脸。我是个瞎子,虽然看不见任何东西,可是,我的手却很敏感,我可以摸出你的模样,你和我记忆中的宋柯十分相像。你不是想知道宋柯埋在哪里吗,师父说,她带你去过,就在五公岭她站立的地方,他们的坟被人平了,棺木并没有挖出来。师父很喜欢你,想把你带走,可是,她不忍心。她知道你来干什么。她让我告诉你,不要把宋柯的尸骨全部带走,留些下来陪她。"

宋淼不敢相信她说的话。

叶湛也听得毛骨悚然,她怎么可以看到死去已久的人,并且和凌初八对话?

宋淼颤抖地说:"她什么时候带我去过五公岭?"

上官玉珠笑笑:"在你的梦里。你是不是梦见过一个穿着蓝色土布衣裳的女人,她的脸色黑红,站在五公岭的山坡上,朝你微笑,朝你招手,她站立的地方有一株孤零零的枯死的柑橘树……对不对?"

宋淼大骇,颤抖地说:"对,对——"

叶湛睁着大眼睛:"宋淼,这都是真的?"

宋淼说:"真的。"

叶湛:"简直不可思议。"

上官玉珠叹了口气说:"冥冥之中,每一个人的一切都是上天安排好的。师父生前就担心宋柯会离开这个地方，回到他出发的地方。就在宋柯死后，她还是担心，有人会来把他的遗骨带走。现在，你来了，真的要把他的遗骨带走了，师父只是希望你手下留情，不要把宋柯的遗骨全部取走。我在这里替师父求你了。"

宋淼喃喃地说："放心吧，我不会全部带走。"

上官玉珠说："那我死也可以瞑目了。我算好了，今天晚上，还有一个人会来。那个人来了，你告诉他，他的儿子和那些吃过穿山甲的人，都不会因为我而死，我发过誓，不会再害死人了。但是，他们将痛苦一生，会疯狂，会呕吐，会疼痛……会觉得生不如死。还有，等那人来了，告诉他，我和武强的墓穴已经挖好了，就是你们来时看到的那个坑，让他把我和武强埋在一起就可以了，他一定会照办的。"

叶湛说："你怎么可能会死？"

上官玉珠笑了，仿佛笑得很开心。她说："我该死了，现在不死，更待何时？武强都死了，我活着还有甚么意思。能够和他埋在一起，是我这一辈子最幸福的事情，也算功德圆满了。我该走了，如果有缘分，我们来世再相见，我再吹笛给你们听。"

说完话，上官玉珠站起来。她双手捂在鼓起的肚子上，嘴巴里念叨着他们听不懂的话，像是什么咒语，又像是在念经。古怪的声音在山洞里嗡嗡回响，氛围诡异。不一会儿，她的肚子慢慢地瘪下去。上官玉珠的声音消失了，只能听到铁锅里沸水的咕嘟声。她张大了嘴巴，松树皮般的老脸抽搐着扭曲着，空洞的眼窝里流出了浊黄的泪水。这是异常痛苦的表情，叶湛和宋淼手足无措。

上官玉珠张开的嘴巴没有合拢，而是越张越大，仿佛有什么无形的东西迫使她的嘴巴无限地扩张。她弓起了腰，上身往前倾，双手还是死死捂住肚子，喉咙里发出了叽里咕噜的声音，黄色的黏液从她的口中流出，一串一串地落在地上。

最让人惊骇的事情发生了。

叶湛和宋淼的眼睛里充满了前所未有的惊恐，他们的心脏也在承受着恐惧的折磨，他们的表情是痴呆的。

上官玉珠的喉咙里探出了一个青色的蛇头。

那蛇头极不情愿地扭动着，缓缓地钻出了上官玉珠的嘴巴，青蛇咝咝地吐着芯子，仿佛在诉说着什么。上官玉珠的泪水和嘴巴里的黏液继续一串一串地落在地上。她伸出双手，捉住了蛇的上半部分。蛇的身体在扭曲，在挣扎，极不情愿离开上官玉珠的身体。上官玉珠使劲把蛇的下半部分拔出了喉咙，双手抓住青蛇，大口地喘息。她决绝地把青蛇扔进了沸水翻滚的铁锅里。

蛇在铁锅里挣扎翻腾，很快就死了。

上官玉珠倒在地上，身体蜷成一团，不停地抽搐。

不一会儿，她的身体伸直，蹬了几下脚，就再也动弹不了了。

这时，目瞪口呆的叶湛和宋淼听到了急促的脚步声。

一个人匆匆地闯进了山洞。

他看到躺在地上渐渐僵硬的上官玉珠，扑倒在地，泣不成声："恩人哪——"

## 16

李飞跃坐在办公室里，肥胖的身体不停地抖动，气得脸色铁青。张洪飞双手捂着肚子，龇牙咧嘴地看着李飞跃。李飞跃咬牙切齿地说："刘西林，我要弄不死你，老子不姓李。"张洪飞说："李镇长，你刚才给谢副局长电话，他怎么说？"李飞跃说："这小子疯了，谢副局长打他手机，他就是不接。他说，现在在报请局里，先免去他派出所所长的职务，最迟明天上午会有结果。"张洪飞说："当初就不应该派他到唐镇来当所长。"李飞跃说："谢副局长气得半死,谁能料到,他会那样。"

就在这时,张洪飞的手机响了。

他拿出手机看了看,说:"是李效能的电话。"

李飞跃说:"快接,看他说些甚么。"

李效能告诉张洪飞,叶湛和宋森一直没有从黑森林里出来,他还看到张洪飞的父亲张开矩也进黑森林里去了。李效能问他怎么办。张洪飞说,你们继续在那里守着,我和李镇长商量一下怎么办。挂了电话,张洪飞把情况告诉了李飞跃。李飞跃说:"你爹去黑森林做甚么?"张洪飞摇了摇头:"鬼知道。"

李飞跃盯着张洪飞,好长时间不说话。

张洪飞本来就肚子痛得受不了,看到李飞跃莫测的样子,太阳穴也疼痛起来。

李飞跃开了口,冷冷地说:"你爹是不是晓得了那天晚上你和李效能做的事情?"

张洪飞说:"不可能,不可能。"

李飞跃脸色阴沉,说:"我看是有可能,你他娘的就是个笨蛋,说不准是你灌黄汤灌多了,回家把这事说出来了。你他娘的喝醉了,甚么话都可以说出去,我瞎了眼,怎么会找你这个王八蛋办事情。"

张洪飞说:"我、我真的没有说过,没有对任何人说过那事,不可能的,不可能的!"

李飞跃说:"事到如今,也只有捂了,这样吧,你赶快去一趟黑森林……"

张洪飞说:"你看我这身体?"

李飞跃说:"难道让我去?"

张洪飞无奈地说:"好吧,我去,我去——"

李飞跃没好气地说:"还不快滚,事情要是办不好,你也不要回来了!"

张洪飞走后,李飞跃用拳头捶着自己的额头。他没有想到事情会变成这样。本来想,晚上顺利把郑文浩的房子拆掉后,郑怀玉就可以开工了,只要开工,郑怀玉答应他的事情就会落实,等在党校学习的书记回来,一切都顺理成章了。有了钱,他也不想在这个鬼地方待下去了。

这时,王菊仙鬼魂般推开门,闪了进来,然后反锁上了门。

李飞跃说:"王菊仙,你这是干甚么,鬼鬼祟祟的。"

王菊仙拉上了窗帘,走到他面前,坐在他大腿上,搂住他脖子,说:"飞跃,我受不了了。"李飞跃说:"去去去,也不看甚么场合,老子现在没有心情。"王菊仙赖在他身上,亲了他的脸一下,轻声说:"我想要,憋死我了。"李飞跃说:"回去和你老公搞吧,我现在焦头烂额,哪有情绪。"

王菊仙说:"来吧,做做就有情绪了。"

李飞跃说:"骚货,老子气得连晚饭都没有吃呢,做你个头呀。回去吧,回去吧,别在这里给老子添乱了,成事不足败事有余的妇人!"

王菊仙沉下了脸:"你这个人没有良心,我晓得你今天晚上心里不痛快,过来陪陪你,想让你高兴高兴,没想到你这样对我。李飞跃,你自己想想,这么多年来,我和你不明不白的,得到了你甚么好处?这个妇女主任有甚么好当的,还不如回学校里去教书呢!当初,你信誓旦旦的,说会对我好一辈子,说要离婚娶我,都他妈的鬼话。这些年来,你有过那么多的新欢,我说过甚么?现在看到我就像是看到苍蝇,我甚至连小食店里的吴文丽都不如。罢了,罢了,我在你眼中不过是个贱货,以后我们就算了吧,我再不会烦你了,你也不要再理我了。"

王菊仙站了起来,气呼呼地往外走。

李飞跃说:"菊仙,你给老子站住。"

王菊仙停住了脚步，回转身，眼泪汪汪地望着他。

李飞跃站起来，朝她走过去。

王菊仙说："你要干甚么？"

李飞跃觉得肚子里有什么东西蠕动了一下，脑袋一热，不由自己控制，抱紧了王菊仙，说："干你——"王菊仙说："等等，去把灯关了。"李飞跃没有松手，说："关个鸟灯。"不一会儿，王菊仙呻吟起来……完事后，他一把推开王菊仙，疯狂地呕吐起来。办公室里充满了恶臭。王菊仙也呕吐起来。李飞跃吐得眼冒金星。他心想，这他娘的到底是怎么了？李飞跃说："菊仙，赶快收拾一下，太臭了，太臭了。"王菊仙说："好，好。"

这时，他听到门外传来了女人的冷笑声。

李飞跃有气无力地说："王菊仙，你出去看看，谁在门口。"王菊仙开了门，发现李飞跃的老婆胡琴琴站在门口。胡琴琴冷笑着说："你们唱的是哪出戏呀？"王菊仙的脸一阵红一阵白，神色慌张："我们在谈工作，谈工作。"胡琴琴说："那你们继续谈吧，烂货！"王菊仙心里这个委屈，李飞跃说她是贱货，他老婆骂她是烂货，她也不知道自己到底是什么货色了。王菊仙本能地想防御胡琴琴的攻击，用手挡住了自己的脸。

胡琴琴根本就没有动手，只是轻蔑地盯了她一眼，然后扬长而去。

## 17

刘西林和郑文浩面对面坐着。此时，郑文浩酒已经醒了，他的脸上有几道血痕，那是被保安队员抓伤的，火辣辣地痛。钟华华坐在一旁，两眼通红，抱着低头不语的儿子，惊魂未定的样子。刘西林已经很久没有这样坐在他们家里了，这个家曾经接纳过他，以前,他经常和郑文浩住在一个房间里。这个家还是那种熟悉的气味,多年来都没有变过,变的是他刘西林,他心里十分伤感。

钟华华说:"文浩,我看还是算了吧,让他们拆吧,这样下去,如何是好,你看佳敏,都成甚么了,他要是不小心把自己炸死了,我们找谁去?我也快疯掉了,这种日子不是人过的。我们斗不过他们,他们有钱有势。今天要不是刘所长,后果不堪设想。"

郑佳敏低着头说:"他们再来拆房子,我就炸死他们!"

钟华华焦虑地说:"文浩,你听听,这有多么危险。"

刘西林说:"佳敏,你还有多少个啤酒瓶子,给我好吗?以后再不能这样干了,要真出了人命,谁都不好说了。"

钟华华说:"佳敏,告诉姆妈,你还有多少个啤酒瓶,藏到哪里去了,拿出来,给刘所长带走,好吗?"

郑佳敏不吭气了。

郑文浩点燃了一根烟,狠狠地吸了口,呼出股浓浓的烟雾。

他粗声粗气地说:"我看佳敏做得对,要不是佳敏,今天我们家的房子就完了。佳敏不愧是我郑文浩的儿子。那些啤酒瓶为甚么要交出去,留着,下次他们再来,我来扔,干他老母,不是鱼死就是网破,大不了一死!从明天开始,我不杀猪了,就在家里守着,等着他们来,我要和他们干到底,我就不相信,没有王法。华华,你明天一早就带佳敏到你娘家去待一段时间,等事情平息了,我去接你们回来。"

郑佳敏说:"我不走,我要和爹一起保卫我们家的房子。"

钟华华说:"我也不走。"

郑文浩说:"明天一早,你们都得给我走,这个家还轮不到你们做决定。"

刘西林说:"文浩,你一定要冷静,找些有效的办法解决问题,千万不能蛮干。最近我也在搜集一些他们违法的证据,只要证据确凿，我就不信扳不倒他们，我也豁出去了，大不了不当这个派出所所长了，大不了脱了这身警服，我也要给乡亲们讨个说法。"

郑文浩冷冷地说："刘西林，你别说这样的话，你还是好好当你的所长吧，不需要你替我们出头，我们担当不起。今天的事情，我感谢你，我会记在心里，以后有机会，我会还你这个人情，你晓得我的脾气，从来不欠别人的情，也从来不需要别人的恩赐。"

刘西林叹了口气，说："文浩，看来，你是误解我了，我不是你想的那号人。"

郑文浩提高了声音："那你告诉我，你是哪号人？好听话谁都会说！游武强的房子被拆了，人现在是死是活都不晓得，你放过一个屁吗？王秃子家的房子被强拆，你还在现场当他们的保镖，眼睁睁地看着他们为所欲为，你又怎么解释？你说我们误解你了，到底要我们怎么才能理解你？你说，刘西林。"

刘西林一时语塞，脸红耳赤，什么话也说不出来。

钟华华说："文浩，你怎么能这样说话，今天晚上要不是刘所长，现在你能坐在家里？不一定发生了甚么大事，家破人亡都有可能。"

郑文浩喝斥道："妇道人家，你懂个屁，说句不好听的话，这是他应该做的，拿着纳税人的钱，不保护人民，算哪门子警察！"

郑文浩的话像刀子般捅着刘西林的心。

刘西林无地自容。

他站起身，说："文浩，我先走了，无论如何，你要冷静，我不希望你出甚么事情，很多事情，我会给你们一个交代，也会给唐镇人一个交代。"

郑文浩冷冷地说："不送。"

还是钟华华把他送到了门口，说："刘所长，文浩说的都是气话，你要理解他，你们从小在一起长大，了解他的脾气。"

刘西林说:"没有关系的,回吧。"

钟华华也没有再说什么,把门关上了。

刘西林擦了擦额头上的汗水,憋了一肚子的气。这时,从墙角闪出马建。刘西林说:"你在这里干甚么?"马建说:"我在这里等你。刘所,刚才谢副局长又来电话了,要你务必给他回个电话,还有老局长也来电话,问你的情况。谢副局长听说了郑家自制土炸弹炸伤拆迁队员的事情,要我们抓人,你看——"

刘西林气不打一处来:"甚么土炸弹,抓甚么人!"

马建说:"可是,怎么向谢副局长交代?他的话说得十分难听,刘所,我看你要小心点,问题被他们说得很严重,明天,局里可能会有人下来调查你。"

刘西林说:"如果他再打电话给你,你把责任都推给我,说是我不让抓人的,有甚么问题,我负责。我不怕查,不做亏心事,不怕鬼叫门。"

马建说:"那、那好吧。"

刘西林想了想说:"马建,晚上你辛苦一下,就守在这里吧,有甚么情况,马上打电话给我,我怕他们还会弄出甚么事情来。如果他们来强拆郑文浩的房子,一定要制止,等我来了再说。"

马建说:"刘所,我听你的。"

刘西林叹了口气说:"小马,也许我的很多事情会连累你和所里的其他人,你要有心理准备。说心里话,我觉得很对不住你们。"

马建说:"刘所,别说了,我们都理解支持你。做人还是要有良心的,在这个社会里,像你这样的人不多,我们心里都有数。说老实话,有人想收买我,要我做些下三烂的事情,我没有答应,因为你是我的榜样。"

刘西林说:"谢谢你,小马。"

马建说:"刘所,你忙你的去吧,我在这里守着,有情况我马上通知你。"

刘西林说:"好!那我先走了。"

刘西林走进镇政府大院,发现李飞跃办公室的灯还亮着,心想,他还在打什么鬼主意?刘西林今天晚上本来就有计划看紧李飞跃,看他到底还会干出什么匪夷所思的事情,这家伙是疯了,简直丧心病狂。

刘西林躲在一个角落里,等着李飞跃出来。他仿佛听到有人在说:"西林,我走了,你要好自为之哪。"那声音异常的熟悉,他清楚,那是游武强的声音。声音仿佛从很远的地方随风飘来,让刘西林心碎。刘西林不知道游武强此时在何处,如果知道,谁也无法阻挡他,一定会去找他。

刘西林心里说,爹,爹,你在哪里——

他听到一声长长的叹息。

刘西林的眼睛湿了,心如刀割。

小时候,好几次在游武强离开唐镇,去那神秘地方时,刘西林就想偷偷跟着去看个究竟。那天,游武强把他送到了郑培森家,让他在郑家住几天,刘西林知道游武强又要走了。对于游武强周期性的离开,刘西林的好奇心与日俱增。那天晚上,刘西林偷偷地溜出了郑培森的家门,早早地埋伏在镇西头小木桥旁边的草丛中。那是个月明星疏的夜晚。唐镇沉静下来之后,刘西林就看到游武强的身影从唐镇晃了过来,他挑着一担东西,步履匆匆。他走过小木桥后,刘西林就跟了上去。跟着跟着,游武强就不见了踪影。远处五公岭上,鬼火闪闪烁烁,刘西林心惊胆战。突然,有人在他身后说:"你为甚么跟踪我?"他悚然一惊,回转过身,看到游武强站在面前。刘西林无言以对。游武强十分恼怒的样子,只见他咬牙切齿地说:"以后再跟踪我,我就把你绑起来,扔到河里去沉潭。"刘西林从来没有见他对自己如此凶狠,站在月光下,瑟瑟发抖。游武强说:"还不快滚回去。"他只好跑回了唐镇,从那以后就再也没有跟踪过游武强。游武强的去向也成了他心中一个永久的谜。刘西林上警官大学的头一天晚上,游武强高兴,喝了很多酒。刘西林提出了个问题:"武强伯,我想问问,你每隔段时间出去,到底去了哪里?"他本来想,这个时候了,游武强会告诉自己真相。可是,游武强还是没有说,还训斥他,以后再不要问这个问题了,否则和他一刀两断。刘西林也就没有再问,死了这个心,这是游武强的隐私,他不愿意说的事情,如果还要刨根问底,那也是对他的不尊重。

刘西林十分担心游武强的安危。

他怎么能够找到游武强呢?

就在这时,他看到王菊仙从镇政府大楼里走出来,匆匆而去。

又过了一会儿,李飞跃走出了镇政府大楼。他站在大楼门口,用手机打了个电话。李飞跃在镇政府大楼门口来回走动着,看得出来,他十分焦虑,如热锅上的蚂蚁。不一会儿,一辆桑塔纳轿车开进了镇政府大院,停在了楼门口。李飞跃打开了车门,钻了进去。桑塔纳轿车开出了镇政府的大门。

他要去哪里?

刘西林赶紧来到派出所门口,上了车,开着车跟了上去。

他要知道,在这个夜里,李飞跃到底还会干些什么出人意料的事情。

## 18

闯进山洞里,跪在上官玉珠尸体跟前的人就是张洪飞的父亲张开矩。叶湛十分意外,张开矩怎么会来到这个神秘的山洞,他和上官玉珠又是什么关系?看来,他一直就知道游武强的去向,可他为什么保守了这个秘密那么多年?

叶湛把上官玉珠的话转告给了张开矩。

张开矩讷讷地说:"没想到,我来给两个恩人送终。"

叶湛和宋淼默默地注视他。

整个山洞弥漫着悲伤和恐惧。张开矩在一个木箱里找出了白麻布,他用白麻布把上官玉珠的尸体缠绕着包裹起来。做这件事情的时候,他什么话也没有说,只是哀伤地流泪,泪水落在白麻布上,无声无息。

叶湛站在一旁,企图帮助他,被他阻止,她只有默默注视。

宋淼往后躲着,心里充满了恐惧。如果不是叶湛和张开矩在场,如果不是篝火让他感觉到灼热,他会认为自己在梦中。

张开矩裹好了上官玉珠的尸体,就扛着尸体走出了山洞。

叶湛和宋淼还留在洞中,他们守着游武强的尸体。宋淼瑟瑟发抖。叶湛走过去,抱住了他。她轻声说:"别怕。"宋淼说:"你怕吗?"叶湛说:"我也怕。"宋淼也伸出了双手,抱住了她。他们紧紧地搂抱在一起,相互取暖,相互抵抗恐惧。

过了一会儿,张开矩回到了山洞。

叶湛和宋淼分开了紧紧拥抱的身体。

相互的拥抱,让他们获得了某种勇气和信心。

张开矩默默地点了两支火把,分别递给他们,火把映红了他们苍白的脸。张开矩扛起游武强的尸体,朝山洞外走去。叶湛和宋淼跟在他的身后。他们走出山洞后,铁锅里的水还在翻滚,那条青蛇已经熬烂了,什么也看不见了。

# 19

张洪飞骑着摩托车来到了黑森林的入口处。李效能和那三个保安围了上来。张洪飞一手捂着肚子，一手拿着手电，手电光在他们脸上晃来晃去，最后，手电光落到了李效能的脸上。李效能用手掌挡着手电光，说："张队长，别照我的脸，我眼睛都花了。"张洪飞说："就照你的脸，看你这个鸡巴样，甚么事情都办不好。"

星空中，突然一颗流星划落，拖着长长的尾巴。

张洪飞说："我说最近怎么运气不好，干甚么都不顺，都是这扫帚星闹的。"

李效能小声说："自己鸡巴小怪屎太大。"

张洪飞踢了他一脚："你他娘的说甚么？"

李效能说："我甚么也没说。"

其实他说的话，在场的人都听到了，那几个货都嘻嘻哈哈地笑起来。张洪飞本来肚子痛，李飞跃还要他来黑森林，憋了一肚子气，看他们还在嘲笑自己，便怒吼道："你们再笑，老子弄死你们！"

见张洪飞真怒了，他们赶紧把笑憋了回去，一个个拉着猪肚脸。

张洪飞用手电敲了敲李效能的头，说："你真看到那老不死的了？"

李效能说："我哪敢骗你呀，千真万确。"

那三个保安也异口同声地说："真的，真的。"

张洪飞说："他到哪里去了？"

李效能说："他们三个人跟进森林里去了的，看着你爹钻进了一个山洞里。"

张洪飞说："那老不死的钻进山洞里干甚么？"

李效能说："他们没有进山洞，而是回来向我汇报情况，我马上就打电话给你了。张队长，你爹和游武强关系很好，会不会是你爹——"

张洪飞把手电筒用力地砸在他头上，骂道："狗屁崽，让你胡说

263

八道。"

这一下，砸得李效能很痛，他龇牙咧嘴地说："张队长，你下手也太狠了吧，我们在这里守了一天了，没功劳也有苦劳，你打我做甚呀？"

张洪飞说："打你还是轻的，你他娘的再啰唆，老子做了你。"

李效能坐在地上，心里十分不服气。

张洪飞觉得肚子里有什么东西在撕咬着肠子，痛得他浑身直冒汗。他蹲在地上，嗷嗷叫着："干他老母的，痛死老子了，痛死老子了——"原本他想让他们带自己到森林里去找父亲的，疼痛让他产生了一个恶念头："干他老母，你李飞跃站着说话不腰痛，让我半夜三更来这鬼地方，这不要老子的命吗，老子也要让你尝尝被人支使的滋味。"于是，张洪飞忍着肚子的剧痛，给李飞跃打了个电话："李镇长，大事不好，你赶快过来，我在黑森林入口处等你——"说完，没等李飞跃回话，他就挂了手机，然后把手机也关机了。接着，他让其他人也把手机关机了。

张洪飞刚刚当上镇保安队长时，李飞跃对他还不错，有好处总是想到他。久而久之，李飞跃就不把他当人看了，而是把他当狗使唤，偶尔给他点小恩小惠，像是扔给狗的骨头，没有肉，他却还津津有味地啃着。李飞跃让他到处收管理费，收到的钱很小的一部分装模作样地进了镇财政的账，大部分还是入了李飞跃自己的腰包，张洪飞拿可怜的一点补助。他心里有意见，却说不出口，不想因为此事和李飞跃闹僵，闹僵了对他自己也没有什么利益。这次拆迁，李飞跃拿了许多好处，就是口头承诺他，等商品房建好后，给他一套房子。张洪飞为了那影子都没有的房子给李飞跃卖命，心里经常很不痛快。最让张洪飞难受的是，李飞跃还和他抢女人。某天，刘家小食店旁边的"鹭鹭"洗脚店里新来了个女孩。女孩叫巫小小，捏脚的手艺不错，人也长得娇小漂亮。张洪飞第一次见她，就迷上了。张洪飞对巫小小展开了攻势,又是小恩小惠,又是威胁,不久后,巫小小就和他上了床。在唐镇,别看张洪飞人五人六,可是没有姑娘肯嫁给他,这让他非常郁闷。有了巫小小,他就来劲了,把她当成了自己的老婆,经常带着她招摇过市,仿佛在向唐镇人宣告,他有老婆了,而且是个漂亮老婆。好景不长。一次,张洪飞炫耀地带她去和李飞跃喝酒,却喝出了问题。巫小小坐在他和李飞跃中间,喝着喝着,李飞跃就把手放在了她的大腿上,喝到最后,李飞跃竟然把她搂在了怀里。张洪飞气坏了,又不敢发作,坐在那里十分不爽。李飞跃看出了他的心事,无耻地说:"不就是一个洗脚妹吗,兄弟分享一下有甚么了不起的,看你那鸡巴样,真没有出息,以后我介绍一个好女人给你做老婆。"他的话说到这个份儿上,张洪飞哑巴吃黄连有苦难言。想起这事,张洪飞就一肚子气,骂李飞跃不是东西。但尽管他对李飞跃有诸多意见,还是乐此不疲鞍前马后地替李飞跃做事。

张洪飞恶毒地说:"老子不舒服,谁也不要想舒服。"

## 20

有个人站在路中间,挡住了李飞跃的车。车在他面前戛然而止。司机猛地推开车门,出去朝那人拳打脚踢:"你找死呀,敢挡李镇长的车。"李飞跃发现那人是游缺佬,马上下车,制止了施暴的司机。司机还愤愤地说:"镇长,别拦我,他不是找死吗,我揍死他。"李飞跃说:"滚回车里去,游缺佬是找我的。"

李飞跃把游缺佬拉到一个阴暗角落,说:"缺佬,你真的想找死呀,要是刹不住车,就把你撞死了。"

游缺佬说:"李镇长,你说的话还算不算数?"

李飞跃说:"甚么话?"

游缺佬说:"你答应把我儿子安排在镇政府工作的事情。"

李飞跃说:"当然算数,你就放心吧,我是一言九鼎的人,怎么会骗你?明年他毕业了,我就让他到镇政府上班,说不准以后也当镇长,让你家的祖坟冒点青烟。"

游缺佬感激地说:"那就太谢谢李镇长了,我做牛做马也要报答你。"

李飞跃说:"好了,先不和你说了,我还有重要的事情要做,你回家去吧,对了,那些事情你一定要烂在肚子里,谁也不能说,否则你儿子的前程就泡汤了。"

游缺佬说:"我晓得,我晓得。"

李飞跃说:"你晓得就好。"

游缺佬见他要走,突然伸出手拉住了他的衣服。

李飞跃拍打掉他的手说:"你还有甚事?我真的有要紧事情要去办,有甚么事情以后再说,好不好?"

游缺佬说:"那我再问个问题。"

李飞跃焦急地说:"那你赶快说呀!"

游缺佬说:"李镇长,晚上那顿饭,还给我报吗?"

李飞跃冷笑了一声说:"游缺佬呀,游缺佬,你这个人真是甚么便宜都要占,今天晚上的事情都搞砸了,你还要我给你报账,我的损失谁给我补回来?我还没有找你算账就不错了,你还想找我报账,真是太不像话了。"

游缺佬急了:"这顿饭一千多块钱哪,我哪来那么多钱,李镇长,你说过的,无论如何,都会给我报的。现在,你说不能报了,我什么时候才能还上这么多钱。"

李飞跃说:"好了,别啰唆了,如果你能够给我想出个好主意,把郑文浩的房子拆了,我就把你这顿饭的钱给报了,我会把钱亲自给你送到吴文丽手中。"

说完，他就走出阴暗角落，上了车。

游缺佬站在黑暗中，看着车子消失在夜深处，喃喃地说："这顿饭一千多块钱哪，我拿甚么去还，我糊涂哪，怎么能够相信李飞跃的话，做伤天害理的事情。"

游缺佬跌跌撞撞地回到剃头店里，关上了门。他趴在门上，透过门缝往郑文浩家的方向看了看，然后心惊胆战地走向后屋的卧房。游缺佬躺在床上，思前想后，心痛不已，不时地用拳头砸着床，说："我怎么这样糊涂，怎么这样糊涂——"

拆迁开始后，就经常有人在他的剃头店里谈论一些事情。有人愤怒，有人担忧，有人无奈……他们的话，游缺佬都记在肚子里。有天傍晚，李飞跃走进了剃头店，坐在剃头椅上，说："缺佬，剃头。"刚刚坐在剃头店里闲聊的几个人，见李飞跃进来，无声无息地走了。李飞跃笑了笑说："缺佬，你生意不错嘛，每天都这么多人。"

游缺佬说："哪有甚么生意，他们都在这里扯咸淡的。"

李飞跃说："哦，他们说些甚么呢？"

游缺佬说："没甚么，没甚么，只是讲些鸡毛蒜皮的事情。"

李飞跃冷笑了声，说："没有这么简单吧，是不是因为拆迁的事情在骂政府，骂郑怀玉？"

游缺佬说："他们哪敢呀。"

李飞跃说："现在这些人越来越屌了，他们谁不敢骂。"

游缺佬说："反正我没有听到他们骂。"

李飞跃转移了话题："缺佬，你儿子游远帆大学快毕业了吧？"

游缺佬说："是呀，明年就毕业了，都愁死人了，听人说，现在工作很难找，大学一毕业就等于失业了，你看我家这个条件，也没有门路，远帆毕业了该怎么办？"

李飞跃说："是呀，不要说本科的大学毕业生，就是硕士博士，找工作也难上加难，那还是大城市里的现象，如果大学生回到我们县,要找个工作,那就比登天还难了。"

游缺佬说:"我都愁死了。"

李飞跃说:"愁有甚用,车到山前必有路。"

游缺佬叹了口气,说:"远帆这个孩子,思量我一个人在家里受苦,非要回来陪我,如果在城市里,找个工作会容易些,他一定要回来,可如何是好,总不能让他和我学剃头吧。"

李飞跃笑了笑,说:"记得远帆读的是省农业大学吧?"

游缺佬说:"是的。"

李飞跃压低了声音说:"缺佬,如果你能够帮我一个忙,我有办法让远帆毕业后到镇政府工作。"

游缺佬眼睛一亮,说:"如果你能让远帆到镇政府工作,你让我做甚么都可以。"

李飞跃说:"让你杀人放火你也干?"

游缺佬说:"干!"

李飞跃说:"哈哈,我怎么可能让你去杀人放火。我只是想让你把那些拆迁户想的甚么说的甚么,了解清楚后,告诉我就可以了。你说怎么样?"

游缺佬想了想说:"没有问题,但是有一点,你要替我保密,否则他们会撕碎我的,我也不能在唐镇待下去了。"

李飞跃说:"放心吧,我要说出去,对我们自己也不利,我还要求你保守秘密,此事不要乱说,天知地知你知我知。"

游缺佬和他达成了这个口头协议。

因为拆迁补偿条件被压得很低,又带着强制性,开始许多人家都不同意拆迁。游缺佬只要知道拆迁户有什么动向,马上就向李飞跃汇报。李飞跃很快地获得了主动权,各个击破,拆迁工作开展得十分顺利,谁也不知道,平常老实巴交人缘极好的游缺佬起了很重要的作用,做了一个极不光彩的下流角色。最后剩下了游武强、王秃子、郑文浩三个钉子户，李飞跃说他们是茅坑里的石头，又臭又硬。特别是游武强，李飞跃最头痛，他对游武强恨之入骨，在很多公开的场合说："游武强这个房子原来是我父亲的画店，他和郑文浩的爷爷合伙谋去的，我完全可以无偿要回来的，现在给他补偿，他还不搬，太过分了！"游武强也是这三户人家的主心骨，李飞跃想，只要把游武强拿下，或者其他两户就迎刃而解了。

对游武强，李飞跃不敢明着来硬的，因为游武强在唐镇的威信很高，就是郑怀玉的父亲郑雨山也对他十分敬重，他们私交也很好。要解决游武强的问题，还得暗中使劲。李飞跃还是想到了游缺佬。游缺佬和游武强是宗亲，关系不错，而且和王秃子以及郑文浩的关系也不错，平常私下里也常有走动。游武强每段时间都要离开唐镇几天，路人皆知，可是李飞跃弄不清楚他什么时候离开，就是离开了，也不清楚，游武强基本上不开门，也很少出来走动。他们不敢轻易地动手拆游武强的房子。李飞跃想出了个办法，让游缺佬监视游武强，只要他一离开唐镇，马上就向自己汇报。开始时，游缺佬不同意。李飞跃就威胁他，如果他不干，就把以前的事情说出去，他在唐镇就没有立足之地了，剃头店都会被人端掉，重要的是，李飞跃也不会再考虑他儿子大学毕业后的工作问题了。游缺佬无奈，只好就范。

那个深夜，游武强悄悄地离开了唐镇，把大黄狗留着看家，他以为神不知鬼不觉，哪想到黑暗中，有一双眼睛盯着他。他还没有走出唐镇，李飞跃就知道了这件事。李飞跃一不做二不休，就派张洪飞和李效能暗中跟踪游武强……

解决了游武强的问题后，李飞跃他们就很快向王秃子下了手。

郑文浩成了最后一个钉子户。

郑文浩的脾气暴烈，手上还有合法的武器——杀猪刀，真把他逼到绝路了，出了人命毕竟不好交代，李飞跃还是不敢来硬的，必须想个好办法。李飞跃还是想到了游缺佬，他们商定了一个调虎离山之计，只要郑文浩一家人不在时，他们把房子拆了，生米煮成了熟饭，事情就好办了，由不得郑文浩了，主动权又牢牢地控制在李飞跃他们手中。恰恰好，这天是游缺佬五十岁生日，他找到了一个恰如其分的理由，请郑文浩一家吃饭，趁机把郑文浩灌醉，在他们吃饭时，把房子拆了。之前，李飞跃给了游缺佬一包迷药，让他放在甲鱼汤里，迷倒他们后，办起事情来就没有任何问题了。游缺佬不清楚这是包什么药粉，要是吃了会死人，那他不就成了杀人犯？性质就完全变了。游缺佬留了一手，也动了恻隐之心，没有把迷药放在甲鱼汤里。因为他的纰漏，走脱了郑佳敏，弄得场面不可收拾，险些酿成惊天大祸。

游缺佬又悔又恨，仿佛有只青面獠牙的怪兽在噬咬着他，他觉得大难临头……

## 21

那小片森林空地，被火把照亮。森林里一片寂静，就连平常聒噪不休的虫豸也在这个星夜保持肃穆，那些能够闻到死人味的死鬼鸟也不见踪影，森林里一丝风也没有，仿佛在为游武强和上官玉珠哀悼。

张开矩把他们用白麻布裹得严实的尸体放进了墓穴。

他跪在墓穴旁边，用力地磕了三个响头，凄声说："恩人，你们一路好走——"

然后，站起来，用铁锹往墓穴里填土。

叶湛和宋森举着火把，站在一旁，无言地看着张开矩挥汗如雨地填土。张开矩不要他们帮忙，说这是他自己的事情，和他们没有关系，这一生中，是他唯一为他们做的重要的事情。张开矩在填土的过程中,自然而然地想起了六十多年前的往事。

往事就像一根麻绳,联结着过去、现实和未来。过去是场梦幻,现实也是梦幻,未来同样也是梦幻,那么的不真实。张开矩不敢相信令人恐惧的蛊妇上官玉珠能够治好自己的麻风病。他见过那些重症的麻风病人,想到自己在未来的某天会像他们一样,人不像人鬼不像鬼地活着,或者痛苦地死去,他就会恐惧得发抖,小小年纪就深深体味到了绝望的滋味。上官玉珠也让他无端地恐惧,关于蛊妇的歹毒,在唐镇流传甚广。游武强出去觅食的时候,他就和瞎眼的上官玉珠在一起。

上官玉珠会让一条青蛇从嘴巴里溜出来,放在一盆清水里清洗,然后当着他的面,把玩着青蛇,玩够了,就让青蛇钻回她的肚子里去。张开矩惊骇不已。上官玉珠虽然眼瞎,可她能够感觉到张开矩的惊恐表情和恐惧的心。她柔声说:"开矩,你莫要怕,我不会害你的,青蛇是我的命,没有它,我就活不了。你莫怕,以后习惯就好了。"他也听出了上官玉珠话中的善意,可还是十分惊恐,不敢靠近她,躲在山洞的某个角落里,瑟瑟发抖,等待着游武强的归来。只有游武强在场,他的恐惧感才能化解。

游武强把张开矩带到山洞里来,希望上官玉珠能够有什么法术救治他。上官玉珠告诉游武强,她的法术根本就治不了张开矩的病。游武强没有绝望,他想出了一个办法,让上官玉珠用蛊毒来治疗张开矩的麻风病。上官玉珠说,这万万不可,要是对他施了蛊毒也没有治好病,那就彻底害了张开矩,她不愿意冒这个险。

游武强急得在山洞里团团转。

张开矩见游武强焦虑,也越来越绝望。

他躲在角落里无声地哭泣。

游武强发现了他在哭泣,走过去,抱住了他,爱怜地说:"孩子,莫怕,一定会有办法的,要是治不好你的病,我陪你一起得病。"

张开矩不知道是感动还是更加害怕，哭出了声，他的哭声越来越响，最后变成了号叫。

上官玉珠听着他的号叫，心如刀割。

游武强能够把张开矩带来，是对她的信任，她感到十分的荣幸，最重要的是，她可以天天"看"到自己心爱的男人，天天和他在一起，不需要任何名分和实质上的情爱，她就已经很满足了。

她突然想起来多年前，红峰嶂森林里陈烂头和春香的对话，十分惊喜。

上官玉珠告诉游武强，有种叫雷公藤的草药或许可以治疗麻风病。

游武强凝视着她，说："你怎么晓得？"

上官玉珠幽幽地说："我没有告诉你，在你伤好离开后，我去找过你。我去了红峰嶂，去了唐镇……我没有能够找到你，却偶然间在红峰嶂森林里碰到了陈烂头和他老婆。他们在森林里采雷公藤，我听他们说，雷公藤可以治疗麻风病。你一定记得，当时，红峰嶂有个麻风病村，陈烂头夫妻俩照顾着那些麻风病人，还给他们治病。我记得，陈烂头并不是那么十恶不赦。"

游武强说："是呀，我第一次去那里，和最后一次去那里，麻风病人的确有些变化，记得他们利索多了。关于陈烂头的好坏，我不管，反正他杀了我叔叔，我就要杀死他，一命还一命，天经地义。"

上官玉珠说："你们的恩怨，我管不了那么多，现在关键的是，要救开矩的命。如果雷公藤真的能治疗麻风病，唐镇那么多麻风病人也有希望了。"

游武强说："你说得对。"

上官玉珠说："那你赶快去找雷公藤吧，黑森林里，应该很容易找到的。"

游武强抚摸着张开矩的头，沙哑着嗓子说："开矩，雨山说过的，这种病一定要好好休息，要放宽心，不要有甚么负担。你在这里好好休息，我出去给你找药，你的病一定能好的，相信我，也相信玉珠。"

张开矩含泪地点了点头。

游武强出去后，张开矩躺在石板上，沉沉地睡了过去。他的身体虚弱，加上精神的负担，十分劳累。他做了个梦，梦见自己坠落进了一个无底的黑洞，他的身体像块石头，不停地在黑洞里坠落，坠落……醒来时，他闻到了雷公藤的药香。上官玉珠守在他的身边，尽管眼瞎，还是感觉到了他的苏醒，她惊喜地说："武强，武强，开矩醒了，开矩醒了——"

游武强正在熬药，听到上官玉珠的喊叫，赶紧走过来。

他看着张开矩，伸出手，摸了摸张开矩的额头，说："烧退了，没事了。开矩，你发烧了，一天一夜都没有醒来，一直在说着胡话。快起来，吃点东西，然后喝药。"

张开矩说："武强叔，我还活着吗？"

游武强笑了笑，说："孩子，别说傻话，你当然活着，而且活得好好的。"

上官玉珠说："武强，别说那么多话了，赶快给他吃东西吧，他一定饿坏了。"

游武强咧开大嘴，嗬嗬地笑出了声，然后说："好，好，马上给他吃东西。"

从那天开始，游武强每天都给张开矩熬雷公藤喝，还把雷公藤的汤药放在一个大木桶里，让他泡澡。

时光一天天流逝。

一个月后，雷公藤在张开矩身上起了药效……游武强把张开矩留在了山洞里，让上官玉珠继续给他治疗，自己却回唐镇去了，那里还有更多的麻风病人等待救治。张开矩的病好转后，他对上官

273

玉珠的看法有了彻底的改变，也不再恐惧了。有时，他还会帮上官玉珠清洗青蛇，看着青蛇在木盆里的清水中游动，他的眼神会变得迷离。有一次，他在清洗青蛇时，觉得水太凉了，就加进了滚烫的热水，青蛇在热水里乱窜，上官玉珠突然倒在地上，抱着肚子乱滚，口中还吐着白沫，她喊道："开矩，快把蛇抓出来，快——"张开矩马上把蛇从热水中抓了出来，放进凉水里。蛇安静下来，上官玉珠也从地上爬了起来，恢复了平静。上官玉珠说："开矩，你差点害死我了，要是蛇被烫死了，我也就死了。我告诉过你的，蛇就是我的命。"张开矩感觉到后怕，说："玉珠姑姑，对不起，我不是故意的。"上官玉珠把蛇吞进肚子里，说："不怪你，我没有和你说明白，以后注意就是了，我们习蛊的人，就怕蛊种死掉，青蛇是我的蛊种，它死了，我必死无疑。"

张开矩和上官玉珠在山洞里过起了相依为命的日子。

直到两年后，他的麻风病完全好了以后，游武强才把他接回唐镇。

离开山洞时，游武强和上官玉珠让他再也不要来山洞了，也让他把关于山洞的一切埋在心里，永远不要对任何人提及，包括自己的亲人。他知道，那是为了保护上官玉珠。他守住了这个秘密，直到今天。

没想到，几十年后重新见到上官玉珠时，她已经是个死人了；他也没有想到，游武强也死了。

张开矩万万没有想到，游武强的死，竟然和自己的儿子有关。

## 22

那辆桑塔纳轿车停在了路边。张洪飞感觉肚子不是那么痛了，这使他的情绪有了好转。他带着李效能他们朝下车的李飞跃围了过去。李飞跃恶声恶气地说:"到底怎么了,半夜三更还要老子亲自赶过来。"张洪飞说:"事情比较复杂,你要不来亲自指挥,我们不敢处理。"李飞跃说:"快说,怎么回事?"张洪飞说:"李效能,你说吧。"李效能说:"游武强的尸体真的被人挖走了,藏在黑森林里的一个山洞里,要不是张队长他爹进入那个山洞,我们还发现不了,那山洞太隐蔽了。我们不敢贸然进入那个山洞,只好请你来定夺。"

李飞跃气愤地说:"一群废物,这点小事也办不了,赶快带我去吧。"

他们就打着手电朝黑森林深处走去。

李飞跃的司机也下了车,跟在了后面。

进入黑森林后,他们感觉到了寒冷。

李飞跃说:"这甚么季节呀,怎么感觉像冬天一样?"

张洪飞说:"这可是黑森林呀。"

李飞跃内心有点恐惧,想往回撤,可是,他的脚不听大脑的指挥,一直往前走。那些人也心生恐惧,可谁也没提出来往回撤,他们都鬼使神差地往里走。他们还没有走到那个山洞,就看到了火光,那是叶湛和宋淼手中的火把的光亮。他们来到这片小小的林中空地时,张开矩已经筑起了一个新鲜的坟包。

张开矩浑身湿透了,像是刚刚从水中捞出来。

李飞跃厉声说:"你们在干甚么!"

张开矩看到了李飞跃,也看到了儿子张洪飞他们。叶湛和宋淼也发现了他们。叶湛愤怒地盯着他们,宋淼害怕极了,躲在她的身后。叶湛说:"宋淼,别怕,他们不能把我们怎么样的。"

张开矩没有理会李飞跃,只是对张洪飞说:"混账东西,还不滚过来。"

张洪飞说:"老不死的,你跑到这地方干甚么?"

张开矩说:"混账东西,你爹我的恩人死了,还不快过来跪下

275

磕头！"

张洪飞说："你的恩人你自己跪，自己磕头，关我鸟事。"

张开矩长叹了一声，说："玉珠姑姑，你应该让这些畜生死的呀！他们该死！"

叶湛突然说："李飞跃，是不是你们害死了武强伯伯？"

听了叶湛的话，李飞跃明白了，他们根本就不知道游武强的死因，于是，心上的一块石头落了地，他也猜到了，这个新坟里埋葬的就是游武强。他冷笑了一声说："我们接到报告，说有人杀了游武强，敢情就是你们干的，是不是你们已经毁尸灭迹了？天网恢恢，你们是跑不掉的了。"

叶湛气得发抖，愤愤地说："李飞跃，你血口喷人！明明是你们害死了武强伯伯，还想嫁祸于人，你们用心险恶哪。"

李飞跃吼道："你们害死了游武强，还狡辩，说破大天也没有用。张洪飞，你们愣着干甚么，还不赶快把他们捆起来。"

张开矩手持着铁锹，挡在了叶湛面前，怒吼道："你们谁敢过来，老子就劈死谁！"

张洪飞他们站在那里，面面相觑，谁也不敢第一个冲上去。

李飞跃说："张洪飞，李效能，你们都是死人哪，那么多人，就制伏不了他们三个人，你们手中的电棒是干甚么用的？"

张洪飞突然低吼了声，冲了上去。张开矩眼睛血红，举起手中的铁锹，朝张洪飞头上劈了下去。那铁锹要是劈中张洪飞的头，他的脑袋也许会分成两半。铁锹没有劈中张洪飞的头，而是落在了地上。张洪飞把他爹扑倒在地，然后用电棒电击他。张开矩痛苦地抽搐，什么话也说不出来，瞪着愤怒的眼睛。

其他人朝叶湛和宋淼扑过去，同样用电棒击倒了他们。

他们拿出准备好的绳索，把他们的手反剪着捆绑起来。

他们把从叶湛和宋淼手中掉落在地上的火把捡了起来。

张开矩清醒过来，气得大口地喘着粗气，什么话都说不出来。叶湛清醒过来，大声喊着："放开我，放开我——"宋淼浑身发抖，他也说不出话，只觉得脑袋一阵阵发蒙，他从来没有经历过这样的事情，心想，肯定性命不保了。他后悔出来寻找宋柯，后悔来到唐镇，后悔进入黑森林。这一天，他体验了世界上最恐怖的事情，只能发生在影视作品和小说里的事情，发生在了他的身上。他的身体仿佛深陷进泥沼，越陷越深，不能自拔，很快就要没顶，窒息，然后死亡。宋柯就是一个诅咒，让宋淼也陷入万劫不复的境地。

　　张洪飞说："李镇长，你看怎么办？"

　　李飞跃说："还能怎么办，把他们抓回去，就说他们杀了游武强。"

　　张洪飞说："可是，那老不死的，无论如何也是我爹——"

　　李飞跃冷冷地说："你的性命重要，还是你爹的性命重要？你自己选择吧。"

　　张洪飞沉默了。

　　李飞跃从一个保安队员手中抢过火把，走到宋淼跟前。宋淼坐在地上，耷拉着头。李飞跃抓住宋淼的头发，把他的头提了起来，火把凑近了他吓得苍白的脸。叶湛见状，大声喊："李飞跃，你不要伤害他，不要伤害他——"此时的宋淼就是一只待宰的羔羊，目光毫无神采，叶湛的喊叫他仿佛听不见。李飞跃没有理会叶湛的喊叫，冷冷地对宋淼说："你不是要找我吗，我现在就在你面前，有甚么话你就说呀！小白脸，你是来唐镇找死的吧。"宋淼像个死人，对他的话无动于衷。

　　李飞跃狠狠地把宋淼的头朝地上按下去，按到泥土里，就像当初郑文浩把他的脸按在狗屎上，说："小白脸，你真的是来唐镇找死的。游武强和你有甚关系，你要找他，要和他们一起合伙杀死他！说呀，说出来让我听听。我很想知道，你说呀，怎么不说，是不是害怕了，你为甚么要害怕——"

叶湛还在喊："李飞跃，你这个王八蛋，放开他，放开他——"

李飞跃松开了手，站了起来。

宋淼趴在地上，一动不动。

李飞跃朝叶湛走过去。

叶湛喊叫："王八蛋，你想干甚么，你想干甚么——"

突然，李效能惊叫起来，他的手指指着新坟的坟包，说："你，你们看——"

他们的目光落在了坟包上，都睁大了眼睛。

坟包在摇动，整个森林都在颤动。天上的星星都消失了，一片漆黑。森林深处，传来凄厉的呼啸。起风了，暗黑的世界里，那两支火把的火苗剧烈地飘扬，似乎很快就要被邪风吹灭。

坟包裂开了两条缝。

两条缝中露出了两个被白麻布包裹的人头，上面还有湿润的黄土。那是上官玉珠和游武强的头。他们的尸体直直地上升，露出坟包三分之二时，停住了。坟包停止了摇动，森林也停止了颤动，森林深处凄厉的呼啸也静止了，风也停了。上官玉珠和游武强的尸体矗立在坟包上，无声无息。

所有的人看到这一幕，都静穆了。

死一般的寂静。

李飞跃浑身抖动了一下，突然发疯般狂笑起来。整个森林都充满了李飞跃歇斯底里的狂笑。其余的人都睁着恐惧的眼睛，仿佛中了魔一般。那两具被白麻布紧裹的尸体，还是静静地矗立，像是在看着李飞跃的表演。

李飞跃的狂笑声沉落下来。

他迈动了脚步，走到了叶湛跟前。叶湛坐在地上，惊恐地看着疯魔了的李飞跃，她无法判断他要干什么。此时，她喉咙里像是堵着一团软乎乎黏糊糊的东西,话也说不出来,呼吸也困难。

李飞跃一手举着火把,一手缓缓地解开裤子上皮带的扣子,然后褪下了裤子,连同内裤也褪下了。叶湛知道他要干什么了,挣扎着,无奈双手被紧紧地捆绑,只能乱蹬着修长的双腿,清纯的眼眸在火光的照耀下,闪烁着惊恐和绝望的光芒。李飞跃觉得浑身的血管里有什么东西在奔突,他无法控制自己的行为,往叶湛的脸上撒了一泡热乎乎的臊尿。

叶湛的眼泪随着尿水流了下来。

她奋力地吐出了一口痰,终于喊叫出来:"滚开,滚开,你这个畜生——"

那些人都怔在那里,看着正在发生的兽行。

李飞跃扔掉了手中的火把,野兽般号叫着,扑倒在叶湛的身体上。他脱掉了叶湛的裤子。叶湛凄厉地喊叫着。李飞跃狂叫道:"小娘们,老子废了你,小娘们,老子要让你知道甚么叫厉害。你不是很神气吗,我看你还能神气多久——"

他俯下身,要去亲叶湛满是泪水和尿液的脸和嘴,叶湛哀号了一声,一口咬住了他的鼻子。李飞跃嗷叫着猛地在她太阳穴上击了一拳,叶湛就晕了过去,松开了咬住他鼻子的嘴巴。李飞跃的鼻子上渗出了血。血流到嘴角,他邪恶地伸出舌头,舔了舔嘴角上的血,咂巴了一下嘴,又发疯般狂笑,然后说:"刺激,真他娘的刺激。"

李飞跃把叶湛洁白的双腿架在了自己的肩膀上,正要施暴,突然听到了不远处传来的一声断喝:"住手——"

李飞跃听出来了,是刘西林的声音。

他扭过头,看到刘西林站在林中空地的边缘,离他约莫有五十米远。

李飞跃说:"怎么又是你,刘西林,你来得正好,要让你见识见

279

识老子的厉害。你过来呀,靠近看得清楚。"

刘西林用那支"五四"手枪指着他,说:"李飞跃,你赶快悬崖勒马,或者还有点希望,你如果继续为所欲为,我就开枪了。"

李飞跃狞笑着说:"开枪,有种你就开枪呀,快开枪呀!告诉你吧,你也到头了,天亮后,你连拿枪的资格也没有了!嘿嘿,嘿嘿,你他娘的,有种就开枪呀!你不开枪,老子可要对这个小娘们'开枪'了。"

其实,李飞跃身体里有一个魔鬼,在和一个人战斗,魔鬼在控制着他,他本来想说:"快过来拉开我,我控制不住自己了。"可是,说出来的却是那番让刘西林怒火中烧的话。他仿佛听到有个声音在他耳边说,你已经疯了,你已经疯了!李飞跃说完那番话,大脑无法控制自己的身体,转过头,要强行进入叶湛身体。

刘西林朝天空放了一枪,大声说:"李飞跃,住手——"
李飞跃说:"有种你就开枪,老子想干甚么就干甚么!"
忍无可忍,刘西林再次扣动了扳机。
子弹穿过森林中清新的空气,快速地抵达了李飞跃后脑。
李飞跃闷哼了一声,扑倒在叶湛身上。

## 23

就在这个夜晚,因为没有拆成郑文浩的房子,郑怀玉气得半死,大骂李飞跃是个没用的东西。身体稳定后,他就离开医院回到家里。本来在家里休息,接到李飞跃的电话后,他就在家里待不住了。他打了几个电话,约了几个朋友,去喝酒。老婆对他说:"怀玉,你的身体虚,就别出去了。"他说:"我烦!"老婆说:"我早就劝你,不要到唐镇去搞甚么旧镇改造,没多少钱赚的,还费心费力。你就是喜欢在唐镇人面前炫耀,总是不听我的,唉!"郑怀玉心里有点后悔,可还是嘴硬:"你懂甚么,少啰唆。"老婆说:"我闭嘴,不说了,以后的麻烦事多着呢,有你擦不完的屁股,希望你不要在我面前唠叨了,你就自作自受吧。"

郑怀玉到了"红玫瑰"酒吧,那几个死党在等着他了。小县城里,就几家酒吧,"红玫瑰"是最好的一家,也是郑怀玉的定点酒吧,有事没事,他喜欢在这里消磨时间。郑怀玉不喜欢卡拉OK,那场所太闹,待一会儿就头发蒙。不过,也常去,都是陪那些政府官员去的。他弄不明白,那些官员为什么喜欢泡在那种俗不可耐的烂泥坑里,还泡得有滋有味,不停地号叫,仿佛自己就是刘德华周杰伦。他们像狼般边号叫边喝酒,还要喝好酒,喝酒还要搂着女孩子,而且还要漂亮的女孩子……说到女人,郑怀玉很奇怪,自己对女人没什么爱好,也不喜欢出去乱搞,他喜欢的是钱,活在金钱的世界里,他才有幸福感。

郑怀玉一杯接一杯地喝着。

喝的是路易十三。

他的死党们不明白他为什么如此烦闷,边喝酒边讲些搞笑或者色情的段子,企图让他开心。

死党们大笑。

只有郑怀玉没笑。

他说:"喝酒吧,喝酒吧,这有甚么好笑的。"

刚刚说完这话,他就怔住了,脸色铁青,双眼直勾勾地望着前方。死党们以为他看到了什么,也往他注视的方向望去。有个打扮入时、穿着暴露的年轻女子,独自坐在那里喝啤酒。

一个死党笑了:"原来郑兄动了心呀,这样,我过去把她叫过来陪郑兄。看我的吧,只要我出马,没有什么女人搞不掂的。"说着,他就站起来。就在这时,郑怀玉怪叫了一声,喉咙里飙出一股黑乎乎的腥臭秽物。紧接着,他就翻江倒海地狂吐起来。他的死党们都惊呆了，看着吐了满桌子的秽物，不知所措。

顿时，整个酒吧里充满恶臭。

那个穿着暴露的年轻女孩捂着嘴巴，离开了酒吧。

酒吧里的人也纷纷离去。

郑怀玉吐完后，就倒在那里，喘着粗气。

他仿佛听到有人在耳边冷笑，他不知道是谁，也分辨不清是男人还是女人。

见势不妙，死党们就把他送去了中医院。

在中医院里，又是一番折腾，做完各种检查，郑怀玉奄奄一息地躺在病床上，那个年轻漂亮的女护士给他输液。他对焦虑的死党们说："太晚了，你们回去休息吧，我没事了。"死党们说了些好好休息之类的话，然后就走了。病房里，就剩下了他和那个年轻女护士。

女护士轻柔地说："郑总，你又喝酒了吧？"

郑怀玉点了点头。

女护士说："你刚刚出院，就去喝酒，这样不好，以后还是少喝点酒。"

郑怀玉心里突然十分不舒服，她怎么也像自己老婆一样，说这样的话，好像就没有什么话可说了。他冷冷地说："你出去吧，让我自己一个人安静会儿。"女护士说："有什么事情按铃，我会马上过来。"郑怀玉没好气地说："知道了，你赶快走吧。"女护士红着脸离开了病房。

郑怀玉心想，这到底是怎么了？

他突然特别厌恶自己，厌恶自己身上那股浓郁的腥臭味。

过了好大一会儿，中医院的院长带着两个值班医生和那个女护士进了病房。院长笑着说："郑总，检查结果出来了，什么问题都没有。对了，酒还是少喝，也许是酒刺激了你的肠胃，才呕吐的。明天我给你开几服中药，调理一下你的肠胃。另外，你要好好休息，不要太操劳了，老是处于疲惫的状态，也会恶心呕吐的。好了，我们也不打扰你了，好好睡一觉，明天早上起来就好了。"

接着，院长又交代女护士："你要好好照顾郑总，有什么问题，及时打电话给我。"

女护士点了点头："放心吧，院长。"

郑怀玉说："我不要护士陪我，让我自己一个人安静点吧。"

女护士的脸马上红了，仿佛做错了什么事情。

院长说："这样也好。"

他们走后，郑怀玉想，不可能没有问题，没有问题怎么会这样吐，而且肚子里像是有什么东西窜来窜去。也许是他们检查出了什么大问题，怕他受不了刺激，故意保密，这不可能，不可能。那一定是有什么他们检查不出的毛病。

郑怀玉想起了父亲。

父亲会治疗许多大医院也无法解决的疑难杂症，也许他有办法解决自己的问题。此时，他忘记了父亲已经和他断绝了父子关系。他拿起手机，拨通了父亲的电话。

郑雨山在电话里说："你是谁？"

郑怀玉说："爹，我是怀玉。"

郑雨山冷笑了声，说："别叫我爹，我已经不是你爹了，钱才是你爹。"

郑怀玉这才记起来，郑雨山已经和他断绝父子关系了。他说："爹，就是天塌下来，你也是我爹，我也是你儿子，这辈子是无法改变了的。"

郑雨山沉默了会儿，说："有甚么事，你说吧，我要睡了。"

郑怀玉心里一阵欣喜，就把自己这两天身体的情况和郑雨山说了说。

郑雨山冷冷地说:"我解决不了你的问题,不过,我还是奉劝你一句,多积点德吧,恶事做多了自然会有报应。好了,我要睡了,以后不要再打电话来了,我们已经没有任何关系了。"

郑雨山挂断了电话。

郑怀玉长长地叹了口气,刚才的欣喜荡然无存。

他觉得有点悲哀。

突然,郑怀玉觉得喉咙痒痒的,好像有什么东西从喉咙里爬出来。他鬼使神差张大了嘴巴,一条小青蛇从他的嘴里溜了出来。他浑身僵硬,不能动弹,只是睁大惊恐的双眼,张大的嘴巴也久久不能合上。那条小青蛇仿佛是出来透透气的,在他身上溜了一圈,然后又钻进了他的嘴里,很快地滑入了他的肚子。

不一会儿,他的肚子剧烈疼痛。

他嘴巴里发出了让人惊骇的号叫。

## 24

刘西林用枪指着张洪飞他们,说:"你们站着别动,谁动我打死谁。"他们呆呆地站立着,一动不动,木桩一般。刘西林又说:"把你们手中的电棒扔过来!"他们一动不动。刘西林说:"快,张洪飞,你带头扔!"张洪飞迟疑了一下,把电棒扔在了刘西林面前的地上,那几个人也纷纷把电棒扔了过来。刘西林走到叶湛跟前,一脚把李飞跃的尸体从她身上踢了下去。李飞跃的血在叶湛身上横流。他对李效能说:"李效能,你过来,赶快给她穿上裤子。"李效能站在那里发抖,刘西林说:"你听见没有!"

李效能终于发出了声音:"听、听见了。"

刘西林说:"听见了还不过来!"

李效能这才战战兢兢地走过来。

李效能笨手笨脚地给叶湛穿上了裤子。

刘西林说:"解开绳子!"

李效能又把捆住叶湛的绳索解开了。

刘西林又说:"把张开矩和那年轻人也放了,快!"

李效能走过去,替张开矩解开绳索。这时,叶湛醒转过来,头特别晕,她艰难地爬了起来,看到了地上李飞跃的尸体,张开了嘴巴:"啊——"刘西林说:"叶湛,别怕,没事了。"叶湛知道是刘西林救了自己,眼泪流了下来,咬着牙说:"他该死,他该死——"说着,她走到宋淼面前,蹲下来,解他身上的绳索。李效能过来,也蹲下来,要帮她。叶湛朝他喊叫道:"滚开,滚开——"

李效能站起来,眼巴巴地望着刘西林。

刘西林挥了挥手中的枪,说:"过去,和张洪飞他们站在一起。"

李效能十分听话,走到了张洪飞跟前。

叶湛解开了宋淼身上的绳索,扶起了他,说:"宋淼,你没事吧?"

宋淼浑身冰冷,他颤抖地说:"没、没事——"

叶湛紧紧抱住了他。

宋淼感觉到了温暖。

张洪飞浑身战栗,脸部的肌肉不停抽搐。他"扑通"一声跪在地上,肚子里有什么东西在乱窜,噬咬着他的五脏六腑。张洪飞嗷嗷直叫。张开矩站在刘西林旁边,说:"报应呀,报应呀。"刘西林没有理会张洪飞,也没有理会张开矩。他只是愣愣地凝视坟包上矗立的裹着白麻布的尸体。那是在他梦中出现过的情景,不过,梦中只有一具尸体,现在是两具。他还不知道游武强已经死了,可是他感觉到其中的一具尸体可以和自己交流,灵魂的交流。

张洪飞突然左右开弓,拼命地用巴掌抽打着自己的脸。

他把自己的脸抽打得又红又肿,嘴角还流出了血。边抽打,他边说:"武强爷爷,我该死,我该死,我不应该呀,不应该这样对你……"

他说出了那个晚上的秘密。

那个深夜,接到李飞跃的电话,张洪飞就带着李效能跟踪游武强。当游武强刚刚进入黑森林,就听到身后不远处有什么声响。原来是李效能不小心摔了一跤。游武强回转身,喝了声:"谁——"

张洪飞不想再偷偷摸摸跟踪下去了,骂了声:"干他娘的,是老子!"

他打亮手电,朝游武强照过去,快步走了过去。李效能也从地上爬起来,打亮手电,跟了上去。游武强站在那里,没有逃避,他冷笑了一声,对走近前的他们说:"就你们两个孬货,能把老子怎么样。放马过来吧!"

张洪飞早就对他恨之入骨,这个死老头不但阻挡着李飞跃他们的财路,还让张洪飞老挨李飞跃的训斥,而且,游武强的房子要是不拆,商品房就无法开工,李飞跃答应张洪飞的那套房子,就是空中楼阁水中月亮。张洪飞咬牙切齿地说:"老不死的东西,老子今天非整死你不可!"

游武强不停地冷笑,摆开应战的架势。

张洪飞被他的蔑视激怒,从腰间拔出电棒,朝游武强扑过去。

游武强躲过了张洪飞的攻击,并且伸出腿,把张洪飞绊了个狗吃屎。张洪飞扑倒在地,游武强的脚踩在他的背上,冷冷地说:"就你这两下子,还敢和老子动手,别看老子老了,收拾你这样的狗东西还是绰绰有余。"张洪飞喊叫道:"李效能,你他娘的还不快给我上!"游武强对站在那里犹豫的李效能说:"小子,你想死就过来吧!"

李效能双腿微微发抖,什么话也说不出来,想上又不敢上。

张洪飞继续喊道:"李效能,你还等甚么,快上呀!"

游武强把脚踩在他的头上,说:"干你老母,你再喊,老子弄死你。要不是看在你爷爷的分上,我现在就杀了你,大不了一命换一命。"

张洪飞也是个不要命的主,他说:"老、老东西,你有种就杀了我吧。"

游武强叹了口气:"杀你还真脏了老子的手。"

张洪飞继续说:"杀呀,杀呀,你把我杀了好了——"

游武强的脚用力踩了下去,张洪飞就喊不出来了,只是发出嗷嗷的痛苦和不忿的声音。游武强说:"老子饶了你一条狗命,你好自为之吧,别给你爷爷丢人了!"

说完,游武强就把脚从他头上移开,默默地朝森林深处走去。

张洪飞从地上爬起来,突然像疯狗般朝游武强扑过去。

游武强没有想到他会来这一手,以为自己把他威慑住了。

张洪飞手中的电棒戳到了游武强的身上。

游武强的身体和武艺再好,也是八十多岁的人了,又走了几十里的山路,加上被电棒击中,力不能支,身体前倾,倒了下去。游武强像一棵老树,倒在了地上,昏迷过去。致使他昏迷的原因不是电击,而是他的后脑重重磕在了一块石头上,血从他的伤口肆意流出、蔓延。

张洪飞狂笑,踢了游武强一脚,说:"你不是总吹牛说你是英雄吗,你不是很神气吗,你不是瞧不起老子吗,起来呀,站起来和老子斗呀!你以为老子怕你,告诉你吧,老子不怕你了,你以为你救过我爹的命,老子就不能碰你了,照样让你变成狗熊!哈哈,哈哈——"

李效能有点害怕:"张队长,他、他不会死吧?"

张洪飞说:"死了才好!"

李效能惊恐地说:"真要是死了,你和我可是杀人犯——"

287

张洪飞听了他的话，有些心虚，他弯下腰，把手指放在游武强的鼻子底下，发现还有鼻息，说："还活着。"

李效能说："那现在怎么办，我们要不救他，他可能就死了。"

张洪飞也拿不定主意，连忙给李飞跃打电话。李飞跃说："你们等着，我马上过来。"李飞跃开车赶过来，还带来了铁锹。李飞跃看着躺在血泊中命若游丝的游武强，说："干他娘的，一不做二不休，把这老东西埋了，他要活着就会继续找我们的麻烦，我看到这个老东西就头痛。也是天意，把这个老东西埋在这个鬼地方，神不知鬼不觉的！"

于是，他们就把游武强活埋了。

一个历尽坎坷也没有折腰的汉子，到头来却被人活埋了，悲哀！

……

张洪飞痛哭流涕，还不停地抽打着自己的脸。

他说："武强爷爷，都怪李飞跃这个王八蛋呀，你饶了我吧——"

说完这句话，他就扑倒在地，昏迷过去了。

李效能望着白麻布包裹的尸体，面如土色。

刘西林明白了，游武强就矗立在坟包上面。他已经泪流满面，凄惨地叫了声："爹——"

那两具白麻布包裹着的尸体又摇动起来，渐渐地陷入泥土。

整个森林也摇动起来。

泥土把游武强和上官玉珠的尸体重新埋没之后，森林才恢复了原状。

刘西林心如刀割，游武强死前，也没有见上一面，这最后诀别的时刻，他的真容还是用白麻布裹着的。刘西林被绝望的情绪折磨，无法自拔。过了许久，他才让张开矩把那几个浑蛋捆绑起来，然后，从口袋里摸出手机，拨通了马建的电话。他说："小马，我把李飞跃杀了,你赶快报告局里,我们现在在黑森林。对了,你赶快回去把我宿舍书桌中间那个上锁的抽屉撬开,里面有个档案袋,装着我搜集的他们犯罪的材料,你一定要亲手交给地区政法委的杨书记,不能落入他们手中。我信任你,小马!"

挂了电话,他坐在坟前,把枪对准了自己的太阳穴。

一声枪响,撕裂了黎明前浓重的黑暗。

## 25

这是个阳光灿烂的晌午,叶湛和宋淼扛着锄头铁锹,来到了五公岭。脸色苍白的宋淼看见一个穿着蓝粗布衣裳的女人在朝他们招手,她黝黑的脸上挂着一丝笑意。宋淼说:"叶湛,你看到她了吗?"叶湛说:"你看到谁了?我甚么也没有看到。"宋淼说:"是她,凌初八,她在朝我招手。"叶湛说:"我怎么看不到?"宋淼说:"她真的站在那里,就在那棵孤独的枯树旁边。"叶湛说:"你害怕吗?"宋淼说:"经历了那个晚上的事情,我什么也不怕了,怕有什么用。"

叶湛笑了,她的笑脸是阳光下自由盛开的花朵。

他们来到了那棵孤零零干枯的柑橘树旁,宋淼发现那女人已经不见了踪影。

宋淼和叶湛开始挖地。

果然,他们挖到了一口棺材。

棺材板除了边角有点腐烂,基本上是完好的,就是木头已经发黑。墓穴里有股奇怪的腥臭,腥臭的气味从墓穴里散发出来,在阳光中扩散开去。叶湛和宋淼打开了棺材板,他们看到了一个陶罐和一具骸骨。他们知道,陶罐里装的是凌初八的骨灰,而那具骸骨就是宋柯。此时的宋淼对祖父已经没有了厌恶,反而对他产生了深深的同情，他可以想象宋柯孤独的身影穿过山地的凄凉情景。

宋淼叹了口气，说："叶湛，你想知道我爷爷当初为什么离开上海吗？"

叶湛说："你说吧。"

宋淼说："我奶奶怀上我父亲的那年，爷爷很少回家。奶奶说他是个长不大的孩子，需要女人的呵护。奶奶怀孕了，不能照顾和呵护他，他就去找了个女人，寻求安慰。那是个妓女。奶奶怎么也不相信，他会和一个妓女住在一起。要知道，奶奶是多么地爱他。奶奶说他是鬼迷心窍。在父亲出生后的一天，他回到了家。他衣衫褴褛，浑身脏污，像个要饭的人。奶奶没想到他会沦落到这个地步，还从他的身上闻到了一股腥臭的味道。奶奶让他洗了个热水澡，换上了新衣服，还特地请了个理发师到家里，给他修剪蓬乱的头发。经过奶奶的料理，他又变成了原来的样子。可是，他却和奶奶分房而居，不愿意和奶奶同床共枕了。那段日子，他总是向奶奶要钱，奶奶也没问什么，就把自己的私房钱给他。奶奶知道，我曾祖父瞧不起他，不肯给他钱花，也是因为如此，他才和那个妓女过不下去了，才回到家里。有一天，爷爷出去了，奶奶在后面跟踪，她希望了解给他的那些钱花在什么地方。结果，爷爷走进了一个小诊所。奶奶终于发现，爷爷是得了脏病，那脏病是那个妓女传染给他的。其实，就是知道他得了脏病，奶奶还是一如既往地爱他。而且，奶奶还想帮助他治病，希望他治好病后，重新过上夫妻恩爱的日子。可是，当爷爷得知奶奶发现他的脏病后，自尊心受不了了，就离开了家……奶奶一直都在寻找他，一直都在等待他回家，直到死。我相信，爷爷也一直想回家，可是，他心中一直怀着沉重的负疚，觉得无法面对深爱他的奶奶。在他浪迹的过程中，他的内心一定备受煎熬，他只能在深夜，面对奶奶的照片，怆然泪下，无边无际的孤独和凄凉淹没了他……"

叶湛说:"可他还是幸福的,有一个女人为他守候,还有另外一个女人为他去死。"

宋淼说:"叶湛,如果你深爱一个人,如果他犯了很大的错,你会原谅他,并且等待他回来吗?"

叶湛说:"不会。"

宋淼说:"我想也不会。"

叶湛抬起头,天空飘动着大朵的浮云。

宋淼也抬起头,看着那大朵的银色的浮云。

随风飘散。

2011年2月23日完稿于三亚

## 《唐镇故事1：执梦》
## 内容介绍

清光绪年间，平静偏远的小镇，因李公公的衣锦还乡，陷入一场执迷不醒的噩梦。不断有人神秘死亡，怪事迭现，人性的狂迷也如病毒般疯狂蔓延。

少年"冬子"是这场悲剧的目睹者：父亲的诡秘行踪、母亲的离家出走、姐姐的苦苦寻母、舅舅的猝然离世、李公公的阴柔怪笑……冬子的耳朵异常灵敏，常在深夜听到诡异的脚步声，他内心困惑又恐惧。冬子不知道姐姐何时能找到母亲，更不知道唐镇这场噩梦何时能结束……

## 《唐镇故事2：画师》
## 内容介绍

民国时期，唐镇的老画师去世，唐镇人不敢照相，却十分看重死后留下一幅肖像的习俗，因此画师宋柯来到了唐镇，他画工精湛，但身上总有一股难闻的腥臭味，因而被村民孤立，唯有低贱的掘墓人三癞子愿跟他往来。

一天，神秘蛊女凌初八，在画店门口闻到了宋柯的腥臭味，并陶醉其中，一段疯狂的血色爱情由此开启。一个靠给死人画像维持生计的善良男人，一个擅长放蛊的红眼女人，他们都无法融入唐镇，唐镇却因他们再无平静。三癞子知道唐镇一连串祸事的缘起，可他一句话也没说……